Paul Scheerbart

Immer mutig!

e-artnow 2018

Henryk Sienkiewicz
Sintflut (Historischer Roman)

Julius Wolff
Das Wildfangrecht: Historischer Roman

James Fenimore Cooper
Der Kettenträger

Paul Scheerbart
Na Prost!

A. K. Ruh
Guirlanden um Die Urnen der Zukunft (Science-Fiction-Roman)

Ernst Weiß
Die Feuerprobe

Paul Scheerbart
Der Kaiser von Utopia

Paul Scheerbart
Rakkóx der Billionär

Hans Dominik
Geballte Kraft

Hans Dominik
Lebensstrahlen

Paul Scheerbart

Immer mutig!

e-artnow, 2018
Kontakt: info@e-artnow.org

ISBN 978-80-273-1256-6

Inhaltsverzeichnis

Ich hatte mich verstiegen.

Und das kam mir so selbstverständlich vor.

So mußte es kommen.

Jetzt konnte ich nicht mehr weiter; rauf ging's nicht mehr und runter auch nicht.

Allerdings – runter wär's wohl gegangen – runterkommen kann man immer.

Aber die Sache hatte einen Haken.

Neben mir ging's hinunter in die Tiefe – da hätte ich mich kopfüber hineinstürzen können – doch bei dem Sturz wäre mir wohl der Atem vergangen – und mein Körper wäre wohl zu Brei geworden.

Ich befand mich in einem Gebirge, das aus hartem Stein bestand.

Es tat mir schon leid, daß ich so rücksichtslos immer höher gestiegen war.

Ich starrte die glatte Felswand vor mir nicht sehr geistreich an; in die grausige Tiefe wagte ich nicht hinabzublicken, denn ich glaubte, nicht ganz schwindelfest zu sein.

Und siehe, da hob sich vor mir in der glatten Felswand eine Platte heraus und schob sich zur Seite, und ich erblickte in der entstandenen Öffnung ein kleines Nilpferd, das kaum halb so groß war als ich selbst.

»Na, Onkelchen,« sagte das Nilpferd, »wohin willst Du?«

»Ich habe mich verstiegen!« erwiderte ich traurig.

»Das merkt'n Pferd!« rief da das Nilpferdchen. »Tritt nur näher! Oder – willst Du abstürzen?«

»Nein! Nein!« sagte ich schnell.

Und ich folgte dem kleinen Tier, das eine Lampe anzündete und mich durch einen Felsengang führte ... Nach ein paar Augenblicken stand ich in einem sauberen Felsensaal.

Oben in den hohen, schwarzen Gewölben brannten weiße Ampeln aus Milchglas; Birnenform hatten die Ampeln – die Stengel hingen unten als dicke Schnüre.

Jetzt erst bemerkte ich, daß das kleine Nilpferd, das wie ein Mensch auf den Hinterbeinen ging, einen dunkelblauen Flanellrock anhatte; der ließ nur den Kopf und die vier Füße frei.

»Nimm Platz!« sagte das Nilpferd, und es setzte sich auf einen Schaukelstuhl. Ich setzte mich neben dem großen grünen Ofen auf eine Holzbank.

Eine dunkelgraue Plüschdecke war über den ganzen Fußboden gespannt.

Von Möbeln sah man nicht viel; es schien eine Art Empfangsraum zu sein.

Es war mir aber außerordentlich gleichgültig, wo ich mich befand; ich war müde und abgespannt und durchaus nicht froh über meine Rettung.

»Dir ist wohl nicht ganz wohl!« sagte das Nilpferdchen nach einer Weile.

Und ich erwiderte hastig:

»Wenn das nicht stimmt – dann weiß ich nicht mehr, wie viel drei mal drei ist.«

»Die Antwort,« flüsterte mein Retter, »ist von einer geradezu seltsamen Bestimmtheit.«

Ich starrte den hohen, grünen Ofen an und war stumm wie ein Stockfisch.

Wir hörten im Hintergrunde langsam eine große Uhr ticken und rührten uns nicht.

So mochten wir wohl eine gute halbe Stunde gesessen haben, als das Nilpferdchen leise fragte:

»Hast Du vielleicht ein Manuskript bei Dir, das recht traurig stimmt? Du hast doch sonst immer Manuskripte bei Dir.«

Ich drehte den Kopf langsam um, sah das Nilpferdchen groß an und sagte unsicher:

»Woher weißt Du denn, daß ich sonst immer Manuskripte bei mir habe? Ich muß mich doch wundern.«

Da sprang das Nilpferdchen von seinem Schaukelstuhl auf und hopste im Felsensaal herum und rief laut:

»Er muß sich doch wundern! Er muß sich doch wundern! Daß ein redendes Nilpferdchen ihn gerettet hat – das wundert ihn nicht. Aber daß das Tierchen so viel weiß – das wundert ihn.«

Und dann sprang das kleine Vieh ganz dicht an meine Seite und sprach im tiefsten Baß:

»Ich freue mich ganz eklig, daß Du Dich noch wunderst. Leute, die sich noch wundern können, sind noch nicht ganz tot. Und daß Du noch nicht ganz tot bist, das ist sehr gut. Denn –

wärest Du ganz tot, so hätte ich's bedauern müssen, Dich gerettet zu haben; Leichen rettet man doch nicht.«

Ich blickte dem Nilpferdchen ins Gesicht und wunderte mich jetzt, daß es so gut reden konnte. Und ich fragte leise und höflich:

»Was soll ich tun?«

»Gib mir,« antwortete das Tier, »eine Geschichte zu lesen, die recht traurig stimmt.«

Da suchte ich denn in meinen Taschen und blätterte in allen meinen Sachen, schüttelte oft den Kopf und gab dem freundlichen Nilpferd schließlich eine Geschichte, die mir in diesem Falle zu passen schien.

Das kleine Tier setzte sich eine blaue Brille auf, ging mit meinen Blättern wieder zum Schaukelstuhl, ließ sich auf diesem vorsichtig nieder und las:

Lichtwunder

Nacht! Nacht!

Lauter dunkle, schwarze Räume.

Ich schwebe so dahin und weiß nicht, wo ich bin – aber ich schwebe in der unendlichen Finsternis ruhig weiter.

Da zuckt was in der Ferne auf – ein kleines Pünktchen Licht!

Und nun weiß ich, wo ich mich befinde – ich fliege durch jene große Nachtkugel, die weit hinter dem leeren Raume mitten im großen Lichtmeere schwimmt, das in jedem Atome so hell ist wie eine echte Sonne ohne dunklen Kern.

Es gibt im Lichtmeere viele hohle Nachtkugeln – aber meine Nachtkugel ist die dunkelste.

Und doch – es ist nicht Alles so dunkel, wie's aussieht.

Da drüben der Lichtpunkt wird immer größer – und jetzt schießen zwei feine Lichtkegel, die so schwanken, an mir vorüber.

Und – in den Lichtkegeln?

Lichtwunder!

Da fängt es gleich zu leben an – Milliarden zierliche Flügelchen glitzern und flimmern – und leben – einen kurzen – aber seligen – Lichttag.

Und nach dem schwebe ich wieder in der unendlichen Finsternis.

Es dauert aber nicht lange – und von neuem schießt aus einem Spalt der Kugelschale ein linsenförmiger Lichtstreifen – breit wie ein Schwert.

Und wie vorhin lebt gleich in dem Lichtstrahl was auf – eine wilde Weltenjagd – unzählige kleine schillernde Blasen – dies Mal sind's lauter Welten mit edelstem Weltengewürm.

So ist das Dasein im großen Reiche der Nacht.

Es wird immer wieder hell.

Und die Lichtstrahlen erzeugen mit immer wieder frischer Kraft unzählige Lichtwunder – Engel und Sterne, Fledermäuse und Paradiesvögel – Diamanten und Weltgestalten in immer neuer Lichtwunderform.

Ich weiß: unsre Augen könnten das Lichtmeer draußen nicht ertragen – wir würden draußen erblinden – daher die schützende Kugelschale.

Aber unsre Augen sind nicht schlechte Augen – sie sind nur so fein und empfindlich, daß die dämpfende Nacht die feinen empfindlichen Augen immer wieder stärken muß – zum Genuß der ewigen Lichtwunder in der Nachtkugel.

Augen, die draußen das Lichtmeer ohne Schaden ansehen können, sind schrecklich grob.

Das Nilpferdchen hatte beim Lesen auf jeder der beiden dicken Vorderpfoten eine Pincette. Und mit den beiden Pincetten konnte das Tier sehr gewandt meine Blätter halten und umdrehen.

Nach der Lektüre fächelte sich das Tier vom Strande des heiligen Nil mit meinen Blättern ein wenig Kühlung zu und sagte leise:

»Das war so schmerzlich grade nicht, denn der Wert der Dunkelheit wird ja auch gleich im richtigen Lichte gezeigt. Hast Du nicht eine längere Sache, die wenigstens schmerzlich endet? Mir scheint – doch davon nachher.«

Ich suchte wieder in meinen Taschen, und dann ließ ich das kluge Nilpferd dies hier lesen:

Die wilde Kralle

Ein Raketen-Scherzo

Ich kletterte immer höher; es ging ja so leicht.

Die Astknorren waren nicht zu dick und nicht zu dünn – grade so recht.

Aber die Spitze der Tanne konnt' ich nicht erreichen, so eifrig ich auch klettern mochte.

Es war doch ein schrecklich hoher Baum.

Er war bedeutend höher, als ich dachte.

Einmal, als ich runtersah, kam mir's so vor, als wäre die Erde unten längst unsichtbar geworden.

So hoch im Weltall zu sein, erschien mir da ein stolzes Vergnügen zu sein.

Ringsum kein andrer Baum – kein Stück Erde – kein Stück Wasser – nur Himmel – nichts als Himmel – mit unzähligen seligen Sternen.

Mit stiller Andacht starrte ich in den großen Himmel.

Und der Himmel schien mir plötzlich so eng und begrenzt – wie eine kleine Dorfkirche.

Da knisterte was unter mir.

Ich weiß nicht mehr genau, wie's war – ich sah nur allmählich, vor mir an der sternbestickten Himmelsdecke eine weiß schimmernde Riesenkralle zitternd emporsteigen.

Und die Riesenkralle krallte sich in die sternbestickte Himmelsdecke fest und riß ein großes unregelmäßiges Loch hinein; die Eckfetzen flatterten steif ab, als wenn ein starker Wind durch das Loch mich anbliese.

Und ich schaute durch die flatternden Eckfetzen in eine andre Welt, die größer ist als unsre kleine Dorfkirchenwelt.

Dort hinten – weit hinter unserm Fixsternhimmel – war der Hintergrund tiefschwarz und unendlich tief.

Und in der Mitte dieser anderen Unendlichkeit stiegen langsam zwei goldene Riesenraketen empor, die aus lauter goldenen Sonnen bestanden; sie perlten immer höher wie langsam aufsteigende Riesenfontänen.

Aber die Raketen gehen nicht grad in die Höhe, sie biegen sich nach allen Seiten wie alte Baumstämme, die oft vergeblich nach dem Lichte strebten.

Und sie werden immer größer.

Und sie bekommen wie die Baumstämme Äste.

Die rechts sich aufreckende Rakete hat keine Ecken; sie biegt sich, wie Schlangenleiber sich biegen. Die links sich aufreckende Rakete hat jedoch sehr viele Ecken und Kanten wie knorrige Eichen.

Es sieht anfänglich alles ganz friedlich aus – leider darf man keinem Frieden trauen.

Die goldenen Sonnenraketen biegen sich vor und zurück, als wenn der Sturmwind an ihnen rüttle. Und bald wird mir's ganz klar: Die Raketen stehen sich gegenseitig im Wege.

Ich hatte wohl vorher gedacht, dieses Schwanken, Drängen, Schieben und Stucksen wäre nur eine Äußerung der Zärtlichkeit. Mir fiel jedoch zur richtigen Zeit ein, daß ordentlichen Feindschaften ein zärtliches Vorspiel was ganz Natürliches ist.

Die Atmosphäre scheint mir recht heiß zu werden. Die Schlangenrakete dehnt oft ganz beängstigend ihren gierigen Sonnenleib. Und die Eichenrakete schwankt und zittert wie ein wilder Trotzkopf, der gern seine Wutkrone aufsetzt.

Die beiden Ungeheuer stehen sich im Wege – das ist mir bald völlig klar.

Und ich nehme Partei für die goldene Eiche, die mir der Schlange an Schlauheit unterlegen zu sein scheint.

Der Schlauheit mag ich stets an den Hals.

»Ich schütze die Dummheit!«

Also ruf' ich laut. Und ich erschrecke, da mir tausend Echos – der Himmel mag wissen woher – antworten – höhnend antworten.

Hei! Jetzt kommen die goldenen Sonnen ordentlich in Bewegung! Das Gold glitzert und zuckt! Die Raketen machen Ernst! Das ist keine Zärtlichkeit mehr! Ich recke mich auch! Meine sehnigen Muskeln schwellen an wie springende Wildbäche im Frühling!

Es zittern die Spitzen der weichen und der knorrigen Äste so stark, daß ich mitzittern muß.

Und aus den Spitzen fliegen nun blaue, grüne und rote Lichtblasen heraus – die brennen in dunklen Farben und werden immer größer. Und aus den Lichtblasen schießen in die Nacht gelbe und weiße Lichtkegel, die wie weite Scheinwerfer blitzschnell den Himmel durchfliegen – von einem Ende zum andern – wie rasend!

Eine Lichtschlacht!

Zwei goldene Milchstraßen liefern sich eine Lichtschlacht – eine lautlose.

Ich muß mich sehr wundern.

»Himmel! Wetter!« ruf ich wieder ganz laut, »ist denn da hinten auch alles so eng, daß nicht mal zwei Sonnenbäumchen Platz haben? Sind denn ›sämtliche‹ Weltwinkel zu klein?«

Über mir hör ich ein heftiges Brummen, und seltsam hüstelnd antwortet mir eine dunkle Baßstimme:

»Was weißt Du von Weltwinkeln? Tu doch nicht so, als ob Du kosmische Größenverhältnisse besser ausrechnen könntest als unsereins. Die Naseweisheit steht Dir nicht gut. Verkrieche Dich in der alten Weltpauke! Da ist noch Platz für dich.«

Ich ducke mich, obgleich ich Keinen sehe.

Die Raketen kämpfen weiter.

Es wird furchtbar lebhaft da hinten.

Ich möchte noch mehr sehen; das Loch in der Himmelswand erscheint mir zu klein. Doch da kommt auch schon die weiß schimmernde Riesenkralle wieder höher und macht das Loch größer.

Jetzt kann ich bequemer dem Kampfspiele zuschauen. Die weißen und gelben Lichtkegel flirren immer heftiger. Die roten, grünen und blauen Gasblasen werden mordsmäßig groß und platzen dann – wie Alles, was zu groß wird. Dafür spritzen die Spitzen der weichen und der knorrigen Äste immer wieder neue Blasen hervor, die auch mit weißen und gelben Lichtkegeln herumflirren.

Die Schlangenrakete wird offenbar noch schlauer; sie bedrängt die Eiche wie ein unheimliches Krötenweib.

Ich kann's kaum ansehen; die Schlange wird mit ihren langen Schläuchen, die ihr immer dicker aus dem Leibe herauswachsen und gar nicht mehr was Astartiges haben, so aufgedunsen – so scheußlich groß.

Der Hintergrund, von dem sich die Raketen abheben, ist so bunt wie eine riesige zitternde Opalfläche; die roten, blauen und grünen Gaskugeln mit den gelben und weißen Lichtkegeln flattern umher, als wenn sie ein Weltföhn durchbrause.

Da kann ich mich nicht mehr halten.

Die Schlangenrakete wird von oben bis unten gemein.

Das ist die ewige Niedertracht!

Ich möchte der Schlange an den Hals.

»Eine Kralle möcht' ich haben!«

Das schrei' ich.

Und im selben Augenblick fühl ich, daß die wilde Kralle, die unsern alten dösigen Dorfkirchenhimmel aufriß, ›meine‹ wilde Kralle ist.

Und mit meiner weiß schimmernden Riesenkralle pack' ich durchs Loch, mitten in den Schlangenleib rinn.

»Ich will nicht die Schlauheit siegen lassen!« brüll' ich auf und drück' mit meiner wilden Kralle zu – den ganzen Leib der Schlangenrakete entzwei.

Doch dabei muß ich »Au!« schreien.

Ich habe mich verbrannt.

Horngeruch – widerlicher – steigt mir betäubend in die Nase.

Ich sehe nichts mehr.

Ich reiße die Hand mit der Kralle aus dem Loche raus, um mich auf meiner Tanne festzuhalten.

Aber die Hand mit der Kralle tut mir zu weh, und ich kann mich mit der Linken allein nicht halten.

Und ich falle mit der Kralle.

Mich ergriff eine namenlose Wut.

»Die Schlauheit siegt! Sie ist zu kaltblütig!« schrie ich noch.

Dabei fiel ich immer tiefer.

Ich hielt den Atem an, indessen – ich fiel trotzdem.

Das Horn roch – brenzlich.

Es war mir auch so, als ob der Docht einer alten, großen Wachskerze verglimmte – in einer Dorfkirche.

Ich fiel – der Teufel – mochte wissen – wohin.

Ich glaube, ich fiel in die alte Dorfkirche unserer greulich beschränkten Fixsternwelt zurück.

Ich fiel immer tiefer – immer tiefer – immer tiefer!

Und ich wunderte mich, daß unsre beschränkte Welt so tief sein konnte.

Nach der Lektüre dieser Geschichte sprang das Nilpferd wieder sehr erregt von seinem Schaukelstuhl auf und stampfte aufrecht auf den Hinterbeinen in der Stube herum, drehte sich öfters auf dem einen Fuße um sich selbst, wehte mit den Blättern durch die Luft, stellte sich wieder dicht vor mich hin und hielt mir mit wunderbarer Geschwindigkeit eine Rede – ohne mir einen Einwurf zu gestatten.

»Du mußt,« sagte es, »nicht gleich so schlecht gelaunt werden, wenn Du Dir mal die Finger verbrannt hast. Sieh nur unsere Pfoten an, da sind keine Finger dran – und wir wissen uns doch zu helfen; die Pincetten sind noch viel feiner als die Finger. Intelligente Leute müssen sich zu helfen wissen. Du darfst Deine Empfindungen nicht so ernst nehmen. Wenn schon unsre Gliedmaßen nicht als Realitäten von uns genommen werden wollen, so dürfen wir doch die Empfindungen dieser Gliedmaßen erst recht nicht als reale betrachten. Der Schmerz wird erst dadurch für uns zum Schmerze, daß wir ihn so nennen. Wir können den Schmerz auch als potenzierte Wollust auffassen. Intelligente Leute müssen sich zu helfen wissen. Wenn Dir ein Bein abgehauen wird, so bedenke sofort, daß Dir dieses scheinbare Unglück auch eine große Portion sehr angenehmer Augenblicke verschafft – denn man wird Dich verhätscheln dafür. Glaube mir, es ist nicht Alles Pech, was schwarz aussieht. Es tut auch nicht alles weh – was sich krümmt. Intelligente Leute müssen sich zu helfen wissen. Und ich finde, daß Du Dir in Deinen Geschichten sehr wohl zu helfen weißt, denn beim Runterfallen amüsierst Du dich gleich wieder über die köstliche ›Tiefe‹ der Dorfkirchenwelt. Merkwürdig ist es nur, daß Du Dir in Deinem Leben nicht zu helfen weißt – denn Deine Mienen lassen nicht den geringsten Grad von Heiterkeit erkennen. Dir scheint die Grütze sehr stark verhagelt zu sein.«

Ich wollte was erwidern, aber das Nilpferd ließ mich nicht zu Worte kommen; es wollte bloß noch ein paar »schmerzliche« Manuskripte lesen – es wollte gleich mehrere haben – und ich gab ihm diese drei:

Er hatte…

Eine Nachtscene

Er hatte sehr viel getrunken – das stand fest.

Und er hatte sehr lange getrunken – so drei bis vier Tage – genau wußte man's nicht.

Er hatte sich auch geärgert – natürlich!

Wer viel und lange trinkt, hat sich immer geärgert. Das ist nun mal so auf diesem großen Erdball.

Und er hatte natürlich keinen Sechser mehr – das sagten Alle, die ihn umstanden. Und die mußten es wissen, denn sie waren dabeigewesen.

Er hatte sich ja in ihrer Gegenwart die Gurgel durchgeschnitten und war dabei umgefallen, obgleich er sich am Laternenpfahl gehalten hatte.

Jetzt lag er da – in der Gosse.

Er hatte endlich genug.

Er hatte in seinem ganzen Leben niemals genug gehabt.

Blut hatte er noch. Das merkten Alle, die ihn umstanden und nicht wußten, wie sie ihm helfen sollten. Das Blut floß plätschernd in die Gosse. Die Laterne leuchtete und blitzte in dem roten Blut.

Warum hatte er sich die Kehle durchgeschnitten?

Ja – warum hatte er?

Er hatte das Leben plötzlich dick bekommen.

Sich selbst hatte er niemals dick bekommen – wohl aber das Leben.

»Er hatte Talent!« sagten die Leute.

Und bei diesen Worten hatte sich ein Arzt vorgedrängt – der hatte natürlich sein Verbandzeug nicht bei sich.

Aber die Umstehenden hatten Taschentücher.

Wer hatte nicht Taschentücher?

Er hatte Talent.

Ja – warum hatte er denn Talent?

Er hatte einen Vogel.

Er hatte mir's ja gesagt.

Er hatte nie genug.

Jetzt erst hatte er genug – mit der durchschnittenen Kehle.

Ja – die Kehle!

Die Kehle hatte schuld an Allem.

Die Kehle!

Er hatte eine Kehle!

Er hatte eine Kehle!

Lautlos wälzte sich eine Wolke die Straße entlang, und in der Wolke saß ein Fleischer mit einem ellenlangen Messer.

Der Fleischer hatte ein Messer, aber keine Kehle dazu.

Mein Freund hatte eine Kehle.

Er hatte jetzt genug.

Aber er hatte trotzdem kein Talent.

Ich weiß das ganz genau.

Er hatte…

Er hatte wieder zu viel getrunken.

Er hatte…

Der große Kampf

Ein Dualisticum

Langsam fallen glühende Sonnen in die schwarze Nacht – und machen Alles hell.

Und dann kommt der Erzengel Michael mit seinem langen Schwert. Mächtige Eisenmassen rasseln auf seiner Brust, die Beinschienen knacken, und die Armschienen platzen beinah – so schwellen dem Erzengel die Muskeln an.

Und dann taucht aus dunklen Wolken der Kopf des Drachensatans heraus. Aber dessen Augen sind nicht leuchtend wie die des Michael; des Drachensatans Augen sind so matt.

»Ich hau' Dich zu Brei!« brüllt der Michael.

Doch der Satan schüttelt den Kopf und sieht dem Engel traurig ins lachende Angesicht.

»Dein Schwert ist zu kurz!« erwidert der müde Satan.

Michael funkelt mit den Augen, seine Stahlrüstung kreischt, und das lange Schwert blitzt durch die Wolken.

Satan zieht den Kopf ein, und seine ungeheuere Körpermasse kommt zum Vorschein – Millionen weltendicke Schlangenarme winden sich aus den Wolken heraus.

Michael schlägt zu und haut unzählige Schlangenarme ab – aber die abgeschlagenen Glieder verbinden sich wieder mit dem Drachenrumpf.

Und des Erzengels Arm erlahmt.

Da kommt des Satans Kopf wieder an die Oberfläche des Rumpfes und grinst den Engel an wie ein Totenschädel.

Der Engel will zuschlagen, doch er kann das Schwert nicht mehr heben – seine Arme zittern.

Und die Millionen dicker Schlangenarme umhalsen den eisernen Engel, so daß der schier erstickt wird.

»Hör auf!« schreit der Engel.

Der Satan läßt nach, die weichen schlaffen dicken Schlangenarme lösen sich von dem Engel los.

Und langsam sinkt der Drachensatan zurück. »Nächstens kämpfen wir wieder von Neuem!« flüstert höhnisch der müde Teufel.

Der Engel stöhnt und schwebt mit hängendem Kopfe davon; nur ganz allmählich kehrt die Kraft in die zitternden Muskeln zurück.

Bunte Wolken nehmen den Engel auf und erfrischen ihn. Langsam steigen starke Marmorsäulen in den Himmel empor. Die Säulen steigen immer höher und verschwinden zwischen den Sternen.

Die Kummerlotte

Die Morgensonne glühte in die Resedabüsche, die vor Lottens Dachfenster blühten.

Und sie saß still vor ihrer Nähmaschine und machte ein trauriges Gesicht.

Die Lotte war sonst immer so glücklich gewesen – früher, als sie so wenig Geld verdiente und so oft nur Häringe zu Mittag aß.

Früher war sie eigentlich stets so recht lustig gewesen – so seelenvergnügt.

Das war jetzt Alles so anders geworden.

Seit drei Tagen war die Lotte die richtige Kummerlotte geworden. Wie kam das?

Die Nähmaschine stand seit drei Tagen still.

Und das Unglück? Wie sah's denn aus? Oh – es sah merkwürdig gut aus – das Unglück. Andere Menschen hätten das Unglück ein großes Glück genannt.

Die arme Lotte hatte geerbt – zweimal!

Zweimal geerbt in drei Tagen!

Von einem alten Großonkel hatte sie zehntausend Thaler geerbt – und von einer Kusine dreihundert Thaler.

Das war das Unglück!

So sah Lottens »Unglück« aus!

Traurig schaute die Kummerlotte ihre Resedabüsche an – ihr traten ganz dicke Thränen in die Augen.

Die Leute im Hause schüttelten den Kopf und meinten, bei dem guten Mädchen sei's da oben nicht ganz richtig.

»Dumme Trine!« riefen die beiden heiratsfähigen Töchter des Hauswirts.

»Kummerlotte!« riefen die Gassenjungen.

Sie aber sagte nichts dazu, sie gab keine Erklärung – sie seufzte und schloß sich ein.

Da saß sie nun am Fenster in der Morgensonne und grübelte.

»Das Geld ist mein Unglück!« flüsterte sie immer wieder.

»So lange ich kein Geld hatte,« meinte sie so recht vergrämt, »war ich immer frisch und jung. Doch wie das Geld kam, war meine Jugend fort. Muß ich da nicht traurig sein? Kann mir das Geld das traurige Gefühl ersticken? Ach ja – es ist nicht angenehm, wenn man merkt, daß man alt geworden ist. Es kam so plötzlich – als ich nicht mehr arbeiten brauchte – und über alles nachdachte.«

Sie nahm ihren Wandspiegel und betrachtete kummervoll ihr Gesicht! Alt sah sie eigentlich noch nicht aus – und doch – sie fühlte, daß sie's war.

Niemand verstand die Kummerlotte.

Sie aber verstand sich.

Und abermals sprang das Nilpferdchen auf, trampelte wild im schwarzen Felsensaale herum und hielt dann wieder eine Rede. »Onkelchen,« sagte es, »über die Vorteile, die die Armut bietet, ist schon so viel gesagt worden, daß es bald wirklich Not tut, die Vorzüge des Reichtums zu verteidigen und ein bißchen in Schutz zu nehmen; die reichen Leute bedauern sich schon ein wenig zu viel; so furchtbar schlimm ist der Reichtum doch auch nicht. Wenn die Verherrlichung der Armut so große Dimensionen annimmt, so brauchen wir uns nicht zu wundern, wenn sich schließlich die bedauernswerten Geldbesitzer zusammentun und sich gegen die protzenhafte. Alles unterdrückende Macht der armen Leute empören. Das gäbe dann eine nette Bescherung. Das wäre eine schöne Revolution. Wer die Verhältnisse in Europa so gut kennt wie ich, wird eine solche Revolution gar nicht für unmöglich halten. Das Ridiküle ist tatsächlich das Modernste. Manche Leute, denen das Verschleiern und Umdrehen zur Gewohnheit geworden ist, verdrehen die Dinge so lange – bis sie selber verdreht werden. Die Reichen sind wirklich auf das Glück der Armen viel neidischer als man glaubt – und demnach ist es wohl geboten, den Kurs der sozialen Poesie wieder etwas zu ändern. Doch davon brauchen wir eigentlich nicht so viel zu reden. Wichtiger ist Dein Teufel der Lebensmüdigkeit, der Gurgeln abschneidet und sich selber nichts abschneiden läßt.«

Ich wollte wieder was sagen, doch das kleine Tier fuhr eifrig fort:

»Bedenke, daß die einfache tierische Luft bloß ein einfacher Lebensreizer ist, der nur einfachen Lebewesen zum Weiterleben genügenden Anreiz verschafft. Wer nur ein bißchen höher hinaus will, wird durch die einfachen Lebensreizer – wie da sind: Schinken, Champagner, Chansonette, Leberwurst und Paprika – nicht am Leben erhalten. Der höhere wendet sich an Kunstspäße ernster Güte, an Philosophie und überirdische Herrlichkeit. Diese letzteren Dinge ziehen schon mehr an. Indessen – Rückfälle in die gewöhnliche Schinkenluft kommen immer wieder vor. Und wenn diese Rückfälle zu oft vorkommen, so wird der Weg zum höheren zu mühsam, und das arme Lebewesen steht dann zwischen zwei Bündeln und – verhungert beinahe. So ungefähr gelangt die Lebensmüdigkeit in unsre Erscheinungswelt; das Eine genügt nicht, und das Andre ist nicht zu erreichen. Ich spreche, wie Du merken wirst, ganz wie Deinesgleichen, nicht wahr? Na ja! Nun muß man aber doch, wenn man ein bißchen vernünftig ist, zugeben, daß man nicht so ohne Weiteres zwei Herren dienen kann. Entweder – man steigt, so gut man kann, über die simplen Luftspäße hinweg in die höheren hinein – oder – ja! da liegt der Hase im Pfeffer! Wenn man mal angefangen hat, über das Simple hinüberzusteigen, so wird man im Simplen nie wieder die Befriedigung finden, die Hinz und Kunz darin zu finden vermögen. Ja! Ja! Die Mutter Natur hält es doch für gut, Leute, die was werden könnten, mit einer kleinen Zwangserziehung zu beglücken – und wenn's auch weh tun sollte. Was ist also die große Müdigkeit? Sie entsteht, wenn man Spießerglück will – und doch zu Sternenglück erzogen werden soll. Es gibt auch höhere Wesen, die sich zu Gunsten noch höherer Lebensreizer auch das Sternenglück abgewöhnen müssen – u.s.w. – immer höher – mit Grazie ad infinitum! Rede nicht. Onkelchen. Denke darüber nach.«

Und ich tat's.

Und dann wollte der Kleine wieder was lesen.

Und ich fand gar nichts Rechtes; mir genügten meine Sachen plötzlich nicht mehr, was mir sehr schmerzhaft war.

Doch schließlich gab ich zögernd wiederum drei Sachen raus.

Noahs Glück

»Die Leute denken immer,« sagte Noah, als er seine Barke vollgepackt hatte, »ich hätte das Reisen so gern. Das ist aber gar nicht wahr. Es gefällt mir hier überall nicht – und daher reise ich – das ist die ganze Geschichte.«

Mit diesen Worten stieg Noah in seine Barke.

Diesmal war's eine Luftbarke.

Und mit der Luftbarke fuhr er rasch in den freien Äther hinaus – an Mond und Sonne vorbei – in die große Sternenwelt.

Und bald war Noah jenseits von unserm Milchstraßensystem.

Er war also schon recht weit gefahren, und seine Frau wunderte sich schon.

Doch Noah fuhr noch weiter – er steuerte auf einen großen Nebelfleck zu, der aus lauter Pilzsternen bestand – aus sehr vielen bunten und mannigfaltig geformten Pilzsternen.

Und Noah fuhr mit seiner Barke hinter den Nebelfleck und begann dann plötzlich ein lustiges Liedchen zu pfeifen.

Da kamen Noahs sämtliche Anverwandte aufs Deck hinauf und lachten.

»Jetzt sind wir endlich so weit!« rief der alte Noah mit seiner hellen Geisterstimme.

Und Noahs Frau fragte ihren Mann:

»Na, bist Du jetzt glücklich?«

»Jawohl,« rief der alte Noah, »jetzt bin ich vollkommen glücklich. Hier können wir bleiben – die Pilzsterne sind undurchsichtig – und von dem Milchstraßensystem, in dem sich die alte Erde dreht, werden wir nimmermehr was sehen können.«

»Das ist man gut!« riefen Alle.

Und Noah pries sein Glück.

Und Noahs Anverwandte lachten – mitsamt seiner Frau.

Noah jedoch weinte vor Freude – so groß war sein Glück.

Und die Pilzsterne blieben undurchsichtig für alle Ewigkeit.

Und Noahs Luftbarke blieb fest verankert.

Die Bewohner der Luftbarke sahen woanders hin.

Und Noah pries sein Glück tagtäglich hundertmal und konnte sich viele Billionen Jahre gar nicht beruhigen – so sehr freute er sich über die totale Unsichtbarkeit jenes Milchstraßensystems, in dem sich jener »Erde« genannte Stern bewegte.

Da kam eines Nachts ein kluger Vogel an der Barke vorbeigeflogen – sah den Noah und sprach redselig:

»Noah, das ganze Milchstraßensystem, von dem Du nichts mehr hören und sehen willst, existiert ja gar nicht mehr. Flieg nur um die Ecke Deines Nebelflecks herum – da wirst Du Augen machen.«

Noah löste vorsichtig die Anker und fuhr ganz sachte, ohne daß die Schläfer und die Schläferinnen unten in den Kajüten was bemerkten, um die Ecke seines Nebelfleckes rum – und fiel – vor Schreck rücklings aufs Deck.

Ein kolossaler Weltdrache füllte die ganze Gegend und glotzte den Noah mit Millionen Augen so eklich an, daß dem Armen ganz plümerant zu Mute wurde.

Doch der Drache sagte nach einer Weile höchst gemütlich:

»Lieber Noah, ich habe soeben siebenmalsiebenundsiebzig Tausend Milchstraßensysteme verspeist – glaubst Du da, daß ich noch Appetit haben könnte?«

Und der Drache lächelte sehr blöde und flog empor und ließ eine weite Leere hinter sich.

»Er hat sich satt gefressen!« rief der kluge Vogel.

Noah sprang auf, drehte rasch seine Barke um und machte, daß er weg kam, und befestigte die Anker wieder an den alten Stellen hinter dem Pilzsternnebelfleck.

Niemand auf der Barke erfuhr was von Noahs nächtlicher Fahrt um die Ecke rum.

Noah aber pries nicht mehr sein Glück.

Es kam dem alten Noah für die Folge sein Leben zeitweise komisch vor, so daß er oftmals lächeln mußte.

Und er freute sich nun, daß Niemand auf der Barke sein Lächeln verstand; die Pilzsterne blieben undurchsichtig.

Nebelsterne

Sieben Nebelsterne empfanden den Dunst, in dem sie viele Billionen Jahre gelebt hatten, eines Tages als etwas Unerträgliches.

Aber der Dunst gehörte zu ihnen; er war ein Teil ihres Körpers. Der Dunst war die Haut ihres Körpers. Abstreifen konnten sie also ihre Dunsthaut nicht so ohne Weiteres. So was können wohl kriechende Schlangen – aber nicht die Nebelsterne.

Die anderen Sternwelten in der Umgegend hatten keine Dunsthaut. Und das ärgerte die Nebelsterne am allermeisten.

Und das Herz der Nebelsterne ward verbittert, so daß sie ganz gallig wurden und tückischen Gedanken Raum gaben.

Die Nebelsterne wollten den anderen Sternwelten auch so gern eine unbequeme Dunsthaut anhängen.

Und was beschlossen da die Bösen?

Sie beschlossen, sich so weit aufzublasen, daß ihr Dunst ihrer gesamten Nachbarschaft zur Empfindung gelangen mußte.

Und die Sieben bliesen sich auf.

Und der ganzen Nachbarschaft ward unwohl; die anderen Sternwelten, die so lange so klar die Welt durchleuchtet hatten, verloren ihren Glanz, denn der Dunst der Nebelsterne umzog Alles wie ein feiner Rauch.

Da war den sieben Bösen so recht vergnügt zu Mute; jetzt hatten sie nicht mehr allein unter ihrer Dunsthaut zu leiden.

Aber die anderen Sternwelten wurden ergrimmt und wollten den Dunst fortblasen. Und bei dem Fortblasen erregten sie sich alle dermaßen, daß allgemach eine kriegerische Stimmung in jener Weltecke die Oberhand gewann.

Und bald zogen die einstmals hellen Sterne gegen die Nebelsterne zu Felde; mächtige Weltblöcke flogen wie Kugeln von allen Seiten in die sieben bösen Nebelsterne hinein, daß denen die Eingeweide platzten und das Mark verbrannte.

Es war ein schauerlicher Krieg.

Was aber war die Folge dieses schauerlichen Sternkrieges?

Die Folge war, daß sich die Körper der sieben Nebelsterne bloß noch mächtiger aufbliesen, daß ihre ganze Galle überfloß und in die anderen Sternwelten überging.

Und die ganze Wut der sieben Nebelsterne erfüllte bald die ganze große Weltecke, so daß sich die einstmals hellen Sterne schließlich auch gegenseitig bekämpften wie tolle Hunde. Alle schlugen aufeinander los – ganz gleich, wohin es traf – so daß es brannte an allen Ecken.

Es war ein rasender Krieg Aller gegen Alle.

Wie sie nun so mitten in ihren kriegerischen Aktionen dahinlebten wie die Verrückten, kam doch einigen älteren Sternen die Besinnung wieder, und die sprachen mit gewaltiger kosmischer Stimme ungefähr so:

»Haltet ein, Brüder! So kann das doch nicht fortgehen. Wir gehen ja schließlich dabei sämtlich zu Grunde. Wir müssen Frieden schließen – wie's auch sei! Den Dunst der Nebelsterne werden wir wohl nicht wieder los. Aber wir wollen doch versuchen, auch trotz dieses Dunstes wieder froh zu werden. Jedenfalls sind wir um eine große Weisheit reicher geworden: Wenn uns böse Buben angreifen und belästigen, so sollen wir nicht gleich wütend werden. Mit der Wut richten wir doch nichts aus. Giftigen Dunst bläst man nicht so leicht fort. Man tut besser, sich an den giftigen Dunst zu gewöhnen. Hört auf mit dem Herumwerfen der großen Weltblöcke! Wenn Ihr nicht aufhört, gehen wir Alle zu Grunde.«

Da ging ein leises Murren durch die Weltecke. Aber man sah die Nutzlosigkeit des Kampfes ein und schloß wieder Frieden.

Alle Sterne suchten danach ihre Wunden, so gut es ging, wieder zu heilen.

Die Nebelsterne hatten am meisten gelitten. Doch auch sie waren mit der großen Friedenserklärung einverstanden; ihre Dunsthaut verblieb ja in der ganzen Weltecke – das ließ sich nicht mehr ändern.

Indessen – die einstmals hellen Sterne gewöhnten sich allmählich an den giftigen, lästigen Dunst und erklärten ihn schließlich für ein höchst interessantes kosmisches Schleiergebilde.

Und so beruhigte man sich nach und nach.

Und dann wards wieder still in der Weltecke.

Das Leben ist eben in jeder Form erträglich; man darf nur nicht ungeduldig werden.

Bloß nicht gleich Krieg führen, wenn böse Buben frech werden! Die böse Sieben! Ja! Ja!

Also – lieber ein bißchen Dunst ertragen!

Das Ertragenkönnen ist viel wertvoller als das Losschlagenkönnen. Die Wunden heilen nicht so schnell. Bilde sich bloß Keiner ein, daß es ein Vergnügen sein könnte, als interessanter Krüppel zu leben!

An giftigen Dunst aber gewöhnt man sich – das ist nicht so schlimm!

»Brüder!« riefen die Sterne, »wenn wir weiter nichts zu ertragen brauchen als das bißchen Dunst, so können wir immerhin noch ganz glücklich sein.«

Die sieben Nebelsterne ärgerten sich natürlich über die friedliche Gesinnung ihrer Nachbarschaft nicht wenig, jedoch dieses Mal half ihnen der Ärger nicht viel – sie hatten mit dem Zusammenflicken ihrer Glieder für die nächsten Jahre vollauf zu tun.

Bösewichter müssen Beschäftigung haben – das ist so furchtbar notwendig.

O ja!

Diese verfluchten Hallunken!

O trag, so viel Du tragen kannst,

Und sei nie ungemütlich!!

Groß!

Sechstausend Ellen lang und fast ebenso breit ist die große Kröte, auf der mein Palast erbaut wurde.

Vor vielen langen Jahren zog ich ein – in den Palast.

Und die Kröte wandelt nun mit mir durch die große, große Welt.

Ob die Kröte was von mir weiß?

Ach! Die Kröte ist so groß.

Ich bin grausam klein dagegen.

Natürlich ist es eine Schildkröte – die Kröte, von der ich so viel spreche.

Wenn bloß diese Schildkröte ein wenig schneller gehen wollte.

Ich möchte so gerne noch heute ans Ende der Welt gelangen – ans Ende!

Geh schneller, liebe Kröte!

Ich möchte ja endlich mal die Größe der ganzen Welt begreifen – oder verstehen – fassen!

Aber wie soll ich das?

Ich kann ja doch nicht ans Ende kommen, denn es gibt ja kein Ende!

Geh schneller, liebe Kröte!

Sie will natürlich wieder nicht.

Was hilft mir da ihre Größe?

Alles wird immer größer – und es hilft uns Alles nichts.

Es nützt auch nichts, daß unser Durst immer größer wird!

Den Weltrand werden wir niemals an unsere Lippen setzen können.

Ich würde auch den Weltrand zerbeißen.

Geh schneller, liebe Kröte!

Nützen zwar tut es nichts – aber mir kommt dann – wenn Du Dich beeilst – wenigstens die Zeit nicht so maßlos groß vor.

Ach, du »liebe« Zeit!

Kaum hatte das Nilpferd die Lektüre dieser drei Geschichten beendigt, als sich eine Türe knarrend öffnete und ein zweites Nilpferd aufrecht hereinspazierte. Dasjenige, welches mich gerettet hatte, verließ eilfertig seinen Schaukelstuhl und sagte, während es zögernd auf mich zukam: »Die Herren gestatten wohl, daß ich sie einander vorstelle: Herr König Ramses aus Ägypten – Herr Dichter Scheerbart aus Europa.«

Ich verließ meine Ofenbank, verbeugte mich höflich gegen den neuen Ankömmling und stotterte verlegen: »Majestät – entschuldigen!«

Doch das kleine Nilpferd lachte und sagte:

»Laß nur das Ceremoniell! So wie wir jetzt aussehen, paßt es nicht mehr recht für uns. Nenn mich ruhig Du und alter Ramses. Das genügt. Gerne würde ich Dir die Hand schütteln, aber ich habe ja keine. Übrigens nennen sich die ägyptischen Könige, die hier wohnen, King – da es uns so vielen Spaß macht, daß die Engländer noch immer unser Vaterland regieren. Behalte nur Platz – und lege Dir gar keinen Zwang auf.«

Da fühlte ich mich aber etwas peinlich berührt, denn ich hielt nun meinen Retter auch für einen ägyptischen King und sprach dem entsprechend.

Mein Retter lachte jedoch und sprach:

»Ich bin kein King. Ich bin der Pyramideninspektor Riboddi.« Nun machte ich denn doch ein sehr erstauntes Gesicht – und da lachten die Nilpferdchen mit ihren breiten Mäulern so laut, daß es oben in den Gewölben wie Donnergrollen erschallte.

»Er wundert sich doch noch!« rief der Pyramideninspektor dazwischen.

Und ich mußte dazu ebenfalls lachen – so wie die beiden alten Ägypter; das Lachen erschien mir immer die beste Art zu sein – um schnell über eine peinliche Situation hinwegzukommen.

Wir setzten uns jetzt alle drei in Schaukelstühle, und der König Ramses sagte gleich ganz offen:

»Lieber Scheerbart, Ihren Namen habe ich öfters gehört – aber gelesen habe ich noch nicht eine einzige Zeile von Ihnen. Würden Sie nicht so freundlich sein, mir etwas zum Lesen zu geben, damit ich weiß, wie Sie sind? Entschuldige, daß ich Dich aus Versehen Sie nannte – aber mir ging plötzlich die Lebensgeschichte eines ägyptischen Priesters durch den Kopf.«

Die acht Geschichten, die ich dem ersten Nilpferdchen gegeben hatte, waren von diesem bei Seite gelegt, und es sagte jetzt lächelnd – wobei seine faustgroßen Vorderzähne leuchteten:

»Onkelchen, knausere nicht! Greif in Deine Taschen und hole aus jeder ein neues Manuskript hervor; ich will auch was Neues haben. Aber wähle nicht erst lange – gib, was Dir zuerst in die Hand kommt.«

Und da bekamen die Herren das Folgende.

Platzende Kometen

Was ist das?

Es wird immer dunkler und so schwül.

Blitze zucken, aber es donnert nicht.

Jetzt pfeift es oben – so gellend wie Lokomotiven, die Angst haben vorm Tunnel.

Und nun fliegen Hagelstücke runter, große Hagelstücke und kleine Hagelstücke. Sie sind nicht rund, sie sind zackig und kantig wie schlecht gehauener Zucker.

Aber Zucker ist das nicht – es schmeckt kühl und herzhaft.

Und jetzt rauscht es oben in den Wolken.

Die Wolken jagen blitzschnell vorbei.

Ein Sturm wirbelt durchs Land.

Die Bäume brechen ab, die Dachziegel fliegen mit Blumentöpfen, Menschenhüten und flatternden Krähen weit weg – ins freie Feld.

Es hagelt dabei und regnet.

Der Regen schmeckt so kühl und herzhaft wie die Hagelstücke.

Da steckt was Seltsames drinn in diesem Hagel und in diesem Regen.

Die Gelehrten fahren mit ihren Galakutschen aufs Rathaus und halten dort lange Reden; alle Gelehrten haben Hagelstücke in der Hand, einige haben noch Flaschen mit dem neuen Regenwasser.

Die Gelehrten reden ausgezeichnet, und währenddem hagelt's und regnet's draußen immer stärker.

Und der Sturm heult – heult.

Im Rathause erklären die klugen Gelehrten, daß das kein gewöhnlicher Hagel sei – auch kein gewöhnlicher Regen.

Und sie kosten alle von den Hagelstücken und trinken das Regenwasser.

Und sie sagen, da sei ein neuer Stoff drinn – im Himmel müsse ein Komet geplatzt sein – es müsse ganz bestimmt ein Komet gewesen sein.

Kometensalz ist der neue Stoff.

Er wirkt nur so komisch.

Wer das neue Salz gekostet hat, dem zieht so was Weiches durch alle Glieder und die Gedanken werden so einfach.

Das Kometensalz ist verführerisch wie Alkohol.

Das Kometensalz brennt aber nicht hinten im Munde und unten im Leibe, reizt nicht auf – es macht genügsam – still.

Die Menschen, die das Salz im Magen haben, können bald ihre Gedanken nicht mehr sammeln. Es ist den Menschen, als ginge Alles fort.

Und dann bleiben die Menschen stehen und gehen nicht weiter, ihre Glieder werden steif und hart wie Holz, und der erhobene Arm will nicht mehr runter; die Hand, die den Hut zum Grüßen zog, bleibt mit dem Hute oben in der Luft.

Allmählich verhallt der Sturm, und das Wetter wird wieder besser.

Beim hellen Sonnenschein merkt man aber erst den Umfang der ganzen Geschichte.

Zehn nasse Soldaten auf dem Übungsplatze vor der Kaserne stehen auf einem Beine kerzengerade, doch das andere hochgehobene Bein geht nicht runter. Eine Bäckersfrau stößt dem einen Soldaten in die Seite, und alle Zehn fallen um wie hölzerne Soldaten aus einer Spielschachtel.

Die Luft ist wieder still.

Und die Menschen lecken an dem Kometensalz, das massenhaft die Erde bedeckt. Die Tiere lecken auch an dem Kometensalz.

Und dann bleiben die Menschen und die Tiere nach und nach sämtlich auf der Straße und in den Häusern in seltsamen Stellungen stehen – sitzen – oder – liegen.

Den Hunden bleibt das Maul offen.

Die Vögel überschlagen sich in der Luft, fallen mit steifen Flügeln auf die Salzhaufen und rühren sich nicht mehr.

Ein Leichenzug steht vor einer Kirche und kann nicht weiter.

Die Bäume werden ebenfalls starr. Die Trauerbirken und die Trauerweiden verharren in Windstellung – mit weit weggewehten Ästen – als wütete noch immer der große Sturm.

Und die Luft ist doch so still.

Und die Menschen und Tiere sind auch so still, als wüßten sie gar nichts mehr zu sagen.

Ein Schutzmann sitzt auf einer Parkbank unbeweglich mit einem Strolch zusammen – sie sehen sich unablässig an.

Ein Regiment dekorierter Nachtwächter befindet sich vor dem Rathause in konstanter Präsentierstellung.

Die Kinder sind in der Schule nicht mehr zu hören – so ruhig sind sie.

Und im Rathause sitzen die Gelehrten wie Wachspuppen da.

Der Bürgermeister, der das Salz nicht anrührte, schleppt sich müde nach Hause, trinkt im Sorgenstuhl vor seinem Schreibtisch ein Glas Wasser und sieht am Ofen seine Frau – sie ist unbeweglich wie ein abgeschiedener Geist.

Der Bürgermeister faßt sich an den Kopf und ruft plötzlich angstvoll: »Franziska! Das ist die neue Zeit.«

Aber er kann den Mund nicht mehr zumachen – das Salz hat auch ihn gepackt – es war im Wasserglase.

Das furchtbare Kometensalz ist überall!

In der Residenz sitzt der König auf seinem Throne und hält immerfort das Scepter – regiert aber nicht – denn alle seine Untertanen sind so steif wie er selbst.

Jedoch keinem der Gelähmten geht das Bewußtsein aus; das Gehirn arbeitet bloß etwas langsamer.

Die Augen behalten ihre Kraft.

Die Ohren hören; es ist nur nicht viel zu hören.

Lauter Salzsäulen an allen Ecken und mitten im Wege!

Lebende Salzsäulen!

Sie sitzen, als wenn sie unablässig nachdächten – stehen, als hätten sie was vergessen – liegen, als wären sie dabei, was Feines zu dichten – und rühren kein Glied.

Die Oberfläche der ganzen Erde ist ganz starr geworden.

Und nach sieben Tagen wird's im Himmel abermals finster.

Und abermals kommt ein Sturm.

Und der Sturm wirbelt die Tiere und Menschen durcheinander wie welke Blätter.

Schornsteinfeger fallen von den Dächern; Arbeiter und Soldaten, Frauen und Kinder rollen in den Gassen wie Tonnen herum, wobei die Glieder abbrechen, ohne zu bluten.

Und dann wird's wieder still,

Und allmählich verändert sich Alles.

Langsam fallen die Häuser ein.

Die Äste der Bäume fallen ab wie Eiszapfen.

Säulen platzen, Denkmäler und Türme brechen krachend entzwei.

Und dann sickert ein dunkler Staub auf die Erde hernieder.

Der dunkle Staub bedeckt Alles – auch die Wasser und die Meere.

Ein andrer Komet muß wohl geplatzt sein.

Der bestaubte Erdball dreht sich weiter.

Das harte Rot

Ich stehe auf einem schwarzen Berge – und ringsum ist Alles schwarz – das ganze Land und das ganze Meer – schwarz!

Und der Himmel ist gleichfalls schwarz.

Und nun gehen überall am Horizonte in gleichen Abständen rote Sonnen auf – dunkelrote Sonnen!

Aber das Land bleibt dennoch schwarz – das Meer und der Himmel desgleichen.

Über mir gehen auch viele rote Sterne auf – dunkelrote Sterne!

Und die roten Sonnen steigen gleichmäßig höher.

Aber nur die Sonnen und Sterne sind rot.

Ihr rotes Licht leuchtet nicht – es ist nur für sie – nicht für uns!

Alles, was nicht Sonne und nicht Stern ist, bleibt schwarz.

Es wird niemals anders sein.

Freunde

Sie winken und grüßen und lachen mich so lustig an, daß ich ganz heiter werde.

Sie reichen mir auch die Hände und bewegen so zierlich die weißen Finger.

Ich würde wohl mit denen da drüben gut auskommen – doch sie sind ja so fern – sie stecken alle in den Wolken – und die Wolken sind hoch.

Wenn's doch regnen möchte!

Dann müssen sie ja runterkommen!

Es regnet aber nicht.

Der Weg zur Schlachtbank

Rede eines Ochsen

»Ich bin ein großes Tier und ein gutes Tier. Ich weiß, wohin man mich führt. Und ich habe auch nichts dagegen. Ich bin der wahre Wohltäter der Menschheit. Ihr gehört mein Herz – ihr gehören auch meine Nieren und meine Schinken – und meine Knochen mit dem herrlichen Mark! Daß man mich nicht so ehrt wie andere Wohltäter, macht mir nichts aus. Auf Dank hab’ ich nie gerechnet. Daß man mich aber noch schlägt mit dem Ochsenziemer – halte ich für gemein. Muß ich auch noch zum Märtyrer werden? Wozu?«

Als nun die beiden Herren mit Lesen fertig waren, ergriff ich zuerst das Wort, da es mich immer ärgert, wenn ich in Gegenwart Andrer bloß zuhören soll.

»Wenn ich,« sagte ich mit scharfer Betonung jeder Silbe zum Pyramideninspektor, »die Erde bloß für eine große Erziehungsanstalt halten soll, so komm’ ich mir dabei auch nicht sehr geistreich vor.«

»Dazu,« versetzte der alte Ramses, »hast Du auch gar keine Veranlassung.«

Ich wollte sofort erwidern, wurde aber durch ein merkwürdiges Gebimmel daran verhindert; die Luft in dem schwarzen Felsensaal schien plötzlich zu Musik zu werden; unsichtbare kleine und größere Glocken klangen bimmelnd und brummend durcheinander – höchst melodisch – aber höchst merkwürdig.

»Das sind unsre unsichtbaren Diener!« sagte der Pyramideninspektor.

Und dann vernahmen wir eine helle Knabenstimme, die laut aus den Gewölben oben zu uns hinunter rief:

»Kommen Sie nur schnell, meine Herren! Das Abendbrot ist fertig – kommen Sie – kommen Sie – sonst werden die Kartoffeln kalt.«

Danach verstummten die Glocken.

Und wir erhoben uns aus unseren Schaukelstühlen.

Ich war recht ärgerlich und meinte brummig:

»Diese Erinnerung an das Abendbrot macht mich nicht grade sehr heiter, denn schön ist es wohl nicht, daß wir unser Leben durch Essen und Trinken erhalten müssen. Und daß Sie, meine Herren, das auch noch müssen, imponiert mir ganz und gar nicht.«

Ramses fragte mich höflich:

»Sag mal, rauchst du vielleicht gerne?«

Ich bejahte die Frage, und der Pyramideninspektor meinte drauf ganz trocken:

»Dann können wir’s ja so einrichten, daß Du Deine Mahlzeiten rauchend einnimmst. In diesem Falle müßtest Du aber vorher ein elektrisches Bad nehmen. Zeit wäre noch dazu, denn unser Luftknabe behauptet regelmäßig, daß das Abendbrot fertig sei, wenn’s noch zwei Stunden hin sind.«

Ich erklärte mich selbstverständlich sehr gerne bereit, sofort ein elektrisches Bad zu nehmen.

»Es ist aber recht schmerzhaft!« erklärte der alte Ramses.

Ich aber war neugierig und versetzte kühl:

»Das tut nichts.«

Und danach gingen wir durch einen schnurgraden erleuchteten Felsengang, in dessen schwarzen glatten Wänden unsre Gestalten sich deutlich widerspiegelten, zum Badezimmer.

Das Badezimmer hatte sehr viele vierkantige Säulen, die auch schwarz waren, aber nicht spiegelten. Jede Säule war von der nächsten oder der Wand nur zwei Meter entfernt. Sehr viele gelbe und weiße Metallgeräte standen umher, deren Bedeutung ich nicht verstand; dieselbe hatte auch kein Interesse für mich.

Ich wurde hier dem Oberpriester Lapapi vorgestellt, der sich natürlich auch in der Gestalt eines Nilpferdes zeigte und ebenso wie die beiden andern einen blauen Flanellrock trug.

Die Herren baten mich, ihnen während des Bades doch was zu lesen zu geben.

Und während ich nun mit einer Kühnheit, die mich selber überraschte, ins Bad stieg, lasen die drei Herren:

Das neue Leben

Architektonische Apokalypse

Langsam dreht sich der alte Erdball um die alte Sonne, die nicht mehr glüht und strahlt wie einst.

Dunkelviolett scheint die alte Sonne, so daß es nie mehr Tag wird – auf Erden niemals mehr.

Stille Nacht ist überall.

Es ist sehr sehr still.

Der Himmel ist schwarz wie schwarzer Sammet.

Die Sterne aber funkeln so hell wie sonst – wohl noch heller, da sie größer sind.

Goldene Sterne sind's!

Der Erdball ist ganz weiß – ganz mit weißem Schnee umhüllt – mit leuchtendem Schnee!

Sternklare Winternacht auf den Höhen und im Tal!

Die tote Erde dreht sich immer langsamer.

Doch im sammetschwarzen Himmel wird's lebendig.

Die großen Erzengel kommen.

Mit riesig großen weißen Flügeln flattern sie eiligst herbei. Es rauscht durch den Himmel.

Es wird so laut, so voll Trubel die Luft, als wenn viele Millionen großer Völkerscharen zu neuem Leben erwachen.

Aber es kommen nur die Erzengel. Es sind ihrer zwölf. Sie sind so schrecklich groß. Sechs umflattern die eine Hälfte der Erdkugel und sechs die andre, so daß man von beiden kaum mehr was sieht.

Die Engel beugen langsam, Flügel schlagend, die Köpfe herunter. Ihre Füße schweben hoch über den beiden Polen der Erde. Die zwölf Köpfe bilden bald mit ihren flatternden blonden Locken um des Erdballs Mitte einen prächtigen Haarring.

Zunächst nimmt jeder Erzengel den großen Dom, den er im Arme trug, in beide Hände und setzt ihn auf ein hohes Schneegebirge. Danach ziehen alle Zwölf ihre dicken Pelzhandschuhe aus und greifen geschwinde mit ihren zarten Fingern in ihren weltmeergroßen Rucksack.

Aus ihrem Rucksack holen die Engel viele hundert neue, blitzblank glänzende Paläste hervor. Und mit den Palästen schmücken sie den großen Schneeball, der sich Erde nennt, daß er bunt wird und mächtig funkelt; die Augen der Erzengel leuchten dabei, als wenn sie für artige Kinder Spielzeug auskramten.

Nachdem die Rucksäcke geleert sind, flattern die Engel wieder empor und schweben munter plaudernd in mäßiger Entfernung auf und ab in schönen großen Kreisbogen.

Die Erde sieht bunt aus, als wäre sie mit den Flügeln der kostbarsten Schmetterlinge, erfrorenen Paradiesvögeln und gleißenden Diamanten bestreut.

Und die Paläste werden hell. Millionen Lampen werden überall drinnen angesteckt; durch die bunten Glasfenster der hohen Dome und all die vielen Schlösser strömt gedämpftes Licht tausendfarbig in die violette Schneenacht hinaus.

Die violette Sonne wird noch dunkler. Die fernen goldenen Sterne verlieren auch viel von ihrem Glanz. Der sammetschwarze Himmel rahmt die sanft aufglühende Erde ringsum prächtig ein.

Und die großen Glocken der Dome läuten alle.

Ein Sehnsuchtsschauer durchrieselt die weiten Schneegefilde; durch die nagende Schwermut des kalten Erdballs ringt sich ein neues Leben durch – das ewige Leben!

Die Toten stehen auf.

Überall hebt sich die Schneedecke. Und all die Menschen, die einst auf der Erde lebten und starben, steigen aus ihren Gräbern heraus, schütteln sich den Schnee ab und sehen sich erstaunt an. Als sie merken, daß sie auferstanden sind, fallen sie sich gegenseitig um den Hals und sind sehr gerührt.

Ja! Ja! Wer hätte nicht gern ein neues Leben begonnen!

Die Erde dreht sich schneller.

Doch dieser große ernste Augenblick ähnelt einem großen drolligen Maskenfest, denn alle Menschen haben Kleider an, die denen gleichen, welche sie zu ihren Lebzeiten am häufigsten trugen. Die Bettler gehen neben den Königen, die Priester neben den Kriegern, die Handwerker neben den Gelehrten – in all den vielen Trachten all der vielen Zeiten. Vom Fellschurz bis zum gebügelten Oberhemd ist alles da.

Die Auferstandenen steigen die goldenen Stufen zu den Schlössern und Domen empor. Es wimmelt man so!

Alle Sprachen der Erde wirbeln durcheinander, daß es mächtig durch den ganzen Himmel brummt und die Glocken nicht mehr zu hören sind.

Oben aber vor den Türen der Schlösser und Dome stehen viele tausend Engel, die nicht größer als die Menschen sind, in zarten hellgrünen, hellblauen und hellroten Gewändern und warten.

Feierliche Begrüßung! Händedrücken und Wangengestreichel! Kopfnicken und Armgewackel! Viel Gelächter! Und viel lächelnde Behaglichkeit!

Die großen Burgen, die aus reinen Riesendiamanten bestehen, sprühen ihren Farbenbrand so festlich in die Dämmerung. Und die andern Edelsteine der weiten Säulenhallen glänzen mit den reinen Riesendiamanten um die Wette. Und die kostbaren Steingewächse, die aus den Domen aufstreben, sind auch so wunderbar. Die Smaragdkuppeln einzelner Schlösser werden von innen erleuchtet und werfen in den schwarzen Sanimethimmel weite grüne Lichtkegel, die sich langsam bewegen. Die Saphirtürme ragen höher empor als die anderen Türme. Und das stille Licht, das überall durch die tausendfarbigen Glasfenster hinausströmt, das schimmert so heilig-bunt und verheißungsvoll. Ungeheure Palastgebirge sind mit riesigen Opalbogen umgittert. Wenn das Auge von Pol zu Pol schweift, so wird es verzückt bei all der Glanzglut. Der Bauzauber ist so gewaltig, daß man sich verwundert fragt, wie es kommt, daß die auferstandenen Menschen nicht einfach toll werden. Aber – so entsetzlich es auch ist, so wahr ist es: die meisten Menschen denken bloß an das gute Abendbrot, das ihnen nach ihrer Meinung in den Domen und Palästen von eifrigen Dienern vorgesetzt werden wird.

Wie verblüfft sind da die Auferstandenen, als sie im Innern all der vielen Glanzburgen gar kein Abendbrot finden! Männlein und Weiblein sehen sich verwundert um, entdecken aber nichts. Draußen haben sie schon schmerzlich den gänzlichen Mangel an Bäumen, Früchten und Gemüsen bemerkt – und jetzt ist auch drinnen Alles nur unfruchtbarer Stein! Marmor und Rubine, Gold und Silber, bunte Lampen und bunte Wände, entzückend gegliederte Kuppeln, ein bißchen Sammet und Seide, mächtige Granatsäulen, glitzernde Glasgrotten und ähnliche Sachen gibt's ja in unüberschaubarer Menge – doch von Hammelbraten, Schneckensalat und Feuerwein keine Spur!

»Engel, wo bleibt das Abendbrot?«

Also ruft demnach baldigst ziemlich einstimmig das ganze große Menschengeschlecht.

Die Engel öffnen schweigend im Innern der Paläste und Dome kleine Seitenpforten, die bis dahin den Blicken der Menschen entzogen waren. Alle denken natürlich – jetzt gibt's zu essen, zu trinken und zu rauchen. Hei! Wie sie sich freuen!

Indessen – diesmal ist die Enttäuschung noch viel größer.

Das »alte« Leben grinst die Menschen an.

Es steht eben »Alles« wieder auf.

Doch ganz so schlimm wie damals, als die Sonne noch hell schien, ist das alte Elend nicht anzuschauen. Es ist anders umrahmt! Im Palastgeschmack! Die Säle und Zimmer, in denen die alte Beschäftigung wieder aufgenommen werden soll, sind mit so viel feinem Prunk umgeben, daß die »guten« Menschen doch mit großer Freude ins alte Fahrwasser hineinspringen, wenn's auch so unappetitlich ist wie schmutzige Wäsche.

Ja! Ja! Das alte Leben!

Der eine muß wieder seine kranke Frau pflegen, die ohn' Unterlaß stöhnt und klagt; er beginnt den Tanz der Qual mit kalter Ruhe wieder von vorn, wie schon so oft – wirklich ein guter Mensch! Ein andrer guter Mensch fängt wieder an, große Gesellschaften zu besuchen, und klagt dabei wieder über seine nie zu stillende Sehnsucht nach der ewigen Einsamkeit – genau wie einst. Ein Dritter ist wieder mit seinem Ruhme nicht zufrieden; er will immer anders berühmt werden, was ihm natürlich nicht gelingt, da er selber nicht weiß, wie er's haben möchte. Ein Vierter bekämpft mit altem Mute seine riesige Sinnlichkeit und wird zum ächten Asketenhäuptling, läßt wieder seine eiserne Willenskraft bewundern, obgleich er sich in jeder stillen Stunde auslachen muß, da ja alle seine Kraft nur eine naturgemäße Folge von Ausschweifung und Ekel ist. Ein Fünfter hofft immer einen Sack mit Gold zu finden – und was findet er? Einen Sack mit giftigen Witzen!! Ein Sechster muß stets vergeblich »Geld« besorgen – d.h. es gelingt ihm nie!! Und ein Siebenter muß zu Allem »Ja« und »Amen« sagen, was ihm von je so schwer fiel. Und die Millionen Andern arbeiten und regieren, befehlen und gehorchen – auch genau so wie einst. Die Maschinen rasseln wieder, und die Denkerköpfe rauchen wieder, die Kartoffelfelder tragen wieder ihre mehligen Früchte, die Säufer saufen ganz im alten Stile weiter, und die Verbrecher brechen wieder bei den Leuten, die was haben, ein.

Alles ist wie einst! – Es spielt sich bloß schön umrahmt in herrlichen Palästen und Domen ab, die so groß sind, daß man gar nicht durchsehen kann. Sonst ist kein Unterschied.

Die guten Menschen sind natürlich mit Allem zufrieden – aber die bösen Menschen sind natürlich mit nichts zufrieden – ihnen genügt nicht die Alles belebende Sonne der Baukunst – sie wollen Abendbrot mit Austern und starkem Getränk – ununterbrochenes Vergnügen mit Tingeltangel und Schlittenfahrt.

Die guten Engel wollen die bösen Menschen besänftigen und trösten, sagen freundlich: »Kinder, Ihr wißt gar nicht, was Euch frommt! Leid und Freud sind in jedem Menschenleben ganz gleichmäßig verteilt. Diese ist ohne jenes gar nicht denkbar. Seid vernünftig! Alle Wünsche sind nicht erfüllbar. Ist es nicht genug, daß wir Euch eine angenehme Umgebung geschaffen haben? Ihr wollt bloß immer vergnügt sein – und das geht doch nicht.«

»Warum nicht?« schreien die Bösen.

»Weil's Euch langweilen würde!« antworten die Engel, und sie gähnen, während sie an ein ›ewiges‹ Glück denken.

Die Bösen aber lachen – so häßlich, daß die guten Engel ernstlich böse werden.

»Man sollte Euch eigentlich,« fahren sie in schärferem Tone fort, »piesacken – mit feurigen Zangen. Die Dummheit muß mit Feuer und Schwert ausgerottet werden. Ihr werdet's niemals verstehen, daß anständig ›wohnen‹ besser ist als anständig ›leben‹. Wie die Pflanzen der Erde hauptsächlich nur von Licht und Luft lebten, so sollt Ihr jetzt auch hauptsächlich von dem leben, was Euch umgibt – von dem Licht und von der Luft der göttlichen Baukunst, die die ›wahre‹ Kunst ist. Ist es Euch tatsächlich nicht genug, in diesen himmlischen Strahlburgen leben zu können? Wißt Ihr immer noch nicht, was es heißt: in einer Traumwelt daheim zu sein? Das ist doch die prickelnde Auster der Armut! Was sind dagegen alle Kaninchen des Reichtums? Eine große Quarkerei – nicht mehr! Euer Leben soll nur ein Akkord in der Sphärenmusik des Alls sein – Euer Schmerzenslaut ist also nicht zu entbehren – sonst wird ja die Sphärenmusik so weichlich wie Milchreis! Ihr unglaublichen Nilpferde!«

Die Bösen schütteln sich vor Lachen und halten sich den Bauch. Die Engel bleiben aber ganz ernst, sie sagen noch traurig: »Ihr kommt ja sämtlich nicht zu kurz! Die Qualen des Bettlers werden gleich mit Freuden belohnt, von denen die armen Könige nichts wissen. Und zu alledem kommt noch diese prunkvolle Traumwelt Eurer Wunderpaläste.«

»Die macht uns grade erst recht begehrlich! Wir wollen keinen Selbstbetrug!«

Also schreien wild durcheinander die dummen Bösewichter, die immer vergnügt und selig sein wollen.

»Na, wenn Euch der Selbstbetrug nicht paßt,« donnern die Engel los, »so könnt Ihr ja wieder in Eure Gräber zurück. Eure kannibalische Dummheit soll uns das neue Leben, das wir Euch in dieser Glanzwelt darboten, nicht verleiden!«

Und es treten die hellgrünen Engel mit dunkelgrünen Tannenzweigen hervor, und mit den dunkelgrünen Tannenzweigen berühren sie alle Unzufriedenen.

Und die Berührten fallen um und sind tot.

Rasch werden sie hinausgetragen und wieder im Schnee verscharrt.

Jede Spur der Bösen ist bald verweht.

Die guten Menschen aber, die schon dankbar sind, wenn sie bloß in einer glanzseligen Traumwelt leben können, nehmen die Qualen des alten Lebens ruhig über Alles und wollen nicht mehr.

Wie die hellgrünen Engel zurückkommen, streicheln sie den guten Menschen freundlich die klugen Köpfe.

Durch die bunten Glasscheiben strahlt das neue Glück in die Schneenacht hinaus, die gar seltsam wird.

Die Smaragdkugeln leuchten mit ihren grünen Lichtkegeln durchs schwarze Weltall.

Die Saphirtürme recken sich noch höher – wie übermütige Gespenster.

Die riesigen Opalgitter schimmern wie Millionen aufgescheuchter Schmetterlinge.

Die vielen kleineren Schlösser sehen auf dem weißen Schneeball, der sich Erde nennt, wie Glühwürmchen aus.

Und es ist Alles so rührend-feierlich in der ewigen Dämmerstunde, daß Jeder ruhig werden kann.

Die Erzengel beugen sich zum zweiten Male zur Erde herab.

Die blonden Riesenlocken bilden wie vorhin einen prächtigen Haarring.

Die unbeschreiblich großen Engel stecken die festlich erleuchteten Paläste wieder in ihren Rucksack, ziehen ihre Handschuhe an, nehmen ihre Dome in den Arm – und flattern davon.

Bald dreht sich der ganze Erdball so langsam wie vorhin – wie ein großer Schneeball, den Kinder rollen, wenn sie einen Schneemann bauen.

Die violette Sonne glüht in der Ferne wie eine alte Ampel, der das Öl ausgeht.

Die goldenen Sterne funken im tiefschwarzen Sammethimmel – wie glückliche Strahlburgen.

Und die Nacht ist so still – so grabesstill!

Während nun die drei Herren ihre Freude an meiner Apokalypse hatten und die Anspielung mit dem Abendbrot sehr wohl verstanden, empfand ich Höllenqualen.

Ich stand in einem viereckigen Loch, das über zwei Meter in die Tiefe ging. Und in diesem Loch empfand ich plötzlich von unsichtbaren Händen heftige Schläge, die über meinen ganzen Körper zuckten. Ich war ganz nackt und schrie erbärmlich, denn die Massage, die mir unsichtbare Hände angedeihen ließen, schien mir alle meine Nerven zu zerreißen – ich empfand Schmerzen – als würden mir überall Zähne ausgezogen. Aber in den Händen eines Zahnziehers hätte ich paradiesische Wonnen gespürt – dieses elektrische Bad arbeitete vollständig – es war die höhere Hölle – ich danke schön – die Vergleiche fehlen mir.

Indessen – genug davon!

Als ich wieder aus dem Loche rauskam, war mir so unbeschreiblich wohl, daß die Leiden schnell vergessen wurden.

Unsichtbare Hände zogen mir wieder die Kleider an, und die drei Nilpferdchen beglückwünschten mich und führten mich in den herrlichen Speisesaal, allwo sich noch vier andere Nilpferdchen einfanden.

Es lebten also in diesem Felsenschloß sieben Nilpferdchen.

Die mir bereits vorgestellten waren:

King Ramses

Pyramideninspektor Riboddi

Oberpriester Lapapi

Und die vier Andern, die mir erst im Speisesaal vorgestellt wurden, waren:

King Amenophis

King Necho

King Thutmosis

General Abdmalik

Wir setzten uns um einen ovalen Tisch auf bequeme lederne Polstersessel mit hohen Lehnen; ich hatte auch solchen Sessel.

Aber auf der Tafel, die aus einer glatten, weißen Steinplatte bestand und (wie schon gesagt) oval war, konnte ich keine Speisen erblicken – auch kein Tischzeug – einfach gar nichts.

Ich wunderte mich und sagte, daß ich das täte.

Und darüber amüsierten sich die sieben Herren.

Mir wurde fast unbehaglich zu Mute.

»Bitte,« sagte King Thutmosis, »geben Sie mir ein paar Manuskripte heraus.«

King Ramses rief heftig dazwischen:

»Nenne den Onkel doch Du, mach' doch nicht so viel Umstände.«

Und nun nannten sie mich alle Du und wollten mich näher kennen lernen.

Mir blieb demnach einfach nur übrig, dem Verlangen der Herren zu willfahren.

Und ich legte auf den blanken weißen Tisch nachfolgende drei Geschichten, die von meinen Nachbarn zur Rechten und Linken mit Begierde ergriffen wurden.

Wir maken Allens dot!

Clownerie

Hopp!Hopp!Hopp!

Da is er – zieht Cylinder – verbeugt sich und sagt ernst wie Staatsanwalt:

» Dramatûschek!«

Der Andre lächelt, klopft sich auf dickes Bauch, nickt mit kahles Kopp und sagt schmunzelnd:

»Seer erfreut, mein Lieber! Ick bin der Kapitálski.«

Händegeschüttel – Schmunzelei – zwei Stühle – Cylinder vergraben – Männer rauchen jleich Ziehgarn – bald serr viel Dampf in Luft.

»Ick bin,« spricht Dramatûschek, »wie Sie woll wissen – ein Schenie!«

»Weeß ick längst!« erwidert Kapitálski.

»Ick will,« fährt Dramatûschek fort, »bauen jroßes Theater mit neistes Brimborium and allerscheenstes Humbug (speak: Hömmböck!). Wir maken Allens dot. Jiebst du Kapital? Speak, Kapitálski!«

Jast legt rechtes Bein auf linkes Bein, raucht wie Schornstein und kickt jradaus wie Tatmensch.

Kapitálski steckt rechtes Hand in sei Rocktasch – zieht aber jleich wieder Hand raus.

Dramatûschek kriegt Courage, redet feste:

»Mensch-jutes! Denk an! Ick hab jroßes Jedank mit jroßes Mond – das schwebt auf Podium und quiekt: Au!«

»Jroßes Narr – kei Schenie!« murmelt Kapitálski – Jast seiniges jleich serr hitzig.

Dramatûschek, das jroße Schenie, erhebt sich von Stuhl und hält wildes Red:

»Du hast kei Ahnung, Kapitálski! Weißt Du, was ick will maken? Ick will maken jroßes Theater – serr jroßes und auch serr kleines. Da sollen Sterns vons Himmel auftreten als Aktörs, sollen sein tiefsinnik wie altes Sokrates – noch meer tiefsinnik. Jroßes Riesendams sollen ooch kommen in schlackerndes Feuer und buntes Pfaulicht. Tanzen sollen Panthers und Kameels, Oxen und Schenies. Janzes Welt soll werden gekrempelt um. Allens maken wir dot! Siehste, Kapitálski?«

»Nix seh ick!« schreit der Herr mits Portmonnee.

»O du stupides Eichkatz!« kreischt nu Dramatûschek, »hast Du kei Fantasie? Mal Dir aus ein jroßes Kunst mit Blitz und Donner – mit jroßes Krieg – mit herzzerdrücktes Jejammer und bombastisches Seligkeit. Wir maken Allens dot!«

»Kei Kunst!« replizieret Kapitálski, »dotmaken kann jedes Mörder. Aechtes Kunst muß maken jutes Appetit – aber nich dickes Kopp.«

Dramatûschek flennt wie trauriges Mutter und sagt dazu:

»Materialiste biste – kei Schenie! Aber jieb Kapital – dann biste Ober-Schenie – Erz-Schenie – Gold-Schenie – General-Schenie! Jieb Kapital! Sei Freund.«

Jutes Mensch janz jerührt – umarmt Kapitálski – derr steckt wieder Hand in Hosentasch – zieht raus blankes Ding – ächtes deutsches Pfennig – jiebts an jutes jerührtes Mensch.

Uih!

Bumm!

Dramatûschek springt hoch in die Höh, schreit wie Schwein bei Schlächters – makt immerzu Saltomortals und packt altes dummes Kapitálski an Gurgel – dreht – dreht – dreht ab das Kopp.

Wie Kopp in Dramatûscheks langes schmales Hand, steht Kapitálski ohne Blut und ohne Kopp janz ruhig auf – und – redet Bauch – sagt dunkel:

»Kapitálski kann leben ohne Kopp – braucht kei Kopp.«

Kopplos jeht das harte Mensch in sei Stall.

Dramatûschek heult wie Wolf, schmeißt Kapitálski-Kopp mang Publikus, daß alle Mächen quietschen – und fällt steif wie trocknes Brett auf sei Nas’.

Publikums janz dumm.

Schenie Dramatûschek weint blutijes Trän – Sand wird naß und rot – immer merr naß – wird rotes Strom – und armes Kerl schwimmt fort – auch in sei Stall ...

Armes Dramatûschek!

Armes Kerl!

Rotes Strom wird rotes Meer!

Armes Publikus!

St. Georg

Laster-Scherzo

Der Rothaarige führte mich schweigend zur Stadt hinaus – an der Windmühle vorbei – hintern Kirchhof – übers freie Feld.

Der Vollmond beleuchtete uns und die Gegend.

Der Rothaarige klatschte in die Hände und versank vor mir in die Erde.

Ein kalter Wind pfiff mir um die Ohren. Ich stopfte mir eine Pfeife, steckte den Tabak an, klappte den silbernen Deckel zu und rauchte.

Da mir die Gegend gefiel, setzte ich mich auf meinen Feldstuhl und blickte rauchend gradaus – so wie mir's der Rothaarige geraten hatte.

Und siehe – dort, wo mein edler Freund, der beste Taschenspieler unsrer Zeit, in die Erde gesunken war, da stieg jetzt langsam eine breite schwarze Tonne hervor. Die Tonne war gute zwei Meter hoch und wohl anderthalb Meter breit.

In der Tonne klirrte es und klapperte, und dann brach oben der Deckel entzwei, und ein eiserner Ritter kletterte wie ein Schornsteinfeger aus der Tonne raus, band sich von der rechten Wade die Stahlschiene ab, flickte mit ihr das Deckelloch und stellte sich aufrecht breitbeinig hin. Der Vollmond stand rechts oben, und das Ganze gab ein vortreffliches Bild; die Stahlrüstung glänzte mächtig und das zweischneidige Riesenschwert noch mächtiger.

Ich steckte mir eine zweite Pfeife an, denn bei Mondschein rauche ich immer sehr schnell.

Der Ritter packt sein Schwert mit beiden Händen fester und fängt zu kämpfen an. Es ist aber weder ein Drache noch sonst was zu sehen. Ich denke mir: es wird wohl ein unsichtbarer Feind sein.

Und ich habe recht.

Der Ritter flucht und brüllt:

»Das ist wieder das verfluchte Weib. Das Biest sitzt mir auf den Schultern und drückt – drückt immerzu. Die Augen werden mir wieder rot. Ich sehe wieder ein zerrissenes Laken und dicke wulstige Schweinsbeine.«

Der Ritter kämpft gegen Gebilde, die nur er sieht.

Und er wehrt sich, stochert wütend mit seinem Schwert in die obere Luft – und dann gibt's einen mächtigen Krach – der Ritter bricht durch und fällt in die Tonne, aus der er kam.

Ich rauche ganz gemütlich weiter und sehe mir nun die Tonne näher an, aber sie ist wie alle Tonnen.

Der Herr Ritter klettert wieder oben raus, macht das Loch im Deckel mit einem andern Stück seiner Rüstung nochmals ganz – und der Kampf geht von neuem los.

Es macht mir großen Spaß – zu sehen wie sich der arme Kerl abquält.

Er schimpft wieder wie vorhin:

»Verfluchtes Weib! Saupack! Immer dasselbe unflätig lachende Mopsgesicht! Drückt nicht so! Wo habt Ihr bloß die Kraft her? Ich breche ja wieder durch!«

Bumm! Das geschieht auch.

Dieses nächtliche Kampfspiel im Mondenschein wiederholt sich noch zehn Mal.

Der Ritter kämpft ohne Unterlaß mit den Gebilden, die nur er sieht – es sind augenscheinlich nette Gebilde.

Schließlich sieht es so aus, als wenn der Kerl ganz und gar verrückt wird; er stöhnt, jammert und kreischt.

»Mensch!« brüllt er schließlich, »kannst Du diesen ewigen nutzlosen Kampf so ruhig mitansehen? Mach doch der Sache ein Ende – sie ist ja so simpel! Meine ganze Rüstung habe ich schon zum Deckelausflicken aufgebraucht! So im Wams kann ich doch nicht weiterkämpfen. Es ist unglaublich – aber ich kann mir allein nicht mehr helfen. Das verfluchte Weib drückt mir wieder die Schweinsbeine in die Augen. Das Laken reißt noch weiter. Hilfe! Hilfe!«

Bumm! Schrumm! Da bricht er abermals durch.

Ich höre zu rauchen auf.

Wie er nun zum dreizehnten Male raufklettert und nun zum dreizehnten Male gegen das Weib mit den Schweinsbeinen ankämpfen will, mach' ich aus meinen Händen zwei Fäuste und renne gegen die Tonne an, daß die gleich umfällt.

Der Ritter fliegt im Parabelbogen aufs Feld.

Das Schwert fliegt weiter als der Ritter.

Ich gehe hin und höre, wie er ausruft:

»Jetzt hab' ich gesiegt!«

Ich will den armen Kerl aufheben – aber – der Körper ist ganz schlaff – die Augen sind verglast – der Atem ist weg.

Ich schmeiße den toten Körper wieder hin und gehe in tiefen Gedanken durch die Mondlandschaft nach Hause – am Kirchhof vorüber – neben der Windmühle – in die Stadt.

Ich habe meinen rothaarigen Freund seit der Zeit nicht mehr gesehen. Es war der unheimlichste Mensch, der mir je vorgekommen ist.

Er konnte oft so drollig sterben, daß man sich beinahe totlachen mußte.

Er hatte sehr viel über das Leben nachgedacht.

Der Mönch

Ich war ein Kind und sah ein Bild. Und das Bild zeigte mir einen jungen Mönch, der am Fenster saß und malte.

Es war Alles unglaublich still und friedlich. Draußen schien die Sonne über weite einsame Felder. Und am Fenster saß der Mönch und malte. Sein Gesicht sah so glücklich aus.

Da hat's mich gepackt.

Eine ahnende Empfindung durchschlich mich so sanft wie eine weiche zarte Hand.

Und ich wollte auch so malen – wie der Mönch.

»Solches Malen muß glücklich machen!« dachte ich.

Und ich wollte so malen – mein ganzes Leben hindurch – am stillen Klosterfenster – vor dem die weiten Felder der Erde so einsam daliegen – im Sonnenschein.

Während nun die Herren, aus dem alten Ägypten meine alten Geschichten lasen, ertönte in der Ferne eine leise, feine Geigenmusik, und in der Luft über dem Tische entstanden bläuliche Rauchwolken, und aus den Rauchwolken kamen kleine bunte, schimmernde Kugeln und kleine Krystallkörper in verschiedenen Formen hervor.

Und die Kugeln und die Krystallkörper schwebten bald wie Sterne über dem Tische; sie kreisten in feinen Kurven langsam umeinander, und feine Luftblasen schwebten dann schneller durch – und diese Blasen hatten Lichtschweife – wie die Kometen.

Die Nilpferdchen befestigten Pincetten an ihrer rechten Vorderpfote und fingen sich einzelne von den schwebenden Sternen, steckten sie in den Mund und verschluckten sie.

Das war die Abendmahlzeit meiner Gastgeber, und ich glaubte schon, ich sollte teilnehmen an diesem astralen Souper. Aber während ich das dachte, wurde mir eine schwarze Zigarre in den Mund geschoben von einer unsichtbaren Hand.

Die Zigarre brannte, und ich rauchte.

Die Rauchwolken meiner Zigarre mischten sich unter die Sterne, und ich fühlte, daß mein ganzer Körper immer kräftiger wurde.

Und ich rauchte und mußte lächeln, und ich sagte:

»Meine Herren, ich sage Ihnen meinen herzlichsten Dank für das elektrische Bad. Ich fühle, daß ich Nahrungsstoffe durch diese Zigarre in mich aufnehme. Ich freue mich sehr, daß ich mich in einer so einfachen und in keiner Beziehung lächerlichen Art ernähren kann.«

Ich verbeugte mich, und die Herren nickten mir mit ihren dicken Nilpferdköpfen freundlich zu.

Der Pyramideninspektor sprach aber:

»Lieber Freund! Du hast in Deinem neuen Leben, das Du uns im Badezimmer zu lesen gabst, das Wörtchen ›Nilpferd‹ in einer nicht grade respektvollen Form gebraucht. Wie gedenkst Du das wieder gut zu machen?«

»Ich bitte sehr um Verzeihung!« stammelte ich mühsam.

»Ohe!« riefen da Alle wie aus einem Munde.

»So einfach,« versetzte der Oberpriester Lapapi, »wirst Du die Sache nicht gut machen. Wir können beim Abendbrot ganz gut lesen. Die Verdauungstätigkeit stört unsre Gehirntätigkeit nicht im mindesten.«

Ich verstand, lächelte und rief:

»Meine Herren, Sie sind außerordentlich liebenswürdig!«

Und nach ein paar Augenblicken lagen neue Manuskripte auf der glatten Tischplatte.

Ich rauchte, und die Herren schluckten ihre kleinen Sterne und lasen meine Geschichten .

Der tote Palast

Ein Architektentraum

Ich wußte, wo ich hin wollte.

Ich stieg daher unverdrossen die schlecht behauene Felstreppe höher – und war bald da.

Und ich stand vor dem markigen Palast, den ich mein ganzes Leben hindurch haben wollte.

Aber so deutlich wie damals hab' ich ihn nie gesehen.

Der Palast sitzt auf der Bergkuppe wie ein zackiger Stachelhelm.

Ich bin sehr erstaunt.

Aber – es ist so still.

Ich habe eine so furchtbare Einöde noch niemals empfunden.

Und die Rubinsäulen stechen mir ins Auge – und die weiten Säle der Sonnenglut brennen so stark.

Das also ist der markige Palast, den ich mein ganzes Leben hindurch haben wollte!

Es ist Alles so tot!

Und eine Stimme spricht zu mir:

»Die Kunst, die Du erträumtest, ist immer tot. Die Paläste haben kein Leben. Bäume leben – Tiere leben – aber Paläste leben nicht.«

»Demnach« versetz' ich, »will ich das Tote!«

»Jawohl!« hör' ich's rufen – aber ich weiß nicht, wer das sagt.

»Ich wollte die Ruhe – den Frieden!« schrei' ich wild in grausigem Ekel.

»Die Ruhe,« hör' ich nun, »wirst Du schon finden – sei doch nicht so gierig!«

Und ich wußte, was ich wollte – ich wollte die Ruhe – ohne Luft – den Abgang ins Unendliche!!!

Der tote Palast zitterte – zitterte!

Heiliger Klimbim

Die Nachtfröste kamen eines Abends auf dem großen Kaninchenhof der tiefen Entrüstung zusammen.

Der Königsbrunnen plätscherte, und die Orgelpfeifen lamentierten wie junge Hunde, die ihr Lebtag noch Nichts zu essen bekommen haben. In der Gesindestube aß man trockenes Brot.

»Die Erde ist,« begann der stärkste Nachtfrost, »weich wie ein verfaultes Nachthemd – wir wollen ihr die richtigen Flötentöne schon beibringen. Auf!«

»Auf!« schrieen nun auch die andern Nachtfröste.

Und der alten Erde ward bald anders.

Der grimmige Igel

Weisheitsidyll

»Ja!« sprach der Igel zum Maulwurf, »diese dummen Menschen bilden sich wirklich was auf ihr Lachen ein. Als wenn das was Besondres wäre!«

»Längst überwundener Standpunkt!« flüsterte der kluge Maulwurf, »das Lachen haben wir nicht mehr nötig!«

Durch den Wald rauschte ein angenehmer Abendwind, und der Igel fuhr fort:

»Als wenn das Lachen was Besondres wäre! Du lieber Himmel! Nichts als Zerstörungslust! Nichts als Zerstörungslust!«

»Jawohl,« flüsterte der kluge Maulwurf, »alles Lachen ist ja eigentlich nur ein Auslachen. Und wer was auslacht, der möchte das, was er auslacht, gern vernichten.«

Da ward der Igel gräßlich grimmig, denn er haßte die Zerstörer. »Ich will den Menschen das Lachen austreiben!« schrie er ganz bleich vor Zorn.

Und er ging hin und stach einem unschuldigen Arbeitsmann in die Hühneraugen.

Der Maulwurf mußte lachen.

Den Igel aber schlug der Arbeitsmann mit seiner Axt entzwei.

»Nichts als Zerstörungslust!« flüsterte der Maulwurf.

Durch den Wald rauschte ein angenehmer Abendwind ...

Weltprotz

Alles sah ich.
Alles weiß ich.
Alles kann ich.
Was also soll ich?
Sag, was Du willst!
Ich sage stets:

Ein stiller Abend

Ich möchte so gerne fort, aber ich weiß nicht – wohin.

Ich möchte weit übers Meer und ferne Länder sehen – aber eigentlich liegt mir auch nichts daran.

Der Abend ist sehr still.

Ein stiller Abend!

Ist das mein stiller Abend?

Mir ist so, als wollte ich noch einem Menschen herzlich die Hand drücken – aber ich kenne die Menschen nicht mehr – und sie kennen mich auch nicht.

Die Luft ist milde und weich.

Und ich fühle, daß ich allein bin.

Ich habe mir das Alleinsein immer gewünscht – aber es ist mir doch nicht so recht.

Wenn der Abend nicht wäre!

Es stirbt was in mir – immer wieder stirbt was in mir – und das schmerzt so sehr.

Eine Hand! Eine Menschenhand! Nur noch ein Mal!

Ich fürchte nur, es ist zu spät.

Die Hand, die ich suche, ist wohl kalt – eine Totenhand.

Nach diesen Geschichten ergriff wieder der Pyramideninspektor Riboddi, der mich gerettet hatte, das Wort.

»Gehen wir,« sagte er, »gleich auf den Kern der ganzen Geschichten los. Ich reizte Dich anfänglich, mir etwas Schmerzliches zum Lesen zu geben. Und dem entsprechend ist das Meiste, was Du uns bisher gegeben hast, wirklich etwas Schmerzliches. Es liegt in allen Deinen Sachen, mein liebes Onkelchen, eine kleine Quantität Schwermut – Unzufriedenheit mit der Welt und mit dem Leben. Und diese Schwermut und diese Unzufriedenheit wollen wir Dir austreiben, denn sie erscheinen uns für einen Menschen, der was von der Welt und vom Leben begreifen möchte, als etwas Unschickliches. Nur Leute, denen es am nötigen Grips mangelt, können schwermütig und unzufrieden sein.«

Ich rauchte schweigend weiter und sagte nichts.

Und der King Thutmosis meinte nun:

»Liebes Onkelchen! Obgleich ich Dich nicht gerettet habe, mußt Du mir schon erlauben, Dich so zu nennen, wie's der Inspektor tut.«

Ich verbeugte mich höflich, aber da riefen alle durcheinander:

»Nu rede mal was!«

»Was fehlt Dir?«

»Wir wollen Dir helfen.«

»Los! Los! Mit Stillschweigen macht man sich hier nicht interessant. «

Mit diesen und ähnlichen Worten stürmten sie auf mich ein, und ich mußte mich ganz deutlich erklären; ausweichen konnte ich nicht, obschon ich's am liebsten getan hätte.

»Wie ich's auch drehen mag,« sagte ich zögernd, »ich komme immer wieder in eine Gemütsverfassung, in der ich der Welt und dem Leben beim besten Willen keinen Geschmack abgewinnen kann. Ich sage nicht mit meinem Weltprotz: ›Ich mag nicht.‹ Ich sage vielmehr ganz deutlich ohne jedes persönliche Ekelgefühl:

›Mir ist die ganze Geschichte unsympathisch.‹ Ich halte mich eben, da ich doch existiere, für berechtigt, der ganzen Existenzkomödie kritisch gegenüberzustehen. Das einfach-persönliche Unbehagen will ich für überwindlich – wohl auch für protzenhaft-blasiert – und jedenfalls für unberechtigt halten.«

»Halt!« rief nun der General Abdmalik, »so kommen wir nicht weiter. Gib uns mal zunächst eine größere Anzahl von Geschichten her, in denen das persönliche Stimmungselement mehr im Hintergrunde bleibt.«

Das setzte mich nun in große Verlegenheit, denn ich wußte nicht recht, welche Geschichten, hier am Platze sein könnten. Außerdem widerstrebte es mir, in dieser Form Rede und Antwort zu stehen.

Aber die Herren, denen ich das auseinandersetzte, wollten in jedem Falle sieben Manuskripte haben.

Und so suchte ich denn sieben Sachen, die mir so beinahe ›unpersönlich‹ zu sein schienen, zusammen – und gab sie heraus.

Dann rauchte ich meine nahrhafte Zigarre ruhig weiter, und die sieben Herren aus dem alten Ägypten schluckten ihre kleinen Sterne – und lasen dazwischen meine sieben Sachen, die nun hier folgen mögen.

Zahlenglück

Eine Seephantasie

Wie das brodelt, und wie das zischt, und wie das summt, und wie das rumort!

Und der Vollmond glitzert und blitzt übers weite Meer.

Aus dem rauschenden wogenden Meere steigt der Glückskrater heraus; das ist ein imposanter Felsenkomplex, der Feuer speit – wie ein angestochener Drache.

Und dampfen tut der Glückskrater – wie ein totgehetztes Rennpferd.

Der Vollmond glänzt, als wenn er sich aufpusten möchte; er bleibt aber, wie er ist; voller wird er nicht; es ist ihm das ganz unmöglich.

Die Dampfwolken des Kraters sind so weiß wie der Kalk an der Wand – wie Gespensterlaken.

Und Gespenster stecken auch drinn in den weißen Dampfwolken; Hexen – ganz verrückte Hexen – machen da einen Mordsradau.

In den Dampfwolken schimpfen die Hexen – was Zeug und Leder hält. Und das Geschimpfe klingt mit dem Rumor im Innern des Kraters trefflich zusammen – so harmonisch – wie Dudelsack und Harmonium zusammen klingen.

Und die Lawa quillt über den Kraterrand.

Aber das Feuer des feuerspeienden Berges ist nicht zu sehen; so dick ist jetz der weiße Dampfwolkenqualm.

Und die Hexen werden ganz rasend vor geifernder Wut, denn die heiße Lawa ist keine gewöhnliche Lawa – Zahlenlawa ist diese Lawa – sie besteht aus lauter glühenden, giftigen Zahlen, die sich drängen und balgen wie Gassenbuben. Da gibt's kleine Zahlen und große Zahlen, und die bilden immer wieder die schönsten Rechnungen – klappernde Zahlenketten!

Und die Zahlen sind lebendig wie krabbelnde Fische, die ins Netz gegangen sind.

Die Zahlen sind die Kinder der Hexen.

Eine ganz famose Lawa! Nette, niedliche Kinder sind's – das ist wahr!

Die Hexen schimpfen, was Zeug und Leder hält, denn den Kindern sieht man gleich die saubere Rasse an – die machen ihren Müttern alle Ehre. Das aber paßt den werten Eltern nicht; die Kinder sollen sich nicht gleich verraten.

Und die Hexen holen ihre Ruten vor und hauen die glühenden Zahlen, um sie äußerlich hübsch zu machen.

Da werden denn bald die Zahlen so herrlich wie die Schmucksachen in den Schaufenstern der Juwelierläden – sie werden zu goldenen Zahlen und zu Brillantzahlen und zu Emailzahlen und zu feinsten Niellozahlen – und als solche rutschen sie nun langsam den Berg hinunter ins Meer.

Und auf der großen Rutschbahn geben die Mütter ihren Kindern die schönsten Lehren mit auf den Weg.

»Ihr müßt immer sehr freundlich tun,« kreischen sie wütend, »sonst könnt Ihr ja den Menschen nicht den Kopf verdrehen. Ihr müßt den Menschen plausibel machen, daß Ihr ihnen das einzig wahre Glück bringt – das große Zahlenglück! Ihr dürft Euer Gift erst dann ausspritzen, wenn Ihr Euch an den Menschen festgesogen habt. Und dann müßt Ihr den Menschen den Kopf dick machen mit Eurem Gift, daß die Menschen blind werden für Alles und nur Euch lieben – Euch, Hexenzahlen! Ein anderes Glück als das Zahlenglück darf's für die Menschen nicht geben. Hihihi!«

Und die Hexen kichern, und die Kinder johlen – und sie schimpfen dazu – und wie sie schimpfen! – da sind alle Fischweiber der ganzen Welt rein gar nichts dagegen.

Und dabei geht die Zahlenlawa gierig hinunter und taucht zischend hinein in das Wogengewimmel des Meeres.

Und das Meer glitzert und funkelt, daß der Mond erschrickt und nicht versteht, woher all der Glanz herkommt; er – der Mond – ist doch immer noch nicht voller geworden.

Und die schimmernden Pracht-Zahlen schwimmen zu den Ländern der Erde und schwimmen da die Flüsse hinaus mit Lachs und Aal Arm in Arm zu den berühmten Städten der Menschheit.

Und der Glückskrater dampft wie Millionen Fabrikschornsteine, und immer mehr Zahlenlawa strömt hinunter ins Meer, daß das vor lauter Glanz brennt.

Bald wird die Zahlenlawa das ganze Meer von oben bis unten mit Zahlenglück erfüllen.

Und die Menschen werden sich alle in das Zahlen-Meer stürzen.

Und das Gelächter im Glückskrater wird ein großes Erdbeben erzeugen.

Und die Köpfe der Menschen werden bei dem Zahlenglück so dick werden, daß der alte Vollmond bald neidisch werden dürfte, wenn er all die großen Wasserköpfe sieht.

Und der Vollmond wird sich wieder aufpusten wollen – und es wird ihm nicht gelingen – denn er kennt ja nicht – das menschliche Zahlenglück!!!

Der Revolutionär

Der Gemeindelehrer Lehmann war ein Menschenfreund; er beklagte täglich – beinahe stündlich – das große Unglück, das durch den Krieg in die Welt kam.

Und Lehmann beschloß, alle Gemeindelehrer zu Gegnern des Krieges zu machen; in einem Rundschreiben, das er für sein eigenes Geld drucken ließ, bat er alle seine Kollegen inständigst, der ihnen anvertrauten Jugend selbst von den Kriegstaten der eigenen Nation fürderhin nicht mehr mit Begeisterung, sondern nur noch mit dem Ausdrucke herzlichen Bedauerns zu erzählen.

Dieses Rundschreiben kam den Vorgesetzten des Menschenfreundes zu Gesicht, und es entstand im Volksschulratsgebäude eine peinliche Stille; die Leiter der Volksschulangelegenheiten befürchteten sämtlich, daß derartig revolutionäre Rundschreiben auch in den Kreisen, die der Regierung nahe stehen, gelesen werden könnten.

Und man beschloß im Volksschulratsgebäude, gleich ganz energisch vorzugehen.

Und der Gemeindelehrer Lehmann ward seines Amtes entsetzt, und Pensionsgelder wurden ihm nicht ausgezahlt.

Lehmann war schwächlich gebaut und fand keine andere Stellung; es ging ihm immer schlechter, und seine Frau wurde täglich – beinahe stündlich – immer erregter.

Und Lehmanns Frau stürzte sich eines Nachts zum Fenster hinaus und blieb tot auf der Straße liegen.

Lehmann ging wie ein Träumender mit glasigen Augen umher und konnte gar nicht mehr ordentlich denken.

Auf einem großen Platze der Großstadt, mitten unter unsäglich vielen geschäftig dahineilenden Menschen fing Lehmann, der Menschenfreund, plötzlich ganz furchtbar laut an zu lachen.

»Nein!« rief er dann immer noch lachend, »es kommt doch eigentlich auf ein Menschenleben mehr oder weniger nicht an. Der Krieg ist eine ganz vortreffliche Einrichtung.«

Und er ging lächelnd in die Destillation, die dicht neben dem Hause lag, in dem sich seine Wohnung befand – und in der Destillation lächelte er immerfort, daß es den Gästen des Lokals unangenehm auffiel.

Als die Leiche seiner Frau vorbeigetragen wurde, lächelte er immer noch.

Der Wirt der Destillation forderte den Menschenfreund auf, das Lokal zu verlassen.

Der höfliche Eremit

Ein Menuett

»Guten Tag!« sagte schmunzelnd der höfliche Eremit. Und er schüttelte dabei seinem Freunde immer wieder höflich die Hand.

»Sei mir willkommen!« rief begeistert der große Einsiedler. Und dabei rückte er seinen Ledersessel ans Fenster und drückte seinen Freund in den Ledersessel hinein.

»Hier hast Du Cigarren!« schrie der allzeit einsame Mann seinem Freunde ins Ohr. Und gleichzeitig zündete er ein Zündloch an, das er in brennendem Zustande dem Freunde zierlich hinhielt.

»Wir trinken Grog!« kreischte der herrliche Wirt seinem Gaste ins Ohr. Und bald brodelte das kochende Wasser.

Und dann ward's gemütlich in der Einsiedlerhöhle.

Der Herr des Hauses sprang und tanzte vor Vergnügen und erzählte dabei in einem fort.

Ja – die Höflichkeit!

»Mein guter Freund!« brüllte der höfliche Mensch. Und dabei nahm er seinen schönen Revolver von der Wand und schoß einen Spatz, der auf dem Fensterbrette saß, mausetot.

Der Freund drückte sich.

Der höfliche Eremit drückte ihm herzlichst hundertmal die Hand und bat ihn, ja recht bald wiederzukommen.

Der Freund drückte sich.

Der Spatz aber war tot – ganz tot.

Parademarsch

Verrückte Bein-Vision

Und sie schreiten mächtig aus.

Die Trompeter – die guten Trompeter – blasen so hell in den Frühling hinein.

Und die Beine der Soldaten heben sich immer wieder zum Himmel auf.

Oh – es sind so viele Soldaten.

Welche Lust muß es sein, so viele Soldatenbeine ganz und gar beherrschen zu können!

Und sie schreiten mächtig aus! – Linkes Bein! – Rechtes Bein! – Immer mutig! – Immer mutig! – Linkes Bein! – Rechtes Bein! – Auf und ab! Auf und ab!

Beine – Beine – echte Beine sind feine Sachen! Kannibalischfeine!! – Hoch das Bein! Hoch das Bein! – Hoch das alte Soldatenbein! – Höher! Noch höher! Immer noch höher! bis in den alten blauen Himmel hinein! So ist es fein!

Ja – ja – es muß tatsächlich fein sein – Herr vom Soldatenbein sein!

Beine hoch! Alle Beine hoch! Hurrah!

Der Frühling lacht dazu – und die Trompeter blasen immer noch – sie blasen über die grünen Rasen – es sind so viele Trompeter!

Aber oben über den Wolken liegt der Herr der Soldatenbeine, lang ausgestreckt wie eine lange lange eiserne Maschine, und die sieht so greulich schwer aus – beängstigend!

Sollte dieser Herr von Eisen – diese Maschine – diese Beinmaschine – die Absicht haben, herunterzufallen? Ich danke schön! Mein Schädel ist nicht von Eisen – andrer Leute Schädel auch nicht. Denen, die sehr viel über Alles nachdenken, wird schon ganz brägenklietrig! So'n geharnischter Riesenritter – wenn der aus den Wolken fällt ...

Buh! Huh! Rechtes Bein!

Buh! Huh! Linkes Bein!

Aber – wie? Was ist das? Da kommen ja andre Soldaten – schwarze – ganz schwarze – große Gespenster – zwei Meilen große – sehr schlanke – mit schlackrigen Gliedern und langen, dürren, wackligen Knochenbeinen. Und die Knochenbeine heben sich genau so wie Soldatenbeine beim Parademarsch – nur noch viel höher – viel viel höher – wahrhaftig! bis an die Sterne!!

Und jedes Mal, wenn die Gespenster oben mit den kralligen Zehen einen Stern berühren – fällt der runter – der Himmel weiß – wohin.

Und während die Gespenster immerfort in Zickzacklinien durch die andern Soldaten durchstolzieren, werden allmählich alle Sterne vom Himmel heruntergerissen – auch Sonne und Mond – so daß es ganz duster wird – ringsum.

Die Trompeter blasen immer noch in der alten Tonart.

Die Soldaten und Gespenster marschieren unentwegt weiter – man hört's! – man hört's! Die Stiebelsohlen klatschen man so. Die Gespenster treten ein bißchen leiser auf.

Und jetzt wird's oben über uns plötzlich wieder hell. Der Herr der Beine, der mit seiner ungeheuren hochfeudalen Stahlrüstung lang ausgestreckt auf den Wolken liegt wie eine lange Maschine, wird innerlich erleuchtet – wie – weiß ich nicht. Aber die Stahlgewölbe werden auf Brust und Bauch, Ellenbogen, Knie und Schienbein überall hell – die Wolken dazwischen ebenfalls.

Der Herr der Soldaten- und Gespensterbeine, diese eiserne Maschine, die augenscheinlich jeden Augenblick aus den Wolken fallen möchte wie ein ehrlicher Nachtwächter – der Herr des Kriegs – der schlägt das Visier auf und schaut hinab – grinsend – wie ein frecher Gewohnheitsmörder.

Das Gesicht oben ist jedoch ganz kreidebleich wie ein Angststück – bartlos natürlich – ich mag's nicht sehen und drücke meine beiden Fäuste in meine Augenhöhlen.

Indessen – jetzt muß ich wieder hören – die gleichmäßigen Schritte der Soldaten und Gespenster dröhnen mir in den Ohren. Rechtes Bein! Linkes Bein! Weiter! Kehrt! Weiter! Kehrt! Feste! Feste!

Immer mutig! Auf und ab! Immer mutig! Auf und ab! Auf und ab!

Es ist unheimlich. Ich öffne wieder die Augen und – und sehe nichts – gar nichts.

Alles ist duster und – merkwürdig! – so ölig – als wenn's Maschinenöl geregnet hätte.

Stiebel knarren, trockne Eichen rauschen, Flinten knattern in der Ferne. Und oben scheuern sich im Marschtakt eiserne ungeheure Beinschienen.

Und nun prasselt wahrhaftig ein veritabler Oelregen auf mein Haupt hernieder.

Das ist mir höchst unangenehm – beinah ekelhaft!

Alles duster und ölig!

Und die Trompeter blasen immerzu – ohne Pause.

Was ist das? Was ist das Alles?

Dalldorf und Maison de santé?

Nee!Ih nee!

Ich weeß schon – bloß Europa und Amerika – selbstverständlich!

Wat dachten Sie?

Die Elfenbein-Maschine wird wieder ordentlich eingeölt! Na ja!

Alles klar!

Hinter den Kulissen – alten spanischen Wänden – klatscht die Zukunft fortwährend Bravo – Bravo! – Bravissimo!!

Meerglück

Eine Groteske

Das alte Meer tobt.

Und langsam steigen aus den schäumenden Wogen Geister heraus – maßlos riesige Geister!
Mit wildem Trotz kommen sie höher und höher.

Ihre Fäuste sind geballt.

Sie drohen mit ihren geballten Fäusten.

Und plötzlich schlagen sie mit ihren Fäusten aufs tobende Meer, daß die schäumenden Wasser hoch aufspritzen – bis an die Sterne.

Unergründliche smaragdgrüne Augen starren aus den Geisterköpfen heraus – in die Welt hinein.

Verzehrende Wehmut und maßloser Zorn kreischt – in diesen grünen Augen.

Das alte Meer tobt.

Und langsam tauchen die Geister des Meeres wieder hinab – ins alte kalte Wogenbett.

Gurgelnd schließt sich das Wasser über den haarigen Köpfen, in denen die smaragdgrünen Augen verlöschen.

Und wieder tobt das Meer – einsam – einsam – und groß!

Die drei Denkmäler

Das Denkmal eines Esels, das Denkmal eines Schweines und das Denkmal eines Fuchses zierten den Platz einer Großstadt.

Nachts um die zwölfte Stunde sprachen die Denkmäler miteinander – jedes Denkmal sagte:

»Was sich bloß die Menschen dabei gedacht haben, als sie Mir eine solche Ehre zu Teil werden ließen!«

Stille Nacht

Der große Lärm ist fort.

Totentanz.

Zwei Elefantenrüssel winden sich neben mir, als suchten sie was – einer rechts und einer links.

Nachtglück.

Jetzt hat das große Schweigen begonnen, das lautlose Schwärmen bricht an mit düstren Wolken.

Totentanz.

Die Priester bewegen ihre Arme so wie Elefantenrüssel, die heiligen Tiere schweben empor und sinken zurück, kommen näher und wenden den Kopf mühsam nach rechts und nach links, als suchten sie was.

Nachtglück.

Meine beiden Elefantenrüssel schmiegen sich an mich, schlingen sich um meinen Leib und drücken – würgen.

Totentanz.

Ich schwebe weiter den düstern Wolken zu.

In der trüben Dämmerung sind die Priester mit den heiligen Tieren.

Jetzt lösen sich meine beiden Elefantenrüssel von meinem Leibe langsam los. Die Priester setzen sich auf die heiligen Tiere und reiten davon in die Finsternis.

Nachtglück.

Ich bin allein – Alles verschwindet.

Die trübe Dämmerung zerfließt und wird ganz schwarz.

Die Welt ist dunkel – wie einst.

Totenglück.

Nun entwickelte sich das folgende Gespräch:

King Ramses: Wir nehmen zunächst an, daß Du allem Irdischen Realitätenwert nicht beimessen willst – bemerken aber, daß Du dieses löbliche Wollen sehr häufig zu vergessen pflegst. Und dieser Vergeßlichkeit entspringen Deine traurigen Stimmungen in erster Linie. Du brauchst Dich nicht zu genieren – auch die größten der irdischen Philosophen haben an dieser merkwürdigen Vergeßlichkeit gelitten. Auch das Meer ist eine reale Sache durchaus nicht. Nichts ist so merkwürdig wie die Vergeßlichkeit der Skeptiker. Aber so kommt es, daß Deine sieben Geschichten über die ganz gewöhnliche Anschauungsart der Dinge nicht sehr hoch hinausragen. Siehst Du das ein?

Ich: Ja, ich muß das wohl einsehen – obwohl ich nicht recht weiß, was ich denn zusammendichten sollte, wenn ich die Eindrücke, die ich von der Welt empfangen habe, beim Dichten weglassen wollte.

King Ramses: Das war nicht sehr geistreich erwidert, liebes Onkelchen! Der radikale Skepticismus, der die Grundlage sämtlicher Philosopheme ist, bedeutet durchaus nicht die große Lehre von der großen Leere der Welt – vielmehr das Gegenteil. Wenn die Welt, wie sie den menschlichen Sinnesorganen erscheint, nur eine einzige Seite des Daseins der Betrachtung darbietet, so wird das Dasein wohl noch mehr Seiten haben – und wir irren wohl nicht, wenn wir sagen: noch unendlich viele Seiten! Und wenn Du dieses beim Dichten nie vergessen würdest, so würde jede Deiner Dichtungen einen kolossalen Hintergrund bekommen – und Du würdest beispielsweise die scheinbare Tatsache, daß sich eine arme Frau zum Fenster hinausgestürzt hat, mit einem Weltenhintergrunde ausstatten, der die scheinbar traurige Tatsache als ein wunderbares, rätselhaftes Phänomen erscheinen läßt, in dem auch Strahlen des allmächtigen Weltganzen aufsprühen, die nur dem Dummkopf unsichtbar bleiben.

Ich: Da muß ich nur fürchten, daß diese Anschauungsart die menschliche Rohheit noch vergrößern könnte. Die Realität der Empfindungen kann ich doch nicht so ohne Weiteres leugnen.

King Thutmosis: Halt! Das geht denn doch zu weit. Wenn Du schon die Realität der sogenannten Gegenstände und Tatsachen leugnest, so wird Dir doch nichts Andres übrig bleiben als – auch die Realität Deiner Lust- und Schmerzempfindungen zu leugnen. Ich möchte bloß wissen, wo bei diesen die Realität sitzen soll. Die sogenannten seelischen Schmerzen erscheinen uns nicht einmal als direkt aus einer veritablen Ursache entspringende Empfindungen; man schneide die Raisonnements ab oder ändere sie um, so ist die Seelenqual nicht mehr da. Und der »physisch« genannte Schmerz wird in den meisten fällen auch bloß durch Raisonnements dazu. Wir können Dir sogar verraten, daß alle Schmerzen nur durch die Raisonnements entstehen – und solchen ganz künstlich entstehenden Empfindungen willst Du Realität beimessen? Die Schmerzen bekommen gewöhnlich erst in der Erinnerung Existenzgewänder.

Ich: So – also: wenn mir ein Bein abgehackt wird, so ist das gar kein Schmerz?

King Thutmosis: Zieh nur die Furcht vorher und die Raisonnements für die Zukunft nachher von dem Schmerze ab, so wird von diesem höchstens ein Etwas zurückbleiben, das Dir notwendiger Weise unangenehm nicht zu sein braucht.

Ich: Wie steht es nun aber mit den sogenannten moralischen Raisonnements?

King Necho: Mir erscheint doch, daß sich die Behandlung dieser Frage auch ganz von selbst ergibt. Da wir sämtlichen Raisonnements den realen Wert abstreiten müssen, so haben auch die moralischen keinen realen Wert. Und hieraus folgt sehr viel!

Ich: Das glaube ich schon; eine veritable Gemeinheit ist nicht mehr eine veritable. Die Schurken und die Gewissensbisse werden zu Nebelgebilden, die man einfach wegblasen kann.

King Necho: Und es ist nicht mehr nötig, daß Du Dich über einen Parademarsch allzu sehr entrüstest. Ja – der ganze Entrüstungszauber nimmt bedenklich-komische Physiognomieen an, wenn man auch die moralischen Qualitäten der menschlichen Handlungsweise als Gedankenkompositionen hinstellt, die nur im Banne menschlicher Sinnesorgane ein Daseinsrecht haben. Und höhere Lebewesen gar, die über Gestirne oder über noch Größeres gebieten, nach menschlicher Moral behandeln zu wollen, wirkt einfach komisch.

Ich: Aber jedenfalls darf man deshalb die Rohheiten nicht für eine göttliche Sache halten.

King Amenophis: Wer als Mensch erkannt hat, daß er überall von Dingen umgeben ist, die reale Bedeutung nicht haben – und wer daher davon überzeugt ist, daß die Welt in Wahrheit unendlich viele Male bedeutender und grandioser ist, als sie menschlichen Augen erscheint – der ist gar nicht mehr im Stande, etwas zu begehen, was andre Menschen roh nennen könnten. Daß eine jede Lehre auch mißverstanden wird, ist doch eine natürliche Folge der unendlich großen Vielseitigkeit aller Dinge. Es haben eben unsre gesamten kosmischen Vorstellungskombinationen gleichfalls keine reale Bedeutung – da die Welt noch immer unendlich viele Male grandioser ist – als wir durch Worte – anzudeuten vermögen. Und das muß man behalten – und darf es nie vergessen – dann wird man nie wieder ein trauriges Gesicht machen, das in keinem Falle geistreich aussieht.

Ich: Ja – ich erkenne sehr gerne an, daß die Vergeßlichkeit in dieser Angelegenheit Orgien feiert. Ich glaube schon, daß hier der Kern aller Sentimentalitäten steckt. Wir müssen viel öfter dran denken, daß unser ganzes Leben wirklich nur ein plastisches Schattenspiel ist.

Der Oberpriester Lapapi: Und darum müssen wir auch an der Grandiosität der Welt niemals zweifeln; es darf uns nie wieder in den Sinn kommen, daß irgend eine Sache nicht harmonisch in das Weltganze hineinpaßt. Wir müssen ganz fest davon überzeugt sein, daß die Welt, die sich in unendlich vielen Anschauungsformen allen Lebewesen offenbart, so großartig ist, daß jeder Zweifel an dieser Großartigkeit von selbst verstummen muß. Es muß uns einfach wie etwas Lächerliches vorkommen, wenn Jemand sagen möchte: dieses ganze Leben ist nicht einen Dreier wert. So was kann nur ein Ungebildeter sagen – oder Einer, der wieder mal die wichtigsten Erkenntnisse unsres Lebens »vergessen« hat.

Ich: Ja – ich sehe ein, wir sollen zu allen Zeiten vor dem Weltganzen knieen und anbeten.

Der Oberpriester Lapapi: Das Knieen und Anbeten ist eine Gewohnheit einfacher Lebewesen – wer weiter in der Erkenntnis gekommen ist, bildet sich nicht mehr ein, daß er jemals dem Weltganzen näher sein könnte; er glaubt auch nicht, daß das Weltganze ein Wohlgefallen an knieenden Betern haben könnte – das wäre denn doch allzu plumper Anthropomorphismus.

Ich: Aber das Bewußtsein sollen wir haben, daß keine Auflehnung dem Ganzen gegenüber erlaubt ist.

General Abdmalik: Wir sollen uns bloß gegen die Traurigkeit auflehnen und auch nie vergessen, daß es dem Weltganzen eigentlich sehr gleichgiltig ist, ob sich ungebildete Leute gegen das Weltganze auflehnen oder nicht. Wenn Jemand mal auf die Welt schimpft, so macht er sich nur lächerlich. Und darum soll man den Leuten, die nicht immer mutig sind, von Zeit zu Zeit einen derben Puff versetzen. Es eignet sich übrigens auch die Soldateska des Erdballs sehr wohl dazu, die Trauerklöpfe des Erdballs ein wenig durch Püffe aufzumuntern. Das soll man auch nicht vergessen, obschon es nicht so leicht zu begreifen ist. Die Soldateska hat eben ebenfalls ihre guten Seiten – wie Alles, was dazusein scheint. Was der physische Schmerz im Leben des Einzelnen bedeutet, das bedeutet der Krieg im Leben der Völker; Schmerzen und Krieg sind dazu da – zum Leben zu reizen.

Ich: Also: man schlägt sich gegenseitig tot, um den Beweis zu führen, daß das Leben wirklich lebenswert ist – nicht wahr? Der Oberpriester Lapapi: Höher stehende Lebewesen brauchen natürlich so plumpe Lebensreizer nicht mehr. Aber ich bitte Dich, nicht zu vergessen, daß auch der Tod eine reale Bedeutung nicht hat – auch das Sterben ist in unserm Leben – ein Ding, das was Andres ist – als es zu sein scheint.

Der Pyramideninspektor Riboddi: Und deshalb sollen wir immer im Geiste Pyramiden erbauen und in diesen Pyramiden unsre Schmerzen fein einbalsamiert zur Ruhe bestatten. Unsre Schmerzen haben auch ihre guten Seiten wie Alles, was dazusein scheint. Schade, daß meine Herren Vorredner schon so viel geredet haben, sonst hätte ich auch länger reden können. Indessen – die kurzen Reden haben auch ihre guten Seiten – wie Alles, was dazusein scheint. Und deshalb sind wir auch so froh, daß wir dazusein scheinen. Denn: da Alles seine guten Seiten hat – so können wir keine Ausnahme bilden – und haben darum auch unsre guten Seiten – auf die wir uns jetzt legen wollen.

Dieses sagt der Inspektor, schluckt noch einen kleinen Kometen runter und pfeift.

Und sofort wird Alles ganz dunkel.

Unsichtbare Hände heben mich auf, tragen mich weit fort und legen mich in ein großes Bett, allwo ich sofort einschlafe.

Und während ich schlafe, nehmen mir unsichtbare Hände ein Manuskript weg, das ich den Herren aus dem alten Ägypten grade recht feierlich überreichen wollte –

Die Nußbaumtorte

Auf der Pyramide des Cekrops, die auch in der Nähe der alten Sphinx zum Himmel aufragt, flüsterten die Gespenster; sieben durchsichtige Totengräber legten eine Mumie auf die zehnte Stufe der Pyramide vorsichtig hin.

Der Mond glänzte.

Und die sieben Totengräber steckten flüsternd sieben Streichhölzchen an und erweckten die olle Mumie. Nach dieser geheimnisvollen Tat verschwanden die sieben Totengräber – wie Zigarrendampf verschwindet, wenn ein großer Wind kommt.

Und die Mumie, ein alter ägyptischer Priester, erhob sich und kletterte behende auf die Spitze der Pyramide, allwo ein europäischer Baumeister mit untergeschlagenen Beinen wie ein alter Pascha dasaß.

Die Herren begrüßten sich mit verschiedenen Verbeugungen – aber ohne Worte.

Vor dem Baumeister stand eine hohe Nußbaumtorte – ein Meisterwerk der höheren Konditorkunst – gearbeitet nach einem alten arabischen Rezept, das zur Zeit des Chalifen Motawakkil berechtigtes Aufsehen hervorrief.

Der Priester nahm auf der andern Seite der Nußbaumtorte dem Baumeister gegenüber Platz, holte sein heiliges Steinmesser aus der Gürteltasche – und langte zu.

Die Herren aßen zusammen wie alte Bekannte.

Der Mond glänzte.

Und der Priester sprach, während er ein großes Tortenstück kunstgerecht zerschnitt:

»Mit dem ganzen Leben ist nicht viel los – darauf kannst Du Dich verlassen. Ich weiß das ganz genau, denn ich kenne die Erde bereits seit fünftausend Jahren. Heute feire ich wieder mal meinen Geburtstag. Ich sage Dir: Alles ist einfach miserabel. Als Geist hat man auch nichts von seinem Leben. Ich freue mich, Dich hier angetroffen zu haben – aber ich freue mich nur, weil ich jetzt wieder mal die beste Gelegenheit habe, einen Menschen von der absoluten Lächerlichkeit des Daseins überzeugen zu können. Nu rede Du, sonst komme ich zu kurz bei der Torte.«

Der Baumeister blickte hinab in den Mondenschein, der auch die Wüste Sahara ganz hell machte, und sagte nach einer Weile: »Meine liebe Mumie! Wenn Du schon ein Wesen bist, das menschliche Philosophie im Leibe hat, so wird es Dir nicht gelingen, mich von der Lächerlichkeit des Daseins zu überzeugen.«

»Köstlich!« rief die Mumie, »warum denn nicht?«

»Weil Dir,« versetzte der Baumeister, »klar sein muß, daß Du weder die Welt noch das Leben – weder das kosmische Dasein noch das menschlich-irdische Dasein – durchschauen kannst. Und weil sich ein anständiger Mensch, der Philosophie im Leibe hat, nicht ein Urteil über Dinge bildet, die er nicht durchschauen kann.«

Nun wurde die Mumie mächtig wütend und schrie laut in den afrikanischen Mondenschein hinein:

»Mensch aus Europa! Was erlaubst Du Dir? Ich bin ein alter Priester aus dem alten Ägypten! Nenne mich hinfort nicht mehr Mumie, sondern wie sich's gebührt. Ich habe fünf Jahrtausende durchlebt – und den größeren Teil dieser Zeit als Geist durchlebt. Da werde ich die Welt und das Leben doch wohl kennen gelernt haben.«

»Mitnichten,« erwiderte gelassen der Baumeister, »und wenn Du fünf Millionen Jahre durchlebt hättest, Du wärest ebenfalls noch nicht so weit, um Welt und Leben ganz durchschauen zu können. Warst Du vielleicht vor zwei Jahrtausenden im nahen Alexandria?«

»Selbstverständlich!« brüllte der Priester.

»Da hast Du wohl auch,« fuhr der Andere fort, »die Skeptiker kennen gelernt, die da auseinandersetzten, daß wir nur Sinnbilder der Welt – diese selbst aber nicht zu erkennen vermögen.«

»Ach, darauf willst Du hinaus!« rief nun wieder lachend die Mumie, »wenn Du mit so alten philosophischen Scharteken ankommst, so wirst Du mich nicht aus dem Text bringen. Wenn wir gar nicht raus können aus unsern Sinnbildern, wie's die Skeptiker behaupten, so ist ja dieses famose Sinnbilderdasein erst recht ein Jammerdasein – dann können wir doch erst recht kein

Loblied auf unser irdisches Gefängnis singen. Diese schwarze Käseglocke, unter der wir hier sitzen, verdient es eben nicht, daß wir sie Himmel nennen, nicht wahr? Durch die paar hellen Löcher, die Ihr da oben Sterne nennt, kommt nicht allzuviel Licht in unser Dasein hinein, nicht wahr? Ja – ja – es ist kein erhebendes Gefühl, in dieser leeren Käseglocke wie eine Made dazusitzen und nicht weiter zu können – eingeklemmt von den inhaltlosen Bildern unsrer Sinne. Nu rede Du, sonst komme ich zu kurz bei der Torte.«

Und der alte Priester aß wieder wie ein Scheunendrescher und versuchte mehrmals zu lächeln, was ihm aber bei dem permanenten Gekaue nicht gelang.

Der Baumeister klatschte währenddem mehrere Male mit der flachen Rechten auf die eine Pyramidenseite wie auf einen Pferdeschenkel, daß es lustig durch den Mondschein schallte, und sprach dann, nachdem er noch ein gutes Stück von seiner Torte gegessen hatte, folgendermaßen:

»Vieledler Priester aus dem alten Ägypten! Deine Phantasie ist sehr madig – ich danke! Aber – um in Deinem ägyptischen Bilde vom Himmel zu bleiben, frage ich Dich: warum sollen wir denn nicht durch die hellen Löcher da oben durch können? Mit unsern Augen können wir doch die Löcher durchblicken und andre Welten sehen. Genügt das denn nicht? Haben wir denn nicht ein paar Augen im Kopf, die überall durchdringen können – und überall Alles sehen können? Und trotz unsrer herrlichen Augen nennst Du unsre Welt ein Gefängnis? Edler Priester, es steckt, wie ich gleich geahnt habe, so schrecklich wenig Philosophie in Deiner trübsinnigen Weltanschauung. Ich kriege beinahe die Schimpfsucht. Donnerwetter! Mit unsern herrlich leuchtenden Augen kommen wir eben aus unsrer dunklen Weltglocke raus – in Millionen andrer Welträume hinein – in denen Alles anders ist – so wie wir's gerade wollen – voll lachender Herrlichkeit und allmächtiger Grandiosität. Unsre Augen haben einen Weltenwert. Unser Sinnbilderdasein können wir so reich machen, daß uns die ganze Unendlichkeit dagegen klein erscheinen kann. Wir können doch mit unsern Augen, auch wenn sie blind geworden sind, zu allen Zeiten Alles sehen, was wir wollen. Genügt das denn immer noch nicht? Ein Dasein, in dem wir schlechterdings Alles haben, was von unsrer Natur empfangen und gehalten werden kann – ein solches Dasein sollen wir miserabel nennen? Ein herrlicheres Dasein können wir uns ja gar nicht denken – das gibt's ja gar nicht.«

Der Baumeister war ganz außer Atem gekommen. Eulen flogen fauchend an der Pyramide vorüber. Die Mumie hörte für ein paar Augenblicke mit ihrem Kauen auf und sagte hüstelnd:

»Rotbackige Begeisterungsweisheit! Jünglingspoesie! Deinen Reden fehlt ja das Rückgrat; Dein Augenamüsement bleibt doch nur eine simple Sinnenlust. Wenn Du mit der Sinnenlust allein zufrieden bist, so weiß man ja, was man von Dir zu halten hat. Aber bei genügsamen, einfachen Gemütsmenschen wirst Du großen Anklang finden – bei denen kannst Du Triumphe feiern!« Der alte Priester aß jetzt langsam weiter und besah den Rest der Nußbaumtorte mit größtem Eifer, als wenn er ihr Rezept – ihre Seele – entdecken wollte.

Da sagte der Baumeister, alle zehn Finger krallenartig erhebend:

»Ich übersehe das Witzige in Deiner Randglosse, denn es war nicht sachlich und nicht korrekt, aber ich verstehe wohl, daß Du von den menschlichen Sinnen nicht viel halten magst – Du hast ja eingeschrumpfte Sinne – eine eingeschrumpfte Nase, eingeschrumpfte Augen und Ohren – entschuldige, daß ich das nicht gleich bemerkte. Aber mit Deinen eingeschrumpften Sinnen darfst Du Dich hier nicht als Weltweiser aufspielen – das schickt sich nicht für einen Geist, der Philosophie im Leibe zu haben glaubt.« Der Baumeister reinigte sein silbernes Kuchenmesser, während der alte Priester aus dem Ägypterlande den ganzen Rest der Nußbaumtorte mit beiden Händen ergriff und ganz ungeniert hineinbiß wie ein wildes Tier.

»Aus einer Ärgerstimmung,« fuhr der Herr aus Europa, während er sein Kuchenmesser in seinen Überzieher steckte, fort, »macht man keine Weltanschauung. Es ist doch lächerlich, wenn man eine gelegentliche, durch Verdauungsstörung oder sonstwie hervorgerufene Weltverachtung in Permanenz erklären möchte. Man kann ja nicht einmal eine gelegentliche Weltverulkung in Permanenz erklären.«

»Man kann auch,« entgegnete die Mumie, »eine gelegentliche Weltverhimmelung nicht in Permanenz erklären – das ist ebenfalls lächerlich.«

»Aber nicht so dumm wie Deine Trübsinnsphilosophie!« gab der Baumeister zurück.

Die Mumie schluckte den letzten Happen von der Torte runter und fragte höhnisch:

»Was sagst Du nun?«

Der Baumeister klatschte wieder mit der Rechten auf seine Pyramide und blickte hinüber zur großen Sphinx, die im Mondenschein leuchtete wie ein Gespenst.

Und der Herr aus Europa verglich stillschweigend die alte Sphinx mit der alten Mumie, die vor ihm saß, so daß es dieser unangenehm auffiel.

»Sage mir doch,« sprach nun langsam der alte Priester, »warum wir Deine lächerliche Nußbaumtorte aufgegessen haben. Sag mir das, und ich gehe. Sag's mir doch! Du bist ja so furchtbar schlau.«

»Das kann ich,« versetzte da der Baumeister, »erst dann Dir sagen, wenn Du mir gesagt hast, warum Du keine weißen Manschetten trägst.«

Da schnürte sich die Mumie fester ihre Wickelbänder um – erhob sich – schrie laut: »Pfui Deiwel!« – und stürzte sich rücklings die Pyramide runter.

Auf jeder Stufe schlug der Mumienkörper kräftig auf – was sich so anhörte, als würde ein alter Sack ausgeklopft – ein Lumpensack!

Viel Staub kam aus dem Sacke raus; der Staub war sehr alt.

Der heilige Nil glitzerte wie der Gürtel einer alten ägyptischen Prinzessin – so viel Mondenschein kam von oben runter.

Der Mond umglänzte auch die Pyramide des Cekrops von allen Seiten, denn das himmlische Licht stand nun oben grad über der Spitze der Pyramide, in der Cekrops – oder ein andrer Pharao – seinen langen Schlaf schlief.

Eulen flogen wieder fauchend an der Pyramide vorüber.

Wilde Träume hatten mich geplagt.

Ich schwebte immerzu zwischen großen, papiernen Hampelmännern herum – die schrieen immer, während unsichtbare Hände unten an ihren Strippen zogen, daß die papiernen Arme nur so flatterten – ja – die Hampelmänner – die schrieen immer:

»Wir leben ja gar nicht, aller Lebensschmerz ist pure Einbildung; der Schmerz ist Öl.«

Und ich sah, wie Öl von den Hampelmännern heruntertroff – und unten ein großes Ölmeer erzeugte – das plötzlich zu brennen anfing.

Und abermals hoben mich unsichtbare Hände auf und schwebten mit mir durch festlich strahlende Steingewölbe, in denen die Wände und Säulen funkelten wie Brillanten.

»Ist dieses Reich nicht herrlich?«

Also riefen die Unsichtbaren.

Und ich sagte:

»Das habe ich mir Alles schon tausendmal in meinen Träumen zusammengedacht.«

Nachdem ich dieses gesagt hatte, saß ich wieder einem kleinen Nilpferdchen gegenüber, und das meinte lächelnd:

»Jetzt träumst Du nicht mehr! Ich bin der Oberpriester Lapapi und möchte mit Dir über Deine Nußbaumtorte reden. Wie kommst du nur dazu, einem alten ägyptischen Priester eine so fadenscheinige Weisheit in den Mund zu legen?«

Ich war nicht im Stande, was Vernünftiges zu erwidern, und bat nur höflich um Entschuldigung.

Und da nickte der Oberpriester und offerierte mir eine dunkle Cigarre.

»Rauch nur,« flüsterte er lächelnd, wobei seine großen weißen Zähne mich anglänzten, »zuerst mal Dein Frühstück auf. Und dann wollen wir weiterreden.«

Ich tat, wie er mich geheißen.

Die Cigarre brannte gleich – ohne Schwefelholz.

Und während ich rauchte, lief Lapapi im Zimmer herum und meinte hüstelnd:

»Hm! Hm! Wenn ich jetzt was zu lesen hätte!«

Nun – ich verstand die Anspielung.
Und es dauerte nicht lange, so hatte der Lapapi was zu lesen.

Der alte Mörder

Ein Gemütsmärchen

Epheu rankte sich über das alte Gemäuer der stillen Ruinenwelt.

Und es war einmal ein Mörder. Der mordete ohn' Unterlaß. So manchem Menschen-Dasein machte er ohn' Erbarmen ein blutiges Ende. Der Mörder mordete stets mit seinem langen kostbar ciselierten Patriarchendolch.

Dunkelgrüne Epheublätter fielen auf den Erdboden.

Als nun der Grausame nach harter Tagesarbeit wieder einmal des Abends seine Stammkneipe betrat, brachte ihm der Wirt Wasser zum Abwaschen des vielen Menschenbluts und Wein zum Ausspülen des Magens. Und während der Wirt seinen Gast eifrig bediente, fragte er so nebenbei:

»Sagen Sie mal, lieber Herr Mörder, warum morden Sie stets am Tage? In der Nacht kann man doch viel gemütlicher morden.«

Frische hellgrüne Epheublätter schwebten durch die Stube zum Fenster hinaus.

Und nach einer langen Weile sprach darauf der alte Gewohnheitsmörder folgendermaßen:

»In meinen Jugendjahren, als ich noch ein Mörderjüngling war, pflegte ich nur des Nachts zu morden. Da traf es sich mal, daß ich einem alten Wuchrer im Walde auflauerte. Die Nacht war dunkel, und ich bekam nachher den Jammerkerl zu packen. Ich schlug ihm gleich mit der Faust so feste unter die Nase, daß ihm alles Reden verging. Und dann mordete ich, so wie ich's gewohnt bin. Den Leichnam schmiß ich mitten auf die Straße, denn Totengräber spiele ich nicht gern; die vielen Epheublätter wirken nicht angenehm auf mein Gemüt. Was aber mußte ich zwei Tage nach dem Morde hören? Ich mußte hören, daß ich aus Versehen den ärmsten Mann der ganzen Gegend totgestochen hatte – und daß der Wuchrer entkommen war. Das ergriff mich furchtbar, und ich habe geweint wie ein kleines Kind. Nein – einen armen Mann töten, ist ein Verbrechen. Einen Wuchrer töten ist eine gute, brave Tat. Und so morde ich, jetzt nur noch am hellen, lichten Tage. Man sieht dabei sofort, ob es auch nötig ist, solchen Kerl totzustechen. Mancher Lump verdient bloß eine tüchtige Tracht Prügel. Ich renke manchmal den Schuften nur die Arme oder die Beine aus und laß sie dann laufen; die also Bestraften vergessen die Lektion nicht so leicht und bessern sich gemeinhin.« Der Wirt nickte freundlich, und die Frau Wirtin brachte dem Herrn Mörder Eisbein mit Sauerkohl und gutes Lagerbier dazu. Dunkle Epheuranken schwankten vor den Fenstern der Schänke. Der Mörder sah die Ranken nicht; er trank nach dem Abendbrot noch eine kleine Weiße mit Kümmel und ging dann hinaus in den Mondenschein, allwo viele schlechte Menschen spazieren gingen den Berg hinauf – bis zur stillen Ruinenwelt, wo der dunkle Epheu mächtig wucherte.

Aber der Mörder beschmutzte seinen Dolch nicht; das nächtliche Morden hatte er sich ganz abgewöhnt.

Das war damals, als noch Richter, Staatsanwalt, Henker und Rechtsanwalt dem Namen nach unbekannt waren auf Erden; die Justizpflege war noch von patriarchalischer Einfachheit.

Heute gibt es solche Leute, die mit so viel edlem Anstande wie unser alter Mörder morden, nicht mehr.

Grüne Epheublätter fallen auf den Erdboden.

Trauermarsch

Langsam schreiten die Gerippe, klappern im Takte mit ihren Knochen, schreiten schweigend mit Fackeln in der Knöchelhand durch die Straßen der großen Stadt.

Es ist Nacht, Alles sehr einsam, und von Zeit zu Zeit erschallt wieherndes Gelächter.

Sind's die Gerippe, die so scheußlich lachen? – oder lachen die Menschen, die aus den Fenstern rausgucken und dem Trauermarsch der Knochenleute so blöde nachstarren?

Die Fackeln – die brennenden Fackeln – stecken sich jetzt die Toten in den Mund – und die ganzen Schädel fangen an zu brennen.

Wieder wieherndes Gelächter!

Die Toten aber schreiten mit ihren brennenden Hirnschalen ruhig weiter – wie alte Soldaten.

Still geht's mit den Fackeln im Munde zur Stadt hinaus.

Und dann lacht es wieder so schauerlich…

Wer lacht denn bloß?

Lach' ich selbst?

Ich bin ganz ernst – wie stets!

Ich glaube: die große Stadt lacht.

Zwei Knaben gingen…

Zwei junge Leute gingen über Land.

Da kam ein alter Mann des Wegs und stöhnte sehr.

Die jungen Leute lachten.

Da kam ein eleganter Wagen – und der fuhr so schnell, daß der alte Mann nicht ausbiegen konnte und überfahren wurde.

Die jungen Leute lachten abermals, während sich der alte Mann auf der Landstraße hin und her wand und erbärmlich schrie.

Dies Alles hatte ein Gendarm gesehen; er eilte herbei und half dem Alten wieder auf die Beine.

Und die jungen Leute lachten zum dritten Male – johlend wie Gassenbuben.

Da die beiden jungen Leute ganz gut gekleidet waren, fragte der Gendarm, woher sie kämen und wer sie wären.

»Wir kommen,« sagte der eine, »vom Diner und sind moderne Leute.«

Da gab der Mann des Gesetzes dem kühnen Redner eine Backpfeife.

Doch im selben Augenblicke hatte der moralisch Entrüstete einen Messerstich im Herzen; den hatte ihm der andre junge Mann gegeben.

Hiernach liefen die beiden jungen Leute davon.

Aufgegriffen sind sie noch nicht, obschon Unzählige der Tat verdächtig erschienen.

Die modernen Leute sagen jetzt nicht mehr, daß sie die modernen Leute sind – denn sonst machen sie sich gleich verdächtig – zum mindesten kriegen sie Backpfeifen.

Es sollen auch schon zwei moderne Leute totgeprügelt sein – das ist aber bloß ein Gerücht.

Wahr ist jedoch, daß neulich ein Moderner angespuckt wurde.

»Dir fehlt was an der Galle!« sagte nach der Lektüre der Oberpriester Lapapi.

Und ich sagte gar nichts dazu.

Er aber fuhr fort:

»Es gibt Leute, die da glauben, daß nur eine bitter-ernste Weltanschauung Anspruch auf Bedeutung haben könnte; diese Leute merken gar nicht, daß sie sich mit ihrem traurigen Gesicht eigentlich nur blamieren, denn das Gesicht des Trübsinns ist zugleich das Gesicht der Unbildung; nur ungebildete Menschen sehen bitterernst aus. Wer ein bißchen weiter sehen kann – wer da gewohnt ist, mit weitem Bick in die Welt zu schauen – der läßt sich von dem äußeren irdischen Scheine der Dinge nicht täuschen – der weiß, daß hinter der uns sichtbaren Erscheinungswelt noch unendlich viele andere Erscheinungswelten stecken – und daß wir gar kein Recht haben, die Welt zu verachten, weil uns einzelne Phänomene, die von unsern Sinnen bemerkt werden, unverständlich oder abstoßend vorkommen.«

Da horchte ich auf und bemerkte hastig:

»Dann wär's aber doch wohl nötig, auf diese Phänomene einzeln einzugehen.«

»Damit,« erwiderte der Priester, »bin ich durchaus einverstanden. Frage nur, und ich will Dir Antwort geben.«

Ich erklärte nun zunächst, daß mir die Art der menschlichen Körper-Ernährung durchaus nicht imponieren könnte.

Und Lapapi antwortete:

»Zunächst muß doch wohl zugegeben werden, daß das Essen und Trinken den Menschen durchaus keinen Schmerz bereitet.«

»Besonders,« warf ich ein, »wird den Menschen dann das Essen und Trinken keinen Schmerz bereiten, wenn sie nichts zu essen und zu trinken haben.«

»Ganz richtig,« versetzte der Oberpriester, »aber Du wirst jedenfalls zugeben, daß eine wahrhaft gute Laune durch Hunger und Durst nicht umgebracht werden kann. Zum mindesten wird die Phantasie durch Hunger und Durst aufs angenehmste gesteigert. Und – habe die Todesfurcht mal total überwunden, so werden Dir die Schmerzen, die Hunger und Durst scheinbar verursachen, nicht sehr wehe tun. Du kennst ja wohl jenen pessimistischen Philosophen, der das freiwillige Verhungern für die einzig anständige Selbstmordmanier erklärte. Na ja! Indessen – kommen wir auf das Essen und Trinken, das dazusein scheint, wieder zurück! Du willst sagen – ich merke das wohl – daß es Dir nicht sympathisch ist, wenn man dazu lebende Tiere abtöten muß. Ja – willst Du noch was Besseres haben? Willst Du gleich Sterne essen, wie wir's tun?«

»Bitte! Bitte!« unterbrach ich das kleine Nilpferd heftig, »wir wollen doch ernst bleiben. Ich finde Ihre Bemerkungen frivol.«

Das Nilpferd machte einen Luftsprung mit doppeltem Saltomortal oben im Gewölbe; wir befanden uns in einem sehr hohen Bibliothekzimmer.

»Vergiß nicht,« sagte der alte Herr, als er wieder vor mir saß, »den Oberpriester Lapapi, der hier vor Dir steht, immer feste mit Du anzureden. Und gewöhne Dir ein wenig die Feierlichkeit ab – die habe ich am Nil vor vier Jahrtausenden so gründlich kennen gelernt, daß ich keinen Geschmack mehr daran finde.«

Ich wollte nun hören, was zur Sache gehörte, und bat darum.

Da ward er aber wütend, schmiß drei dicke Folianten auf den Fußboden und rief:

»Sollen wir denn hunderttausendmal erklären, daß irdische Visionen keine Realitäten sind? Weißt Du denn, daß die Tiere gelebt haben? Weißt Du denn, daß die Tiere, die Du essen darfst, gestorben sind? Man kann doch nicht Dinge verurteilen, die uns bloß furchtbar zu sein ›scheinen‹. Wie oft sollen wir denn die alte Weisheit wiederholen? Es ist geradezu ermüdend und höchst langweilig, immerfort dasselbe vorzukauen. Glaubst Du, wir seien als Professoren angestellt? Glaubst Du, wir hätten wie tellurische Magister die verdammte Pflicht und Schuldigkeit, immer wieder das einmal behandelte Thema nochmals zu behandeln?«

Der Oberpriester Lapapi ließ mich plötzlich allein.

Und da saß ich nun mit meinen Manuskripten zwischen den Bücherregalen und bedauerte, daß ich nicht vorsichtiger vorgegangen war.

Und ich ordnete die Manuskripte, die ich noch hatte – und wählte drei Stücke aus, die ich bei der nächsten Gelegenheit den Ägyptern überreichen wollte.

Der Wurm

Der Wurm in meiner alten Kommode nagt immerzu – immerzu. Er wird ewig nagen – niemals wird er aufhören zu nagen. Und ich muß es immerzu hören – immerzu.

Ob ich das ewig werde aushalten?

Es ist nicht wahrscheinlich.

Herbstmorgen

»Ach ja!« rief er laut in den Morgenwind, und dabei setzte er sich auf eine Bank. Er hatte so viel getrunken, daß er jetzt nicht mehr weiter trinken mochte – er hatte die ganze Nacht getrunken.

»Die Welt ist ziemlich traurig und ganz bestimmt sehr langweilig. Der Sommer ist jetzt auch kaputt.«

Mit diesen Worten begrüßte er die Morgensonne, die mit einem alten Leiermann zusammen um die nächste Straßenecke kam.

Die Bank in den Anlagen war kühl, der Leiermann kam immer näher und erhielt von ihm zwei Mark und fünfzig Pfennige. Das Geld bestand aus Sechsern und Groschen. Für das Geld sollte der Leiermann eine ganze Stunde ohne Aufhören spielen.

Die Vergnügungen der Wüstlinge sind immer sehr seltsamer Natur.

Doch da stieg aus dem Hause, das der alten Bank gegenüberstand, eine feine Rauchsäule heraus – die ward bald zu dickem Qualm; es brannte in dem alten Hause.

Der Leiermann aber mußte ruhig weiterspielen.

Die Feuerwehr kam, Polizisten zu Fuß und zu Pferde eilten nach rechts und nach links.

Der Leiermann spielte weiter.

Da wurden die Polizisten natürlich sehr ärgerlich über das unaufhörliche Spielen.

Der Leiermann wird verhaftet und abgeführt.

Der Mann, der die ganze Nacht immerfort getrunken hatte und jetzt gar nicht mehr trinken mochte, sitzt ruhig wie ein altes Götzenbild auf seiner alten Bank in den Anlagen – und hat gar kein Mitleid mit dem alten Leiermann.

Das Feuer im alten Hause wird gelöscht.

Die Feuerwehr fährt wieder ab.

Die Polizisten verschwinden.

Es ist ein stiller Herbstmorgen.

»Wozu noch was retten wollen? Der Sommer ist doch tot.«

Also murmelt der Mann auf der alten Bank.

Dann denkt er an die Feuerwehr und bedauert, daß er nicht mit den Leuten, die immer noch was für rettungsfähig und rettungswert halten, mitgefahren ist.

»Armer Leiermann!« ruft er mit einem Seufzer, steht auf und geht weiter.

Menschenliebe

Der Himmel tat sich auf, und ein Engel kam vom Himmel herunter zu den Menschen. Der Engel reichte allen Menschen freundlich die Hand und wurde von ihnen gestreichelt – aber mir so viel Zärtlichkeit und Ausdauer, daß dem Engel schließlich alle Glieder weh taten.

Da rannte der Engel davon und setzte sich am Ufer eines Flusses auf einen weiß angestrichenen Stein.

Auf diesem Steine dachte der Engel über sein Unglück nach, denn ihm taten die Glieder ganz gehörig weh.

Plötzlich aber erinnerte er sich, daß er ja noch himmlisches Öl in seinem Tornister habe, holte das Öl hervor – und rieb sich alle seine Glieder mit dem Öle ordentlich ein.

Da ward dem Engel wieder wohl, und er ging zu den Menschen zurück.

Indessen die Menschen fingen abermals an, den Engel zu streicheln mit viel Zärtlichkeit und Ausdauer.

Da jedoch die Menschen bemerkten, daß sie sich die Hände eklig voll Öl machten, so wurden die leicht erregbaren Menschen ärgerlich und verhauten den Engel in nicht grade rücksichtsvoller Art.

Der Engel rannte abermals davon in einen finsteren Wald hinein. Und da den Engel jetzt wiederum alle Glieder schmerzten, gebrauchte er zum zweiten Male sein himmlisches Öl.

Und bei dieser zweiten Einreibung dachte der gute Engel darüber nach – was wohl bei den Menschen leichter zu ertragen sei – das Gestreicheltwerden oder das Verklopptwerden.

Zurückgegangen zu den Menschen ist der Engel nicht.

Ich mochte wohl mit diesen ausgesuchten drei Geschichten ausgeschlagene drei Stunden so ruhig dagesessen haben – da kam endlich der General Abdmalik in das Bibliothekzimmer. Kaum aber hatte er einen Luftsprung mit Saltomortals wie Lapapi gemacht – so lachte er furchtbar – und rannte davon.

Ich saß abermals drei ausgeschlagene Stunden mit meinen drei Manuskripten da und wartete – es ließ sich aber kein Nilpferdchen sehen.

Da ging ich denn in ein Nebenzimmer – und da saßen denn die Herren – lange Pfeife rauchend – in bequemen Ledersesseln und lasen in großen Folianten.

Mein Erscheinen blieb anfänglich ganz unbeachtet.

Ich hustete jedoch und reichte mit einigen Worten der Entschuldigung meine drei Manuskripte dem König Thutmosis, der mir zunächst saß.

Dieser König sah bloß in die Manuskripte hinein – dann sprang er wütend auf, schmiß seinen Folianten auf den Fußboden und schimpfte sogleich wie ein Rohrspatz.

Glaubst Du denn, wir wären toll geworden, daß wir ewig und immer alle Tage und alle Nächte bloß Deine trübsinnigen Geschichten lesen möchten? Wir haben was Besseres zu tun. Mit solchem Zeug komm uns nicht wieder.«

Und dann warf er auch meine Manuskripte auf die Erde, daß sie wie Blätter im Winde überall herumflogen.

Mit Mühe sammelte ich sie und steckte sie ein und wollte mich entfernen.

Da stieß mir aber der Inspektor mit seinem rechten Vorderfuß in den Bauch und sagte:

»Gib drei lustige Geschichten für die drei traurigen!«

Ich wollte erst nicht, aber ich ließ mich doch überreden und gab, was man verlangte, bemerkte aber gleich sehr ernst:

»Lustigere Geschichten habe ich augenblicklich nicht bei mir. Ich bitte, nicht wieder zornig zu werden, wenn sie einem der Herren doch noch zu trübsinnig erscheinen sollten. Ich kann nicht lustiger sein – als ich bin!«

Nun – die Herren lasen dann ganz ruhig, was ich ihnen gegeben hatte.

Die gebratene Ameise

Arbeitsspaß

Bei den fleißigen Ameisen herrscht eine sonderbare Sitte: Die Ameise, die in acht Tagen am meisten gearbeitet hat, wird am neunten Tage feierlich gebraten und von den Ameisen ihres Stammes gemeinschaftlich verspeist.

Die Ameisen glauben, daß durch dieses Gericht der Arbeitsgeist der Fleißigsten auf die Essenden übergehe.

Und es ist für eine Ameise eine ganz außerordentliche Ehre, feierlich am neunten Tage gebraten und verspeist zu werden. Aber trotzdem ist es einmal vorgekommen, daß eine der fleißigsten Ameisen kurz vorm Gebratenwerden noch folgende kleine Rede hielt:

»Meine lieben Brüder und Schwestern! Es ist mir ja ungemein angenehm, daß Ihr mich so ehren wollt! Ich muß Euch aber gestehen, daß es mir noch angenehmer sein würde, wenn ich nicht die Fleißigste gewesen wäre. Man lebt doch nicht bloß, um sich totzuschuften!«

»Wozu denn?« schrieen die Ameisen ihres Stammes – und sie schmissen die große Rednerin schnell in die Bratpfanne – sonst hätte dieses dumme Tier noch mehr geredet.

Die Helden

Wahrlich! Da saßen die Helden mit ihren blanken Schwertern und mit ihren glänzenden Augen in ihren prächtigen Mänteln auf den schweren Sesseln.

Die Helden sprachen lange kein Wort. In dem kleinen dunkelgrauen Zimmer hörte man nur die große, alte Uhr langsam hin und her ticken.

»Wir haben's vorausgesehen!« begann endlich der stille Blonde.

»Es mußte so kommen!« sagte ein Andrer.

»Wir haben lange genug geschwiegen!« brummte ein Dritter.

»Unsre Geduld ist gerissen!« rief ein Vierter.

»Allzugut ist dumm!« flüsterte ein Fünfter.

Dann erhoben sie sich von ihren Sitzen und schwuren sich ewige Treue – ewige Treue gegen den alten Feind – den Geschäftsmann.

Und sie zogen aus mit ihren Mannen und schlugen den Geschäftsmann tot.

»Das war keine Heldentat!« sagten sie nachher.

Und es war doch eine Heldentat – sogar ihre größte Heldentat.

Schlechtes Publikum!

Auf dem braunen Kameel saß ein kleiner Affe.

Der Affe hatte ein rotes Röckchen an und blickte neugierig nach tallen Seiten herum, wie das so Affen zu tun pflegen.

Aber die beiden Tiere waren auf einer einsamen Landstraße, wo's keine Zuschauer gab.

Da machten sie denn den Krähen ihre Späße vor.

Die Krähen flogen in großen Scharen vorüber und hielten sich nicht auf.

Wie sich manche Tiere an die Menschen gewöhnen können!

»Schlechtes Publikum!« brummte das Kameel.

»Das also,« sagte nach einer Viertelstunde der Herr Amenophis, »soll nun lustig sein!«

Ich sagte leise:

»Es fällt mir immer schwerer, die Lebenskomödie anzusehen und als solche zu empfinden. Mir wächst die irdische Atmosphäre, um es ganz deutlich zu sagen, zum Halse hinaus. Ich kann nicht mehr.«

Da standen die Nilpferdchen auf, stellten ihre Folianten in die Regale, hüpften auf einem Beine und sagten:

»Hm! Du bist ein interessanter Gast!«

»Man gut, daß wir Dich am Abhange vom Tode errettet haben.«

»Du bist es wert, leben zu bleiben.«

»Aber so wie Du bist, erscheinst Du uns nicht grade sympathisch.«

»Möchtest Du nicht doch, uns zu gefallen, anders werden?«

»Wir möchten Dich ja so gerne anders machen.«

»Das elektrische Bad scheint nicht viel genützt zu haben. Vielleicht bist Du jetzt ein bißchen anders bloß aus Höflichkeit.«

Nach diesen Bemerkungen hüpften sie wieder auf einem Beine und pfiffen dazu, wobei ihr breites Maul spitz wurde und furchtbar komisch aussah.

Aber mir machte das alles nicht den geringsten Spaß, und ich meinte nur verdrüßlich:

»Schneidet mir die Langeweile aus, wenn Ihr mich anders haben wollt.«

Da sprach der Pyramideninspektor Riboddi ernst:

»Wir wollen Dich allein lassen, wenn Du Dich in unsrer Gesellschaft langweilst.«

Und sie gingen ohne Gruß davon.

Und ich blieb lange Zeit allein.

Und ich wollte über das nachdenken, was die alten Ägypter gesagt hatten – aber meine Gedanken schweiften ab und fuhren ruhlos umher durch meine Kindheit und durch die mathematische Bedeutung der Kegelschnitte und durch einen stillen Wald und durch Dinge, die mir immer unsympathisch waren – durch Geschrei und Gewimmer – Krankenbett und Totenhalle.

Meine Traurigkeit nahm immer mehr zu, und ich sagte leise:

»Es ist doch Alles gar nichts.«

Da fiel ein Glas von einem Schranke herunter und zerbrach.

Ich sprach dann leise, als wären die alten Ägypter noch da:

»Das Glas zerbricht so leicht – wie wir selber zerbrechen – und dann sind bloß noch Scherben da – und die Scherben sind immer ein kläglicher Anblick. Warum zerbrach das Glas? Es bleibt überall ein schriller Ton von zerbrochenen Gläsern zurück – und ich finde nicht das mehr in den Scherben, was ich einst im Glase fand. Ihr sagt, es gäbe ja noch viele Trillionen Gläser. Das mag wahr sein, aber ich wollte doch, das alte Glas wäre nicht zerbrochen. Ihr sagt, daß es nicht ewig bestehen könnte – das wäre langweilig, wenn man immer dasselbe Glas vor sich hätte. Aber ist es nicht auch langweilig, daß man immer wieder Scherben vor sich hat? Es mag durchaus nicht geistreich sein, wenn man etwas beklagt. Schon richtig! Aber wollen wir denn immer geistreich sein? Mir ist es ganz egal, ob mein Gesicht dumm oder klug aussieht. Und wenn Alles bloß ein Schattenspiel ist – kann man's sehr geistreich nennen, wenn uns die Welt immer bloß als müßiges Spiel erscheint? Gewiß, es ist nicht nötig, daß Alles immer ernst

aussieht – es sieht ja leider das Meiste schon ernst genug aus – aber was habe ich, wenn ich das
Ernste als Komödie behandle – und die Komödie als eine bitterernste Sache? Schließlich ist mir
Alles ganz egal. Und das macht nicht heiter. Das sind, sagt Ihr, bloß Übergangsstadien. Jawohl,
es wird ja Alles wieder anders. Auf Regen folgt Sonnenschein. Bloß hier bei diesen ägyptischen
Herren gibt es weder Sonnenschein noch Regen – die Fenster fehlen ja.«

Da ward es plötzlich ganz dunkel in dem Bibliothekzimmer, und ich sagte nur noch:

»Das ist wahrscheinlich die ägyptische Finsternis. Neugierig bin ich doch – was jetzt kommt.«

Und ich sank dabei in die Tiefe.

Und es ging immer schneller hinunter.

Und plötzlich ward es wieder ganz hell.

Und ich war in einem orientalischen Wundergarten, in dem die Früchte an den Bäumen
große Edelsteine sind.

Ich wurde von unsichtbaren Händen durch den Garten getragen und konnte dabei die Edelsteine ruhig betrachten.

Es waren viele zierliche Pavillons mit glitzernden schlanken Säulen in dem großen Garten –
in dem wirkte ein seltsames, blaugrünes Licht so duftig wie ein feiner Nebel von Wohlgerüchen.

Und wie ich nun ein paar Topasbirnen genauer ansah, bemerkte ich, daß sich kleine gelbe
Perlen von den Birnen loslösten und wie Seifenblasen in der Luft herumschwebten und auch wie
Seifenblasen größer wurden. Und dann sah ich auf diesen gelben Blasen unzählige winzig kleine
Kerlchen, die Kanonen auf kleine Hügel hinaufschleppten und von dort aus auf die anderen
gelben Blasen losschossen. Auf den anderen Blasen krabbelten ebenfalls kleine Kerlchen mit
Kanonen herum. Und ich bemerkte bald, daß sich die Blasen nach zwei Seiten hin ordneten,
und danach flogen die Schüsse immer schneller von Blase zu Blase; es knisterte in der Luft.
Und bei dem Schießen sah ich, wie jede der winzig kleinen Kugeln entsetzliche Verheerungen
unter den kleinen Leuten anrichtete. Und es dauerte nicht lange, so zappelten auf den Blasen
all die kleinen Wesen mit zerrissenen Gliedmaßen neben den Kanonen herum und starben, wie
es schien, unter großen Qualen.

Und dann sah es so aus, als zögen die Topasbirnen all die gelben Blasen wieder an – und
dann verschwanden die Blasen in den Birnen.

»Das ist,« sagte mir ein Unsichtbarer, »Alles nur ein Entwicklungszauber. Dieser Garten ist
die Wunderküche der Nilpferde, allwo die kleinen Sterne geschaffen werden, die den Nilpferden,
wie Du weißt, zur Nahrung dienen.«

Ich wurde weiter getragen und sah an einer dunkelblauen Saphirpflaume ein anderes Schau-
spiel.

Da kamen kleine Zwerge mit Allongeperrücken heraus, umschwebten die Pflaumen und redeten zu ihr. Ich konnte die Worte der winzig kleinen Zwerge deutlich verstehen:

»Liebe Pflaume,« sagte der eine Zwerg, »es ist außerordentlich überflüssig, daß du so glänzend
bist. Du mußt jenen zarten, stumpfen Hauch bekommen, der Dir so gut steht.«

Und danach klopften alle Zwerge ihre Perrücken aus, sodaß ein großer Puderstaub entstand,
der der Saphirpflaume jenen zarten Hauch verlieh.

Nach diesem Perrückenausgeklopfe steckten die Zwerge alle ihre Finger in den Mund und
wurden nun immer kleiner – und nach ein paar Augenblicken unsichtbar.

»Entwicklungszauber!« sagte mein unsichtbarer Begleiter, »nichts als Entwicklungszauber! An
allen Früchten gehen solche kleinen Wunder vor. Wenn die nicht vorkämen, würden die Nilpferde nichts Ordentliches zu essen haben. Alle diese Steinfrüchte sind uralt und fühlen sich
als große Welten; sie müssen sehr viele Verwandlungen durchmachen, bis sie eßbar sind. Hier
kannst Du wohl noch mehr erleben als in den großen Sternen des Himmels.«

Ich fühlte, daß mir so leicht wurde.

Und ich wollte noch mehr von diesen Miniaturwelten sehen und sagte das.

Man kam meinem Wunsche gleich entgegen, denn aus einem Kirschbaum, dessen Kirschen
Rubine waren, wirbelten plötzlich große Scharen kleinster Elfen heraus; die Elfen kneteten in
ihren Händen kleine rote Tropfen. Und unter dem Kneten entstanden aus diesen roten Tropfen

alte Köpfe, die ganz rot vor Zorn waren und niederträchtig schimpften. Und die Elfen warfen die Zornköpfe in die Höhe und stießen mit langen feinen Lanzen in die Köpfe hinein, daß die aufbrüllten vor Schmerz. Die Elfen stachen grausam öfters durch die Köpfe durch. Und während nun aus den roten Tropfenköpfen kleine Blutstropfen herunterrieselten, sah es plötzlich so aus, als wenn die Köpfe leuchteten. Und so war's auch; ich blickte schärfer hin und bemerkte, daß die Köpfe jetzt rote Sonnen zu sein schienen – die Augen waren zu Sonnenflecken geworden. Und diese Sonnen schwebten empor und verschwanden oben. Die Elfen warfen ihre Lanzen den Sonnen nach, klatschten in die Hände und verschwanden in den Kirschen.

»Wie leicht sich hier Alles verändert!« sagte ich leise.

Und die Stimme neben mir erwiderte ebenso leise:

»Wenn Du nun wüßtest, daß in jeder Stunde überall immer wieder neue Veränderungen vorkommen, würdest Du nicht sagen müssen, daß hinter diesen Wunderfrüchten unsäglich viele schöne Dinge stecken?«

»Das könnt ich,« sagte ich still, »nicht leugnen.«

»Nun mußt Du aber,« fuhr die Stimme fort, »wissen, daß alle Dinge, die Du auf Erden siehst, ebenfalls solche Wunderfrüchte sind. Hinter jeder Erscheinungswelt steckt eben eine unendliche Reihe andrer Erscheinungswelten.«

Ich fühlte nach diesen Worten eine große, sehr angenehme Schlaffheit in allen Gliedern. Und es kam mir so vor, als verstünde ich die ganze Welt. Und ich begann zu reden – wie im Traum. Was ich redete, erschien mir außerordentlich scharfsinnig. So als wären alle Weltgeheimnisse vor mir aufgelöst – so wurde mir.

Und ich sah nicht mehr die kostbaren Früchte des Wundergartens.

Ich schwebte zwischen perlgrauen Wolken und redete ohn Unterlaß.

Aber heute weiß ich leider nicht mehr, was ich redete; das habe ich total vergessen.

Ich weiß nur noch, daß ich damals mitten im Reden einschlief und dann weiter träumte – und mich im Traume auch noch reden hörte – sehr weise kam ich mir vor – und ich fühlte mich sehr glücklich.

Und das große Glücksgefühl verließ mich lange Zeit nicht; ich muß damals sehr lange geschlafen haben.

Mir ist heute noch so, als wenn das, was ich damals im Schlafe fühlte, das Herrlichste war – von Allem, was ich je erlebte.

Als ich die Nilpferdchen in einem kleinen weißen Sammetzimmer wiedersah – in dem Zimmer war Alles von weißem Sammet – da fühlte ich noch immer die ganze Traumseligkeit wie vorhin.

Und die alten Ägypter, denen ich davon sehr ruhig, aber auch sehr heiter erzählte, wollten nun etwas von mir lesen, in dem was vom Traumglück gesagt wird.

Ich erinnerte mich, daß ich so was bei mir hatte.

Katta-Kottu

Japaneske

»Ja wohl!« sagte der Admiral Tiko, »man kann auf dieser Erde anfangen, was man will – lange freut man sich doch nicht über seine Taten.«

Die Sonne ging langsam im Westen unter, und der Waldsee des Königs wurde bunt wie ein Pfau. Ein paar Frösche quakten. Lebende Libellen flogen überm Wasser hastig hin und her allmählich den Ufern zu, wo die Fliederbüsche dufteten und die Ameisen fleißig waren.

Der Admiral Tiko, eine große Persönlichkeit, besah seinen köstlichen Siegelring, den er immer am rechten Zeigefinger trug, und dachte über das Leben nach.

Der Waldsee wurde nun dunkler, aber drüben auf dem hohen Berge funkelte das Felsenschloß wie eine alte Königskrone. Die Frösche quakten lauter. Die Libellen verschwanden. Eine schwarze Ameise biß dem großen Admiral in den linken kleinen Zeh und starb.

Der Abendwind zitterte in den Blütenkelchen und wehte ihren Duft vorsichtig in die Welt hinaus. Es bühten in den Gärten des Königs unzählige Blumen – Nelken, Tulpen und Narzissen.

Tiko blickte zum Felsenschloß empor, und seine Gedanken wurden anders.

Der König hätte das Felsenschloß gerne dem Admiral geschenkt zum Lohne für seine Taten. Der Tiko liebte das Schloß; es war ein feines Kunstwerk und so still. Dort oben konnte man das weite blaue Meer überschauen und Ruhe haben bis ans Ende seines Lebens – wohlige Ruhe.

Indessen – wollte der Tiko das Geschenk annehmen, so sollte er sein Kommando niederlegen und die Schiffe des Königs fahren lassen, ohne mitzufahren.

Das gefiel dem großen Manne nicht.

Das Schloß funkelte nicht mehr, denn die Sterne des Himmels fingen zu funkeln an. Die Farbenpracht der Sonne sank lautlos in die stille Nacht.

Drüben am andern Ufer des Waldsees klatschten lange Ruder ins Wasser; das taten die Feuerwerker. Es sollte ein großes Feuerwerk abgebrannt werden mit Platzbomben und Diamantraketen. Tikos Gedanken veränderten abermals ihre Richtung. Die Tochter des Königs, die witzige Prinzessin Katta-Kottu, feierte ihren Geburtstag, und Tiko sollte sehr bald mit der Prinzessin allein in einem kleinen Kahn sitzen – und rudern. So hatte es sich die Katta-Kottu gewünscht; es erschien ihr so nett, sich während des Feuerwerks mit dem Admiral gemütlich zu unterhalten.

Die Frösche quakten, und Tiko atmete tief auf. Für die berühmten Männer schwärmte die Katta-Kottu; das war immer so gewesen. Tiko besah wieder seinen Siegelring. Der Abendwind säuselte duftig und milde.

Die Sterne standen am Himmel und strahlten. Die Feuerwerker priesen die Nacht – sie lag so still da wie des Königs Schatzkammer.

Der dicke Diener des Admirals meldete die Ankunft der Prinzessin.

Tiko ging hin und begrüßte die Katta-Kottu voll Ehrfurcht und Bewunderung.

Die hellblauen Papierlaternen der Hofdamen wackelten, die Kavaliere strichen sich den Schnurrbart und verbeugten sich.

Alle waren in hellblauer Seide erschienen, nur Katta-Kottu's Kleider waren schneeweiß und die des Tiko zinnoberrot.

Der Admiral stieg mit seiner Prinzessin in den kleinen goldenen Kahn, und die Kavaliere stiegen mit den Hofdamen in die anderen Kähne, die in Silber glänzten.

Und dann ruderte man langsam ein paar Ellen weit auf den See hinaus und plauderte dabei.

Tiko sagte befangen:

»Der Mond scheint heute nicht.«

Da lachte die Prinzessin und meinte, daß man auch ohne Mond gut träumen könne.

»Träumen?« fragt Tiko.

»Nu ja! was denn sonst?«

Also erwiderte die witzige Katta-Kottu.

Der Admiral sah in seinem zinnoberroten Gewände so drollig aus, und die Prinzessin fand das so nett – so traumhaft.

»Wenn er bloß nicht so viel schweigen wollte!« dachte sie bei sich.

Er aber dachte immer nach, bevor er sprach – so auch jetzt. Und er faßte nach einer Weile seine Gedanken in diese Worte:

»Prinzessin! Zu träumen pflegt man, wenn man nichts zu tun hat. Wer sein Leben mit Taten füllt, träumt nicht mehr; die Träume drehen dem Tatendurst das Genick um. Der Traum macht träge; die Augen sehen nicht mehr klar. Und man ist bald nicht mehr fähig, eine Tat zu vollbringen – ein müder Mensch. Das ist doch zu beklagen, da das Tatglück das größte Glück ist.«

»Hm!« versetzte die Witzige, »das klingt so klug und ist es gar nicht. Nein! Wahrhaftig nicht! Ihr könnt mir's glauben! Ich stelle das Traumglück über Alles. Das Tatglück kann nicht größer sein. Muß es also nicht kleiner sein? Es muß doch, nicht wahr?«

Tiko lächelte überlegen und schüttelte den Kopf.

Das gefiel aber der Prinzessin nicht, und sie fuhr böse fort:

»Admiral! Das Leben ist, so wie es ist, doch nicht schön genug. Ist der Traum daher nicht das schönere Leben? Tatglück kann nur im gewöhnlichen Leben entstehen, Traumglück aber entsteht im schöneren Leben. Muß also das Traumglück nicht schöner sein als das Tatglück?«

Wiederum mußte der Admiral lächeln, und er sagte spöttisch:

»Das ist nicht wahr, Prinzessin! Das Tatglück ist doch mächtiger als das Traumglück. Der Traum ist immer bald zu Ende, und ich liebe die kurzen Sachen.«

»So!« rief nun erregt die Katta-Kottu, »es gibt aber auch lange Träume. Neulich hatte ich einen ganz langen Traum. Hört zu!«

Sie machte eine Pause und hub dann feierlich zu erzählen an:

»Die Erde wird ganz dunkel wie schwarze Seide. Ich aber mag die Finsternis nicht. Ich zünde also meine kleine rote Lampe an und will fort. Und da sehe ich vor mir eine Treppe – die führt in das Erdinnere. Ich gehe die Treppe hinunter und komme in einen schwarzen Saal; die Wände sind glatt und spiegeln. Und ich steige noch eine Treppe tiefer und trete in einen noch größeren Saal, der auch schwarz ist wie der vorige; aber hier sind die Wände nicht mehr glatt, einzelne Teile sind mit wunderlichen Schnitzereien bedeckt – Alles aus schwarzem Stein – aus spiegelglattem Stein! Und ich steige noch weitere Treppen hinunter und komme in die tiefer gelegenen Säle; jeder tiefere ist immer größer und reicher – mit Galerieen, Kuppeln und herrlichen Grotten. Und die Schnitzereien aus Stein werden immer drolliger, und es sind so viele, daß man bald nicht mehr die Empfindung hat, von Wänden umgeben zu sein. Auch die schwarzen Fußböden sind voll Schnitzerei; die ist natürlich flacher gearbeitet. Ich sehe mir Alles an, und ich sehe mir Alles sehr lange und gründlich an. Es ist Alles ganz anders als oben auf der Erde – viel kecker. So viele Tiere und Blumen, die's gar nicht gibt – und nicht bloß Molchdrachen! Es ist in tausend Jahren nicht zu beschreiben – so seltsam! Ich bin da unten lange – sehr lange! – ganz allein, so daß ich mich schließlich graule. Meine kleine rote Lampe leuchtet mir nicht hell genug. Aber kaum wird mir das lästig, so springen auch schon sechs schwarze Pudel auf mich zu. Die Pudel haben milchweiße Augen, und diese Augen sind so hell, daß plötzlich Alles hell wird. Da seh ich denn, daß das schwarze Gestein von ganz feinen – haarfeinen! – türkisblauen Linien durchädert ist. Und nun wird's überall lebendig. Gazellen kommen von den Galerieen herunter und rufen freundlich ›Katta-Kottu!‹ Sie sprechen aber so oft meinen Namen aus, daß ich erstaunt frage: ›Was wollt Ihr denn von mir?‹ Da öffnet sich eine große sehr fein geschnitzte Pforte, und weißgekleidete Priester tragen in einer Sänfte meinen toten Bruder herbei. Ich laufe ihm entgegen – und er springt auf – und umarmt mich. Und während ich ihn weinend küsse, umtanzen uns kleine weiße Elefanten, rot und grün gestreifte Giraffen, kleine dunkelviolette Schweine und bunt karierte Kameele. Ein merkwürdiges Volk! Mein Bruder dreht sich mit mir, und wir tanzen wie die Tiere. Und dabei verwandelt er sich in einen kleinen Zwerg, und ich werde noch kleiner – noch viel kleiner – ich werde – es ist wirklich wahr! – ein – Floh! Drollig – nicht? Ja! Da sah Alles aus – so groß! Nicht zu sagen! Ich hüpfte meinem Bruder auf die dicke Nase, und – er – ach – er zerdrückte mich mit seinem Zeigefinger.«

»O weh!« schrie der gute Tiko.

Aber die gute Katta-Kottu bemerkte lächelnd, daß im Traume das Zerdrücktwerden gar nicht so unangenehm sei. Sie plauderte unbeirrt weiter:

»Ich träume eigentlich zu allen Zeiten – auch mit offenen Augen am hellen lichten Tage. Sehr oft spiele ich mit den Sternen, klebe dem Monde lange Ohren an und knipse der Sonne die Nase ab, verspeise ein paar Kometen und reiße die Milchstraße entzwei. Ach ja – mit dem Himmel steh ich überhaupt auf sehr freundschaftlichem Fuße. Und nun soll ich einem berühmten Admiral das Traumglück noch deutlicher machen? Ach, du guter Himmel, gib mir ein Zeichen, daß ich recht habe! Bitte! Bitte! Lieber Himmel, sei so gut!«

Katta-Kottu faltete die Hände, und dabei stieg rauchend die erste Rakete zu den Sternen empor, und helle bunte Diamanten fielen aus dem Feuerkopfe der Rakete langsam hernieder.

Tiko sah das Felsenschloß aufleuchten im Diamantenglanz und sagte dann hastig:

»Frauen gegenüber behauptet man immer mehr, als man will – oft das Gegenteil von dem, was man denkt. Die Träume sind allerdings nicht ihrer Kürze wegen zu verdammen – umgekehrt! – sie leiden fast alle an erschrecklicher Länge. Ich hatte das völlig vergessen. Die Träume sind lang und faul: sie ähneln der Schildkröte, während die Tat flink ist wie ein feuriger Tiger.«

»Admiral!« entgegnete die Prinzessin gereizt. »Vergleiche sind billig wie kleine Fische, und lange Schildkröten sind mir unbekannt. Ich könnte auch sagen, der Traum sei die Blüte des menschlichen Lebens, die uns durch ihren Duft und durch ihre Farbenpracht entzückt, während die Tat eine dicke Frucht ist, die man essen kann – essen! Die Frucht ist nützlich – aber sehr plump. Die Blüte gibt uns doch mehr Glück. Ach Himmel, gib mir ein Zeichen, daß ich recht habe!«

Tiko lächelt, so wie er's oft zu tun pflegt, rudert ein wenig weiter in die Mitte des Sees hinein, besieht wieder seinen Siegelring und schildert der Prinzessin mit gesenktem Blick eine stürmische Meeresnacht, redet von Kommandobrücke und Sturzwelle, von Sprachrohr und Tauende, von wegfliegenden Mützen und brechenden Mastbäumen.

Wie der Admiral wieder schweigt, starrt er der Prinzessin fest ins Auge – aber siehe! – da wird's plötzlich so furchtbar hell – von oben dringt ein grelles, hellgrünes Licht hernieder – und im selben Augenblick schlägt dicht vor dem goldenen Kahn ein grüner Feuerball in die Mitte des Waldsees.

Der goldene Kahn kippt um – und die Prinzessin wird mit dem Admiral in die Tiefe gerissen.

Tiko hat gleich mit der Linken das Kleid der Prinzessin gepackt. Und Beide werden zusammen von den wilden Wirbeln immer tiefer ins Wasser gezogen – so sehr sich auch der Admiral mit den Beinen dagegen sträubt.

Unten fährt er mit dem rechten Arm so tief in den Schlamm, daß er gleich fühlt, wie auch seine rechte Wange beschmutzt wird.

Indessen – tatkräftig wie stets – arbeitet er sich bald aus diesem tiefen Sumpfgebiet raus und schwimmt mit der Prinzessin in der Linken an die Oberfläche des Sees, wo er mit stürmischen Halloh von den Kavalieren und Hofdamen begrüßt und mit der Prinzessin rasch ans Ufer gebracht wird.

Am Ufer wird der Tiko von seinem dicken Diener sofort in ein Zelt getragen, von seinem roten nassen Gewande befreit, gewaschen und abgetrocknet. Und dann hilft der Dicke seinem Herrn in die Uniform.

Nach zehn Minuten erscheint der Admiral in voller Gala wieder im Freien. Die Hofgesellschaft bereitet dem Retter der Prinzessin eine stürmische Ovation. Er dankt, indem er militärisch grüßt. Die blauen Ampeln wackeln.

Man erzählt dem Gefeierten, daß ein hellgrünes Meteor, das wie ein dicker grader Pinselstrich aussah, vom blauen Himmel runter schräg in den See fuhr. Und die Wirbel, die durch das plötzliche Einschlagen des glühenden Weltkörpers entstanden, rissen die Beiden in die Tiefe; sie waren zu zweit in die Mitte des Sees gerudert. Die andern Boote hatten sich vom Ufer nicht entfernt und kamen so mit dem Schreck davon.

Tiko lächelte auch bei diesen Berichten wie sonst, besah wieder seinen Ring und ließ sich zur Prinzessin führen, die soeben aus ihrer Ohnmacht erwacht war. Man hatte ihr schon, als sich der Admiral ihr ehrfürchtig näherte, die ganze Geschichte erklärt.

Die Katta-Kottu rief ihrem Retter gleich lachend zu:

»Ich habe gesiegt! Das Meteor war ein Zeichen des Himmels! Mein Gebet ward erhört – nicht wahr? Jetzt werdet Ihr wohl, mein lieber Admiral, überzeugt sein, daß das Traumglück höher zu stellen ist als das Tatglück.«

»Mitnichten,« versetze der schneidige Tiko, »der Himmel wollte das Tatglück preisen. Die gnädigste Prinzessin wäre nicht am Leben geblieben, wenn ihr nicht das Tatglück des Admirals Tiko treu zur Seite gestanden hätte.«

»Ah!« sprach nun die Katta-Kottu mit verzogener Unterlippe, »der Herr Admiral ist recht-haberisch und will für seine Rettung bedankt sein. Ich danke! Ich danke wirklich! Jedoch – ich muß bei meiner Überzeugung bleiben; ohne Traumglück wird zudem kein Mensch eine große Tat begehen.«

Tiko räusperte sich vernehmlich und flüsterte:

»Der Mensch wird nichts vollbringen, wenn er im Traumglück stecken bleibt. Wer im Sumpf-boden des Waldsees stecken bliebe, würde auch nichts mehr vollbringen.«

Darauf schrie die Katta-Kottu, daß es dem Tatmenschen in den Ohren gellte:

»Und dennoch ist das Traumglück das einzig wahre Glück!«

Tiko entgegnete ruhig:

»Gnädigste Prinzessin, die menschlichen Zungen sind ungleich; was der einen Zunge süß, kann der andern bitter schmecken.« Katta-Kottu erwiderte still:

»Admiral, Ihr habt eine sehr lose Zunge! Ich wollte Euch noch von den Träumen erzählen, die uns wie alte Erinnerungen und liebe Tote umranken – aber – ich wünsche Euch eine gute Nacht!«

Da versetzte Tiko hart und laut:

»Der Admiral Tiko wünscht der Prinzessin Katta-Kottu die beste Besserung!«

Er verbeugte sich kurz, machte links um Kehrt und ging davon.

Vor dem Zelt der Prinzessin trat der König dem tapfern Mann in den Weg, umarmte seinen treuen Diener und frug:

»Was willst Du nun haben: das Felsenschloß oder das Oberkommando über die große Flotte, die in die Südsee gehen soll?«

»Das Oberkommando!« lautete die feste Antwort.

Der König, ein alter Mann mit weißem Vollbart, erhob seinen rechten Zeigefinger und frug leise:

»Ist das weise?«

»Jawohl!« behauptete ohne Besinnen der starke Tiko. »Weise handelt man stets, wenn man sich über alle Weisheit lustig macht.«

Der alte König streichelte seinem treuen Diener die rechte Wange, nickte und meinte dazu obenhin:

»Die Katta-Kottu wird sich wohl ebenfalls freuen.«

Tiko errötete und verbeugte sich ganz tief. Und dann verschwand er hinterm nächsten Ge-büsch, setzte sich lächelnd auf sein wildes Roß, das der dicke Diener gar nicht mehr halten konnte – und sprengte blitzenden Auges dem Hafen zu.

Die Sterne funkelten wieder.

Im großen Palaste des Königs fiel aus dem linken Auge der Prinzessin Katta-Kottu eine dicke Träne auf das Kinn der Kammerzofe.

Ich rauchte, während die Herren lasen – und meine Stimmung wurde beim Rauchen nur noch weicher, so daß ich immer noch zu träumen glaubte.

Wir sprachen dann Langes und Breites über die verschiedenen Formen des Schmerzes und besonders über die Leiden, die man seelische zu nennen pflegt.

»Nimm Dir,« sagte der King Thutmosis, »diese Leiden mal weg, und dann mach mal was oder werde mal was. Es wird Dir Beides so sauer fallen, daß Du geneigt sein könntest. Dir die Leiden künstlich zu erzeugen.«

Danach sprachen wir wieder Vieles über das Nichtreale der Schmerzempfindungen, und ich bezweifelte, daß viele Menschen diese Weisheit begreifen könnten.

Dem begnete jedoch der König Amenophis in sehr heftigen Worten.

»Wenn erst,« sagte er lebhaft gestikulierend, »der gute Wille da ist, die Völker in dieser Beziehung aufzuklären – so wird dieser gute Wille schon seine guten Früchte zeitigen. Aber vorläufig sind allerdings die weisen Herren des Erdballs eifersüchtig darum bemüht, alle Erkenntnisse, die ihnen mal in den Schoß gefallen sind, für sich zu behalten und für ihr ganz besonderes Eigentum zu erklären. Es wird aber anders kommen. Erkenntnisse sind nicht Dukaten, die man vergraben kann. Es ist sehr töricht, zu glauben, daß die Völker weniger Begriffsvermögen haben als die Einzelnen. Ich, der ich ein alter ägyptischer König bin, werde das wohl besser wissen. Nichts ist leichter zu begreifen als die Lehre von der Unrealität der Erscheinungswelt. Die Völker der Erde haben schon hundertmal schwierigere Dinge begriffen. Und die Lehre von der Unrealität der Empfindungswelt ist noch leichter zu begreifen. Diese Lehre ist ein Anästhetikum erster Güte. Schmerzstiller waren immer sehr beliebt – und diese Lehre vom Wesen (d.h. von der Wesenlosigkeit) des Schmerzes wird ebenso beliebt werden. Die Leute werden schon begreifen, wenn man ihnen erklärt, daß alle ihre Schmerzen ihr Dasein bloß der Einbildungskraft verdanken – und daß diese Schmerzen nur Entwicklungsphasen markieren, die sämmtlich Übergangsstadien sind. Jeder Schmerz erhöht die Lebenslust. Schmerzen sind Reizmittel und durchaus notwendig, da viele schwächliche Naturen ohne die sogenannten Schmerzen zu Grunde gehen würden.«

Ich kam aus meiner weichen Stimmung durch diese Rede nicht raus und sagte daher ganz weich:

»Ich glaube, lieber König, daß Du auf dem richtigen Wege bist. Schmerzstiller können nur von kranken Naturen gebraucht werden. Und es ist nicht unmöglich, daß die Kranken die Lehre von der Schmerzlosigkeit der Schmerzen begreifen könnten. Wie gerne begreift man das, was man sich wünscht. Die Gesunden werden schon weniger leicht von der Existenzlosigkeit des Schmerzes zu überzeugen sein.«

»Hoho!« rief da der König Necho, »in dieser Beziehung habe ich in Ägypten Erfahrungen gesammelt. Da gab's viele einfache Kraftnaturen, die gar nicht begreifen konnten, was Schmerz ist. Wenn man an solche Kraftnaturen denkt, wird man viele Grausamkeiten des Altertums nicht mehr mit so entsetzlich empfindsamen Worten verurteilen. Fell und Fell ist ein Unterschied.«

Ich fühlte mich so wohl, und meine Zigarre schmeckte mir so gut, daß ich sehr geneigt war, auch kritiklos zuzustimmen; das weiße Sammetzimmer trug wohl viel zu meinem Oppositionsmangel bei.

»Es gibt,« sagte ich, »Menschen, die den Schmerz suchen – und die, glaub' ich, brauchen auch den Schmerz. Wer ihn nicht sucht, braucht ihn nicht – kennt ihn vielleicht gar nicht. Der Schmerz ist wohl bloß ein Kulturprodukt; das wilde Tier fühlt noch nicht so empfindsam.«

»Worin,« bemerkte der Oberpriester Lapapi, »stecken denn die Reize der Tragödie? Doch bloß darin, daß man fühlt, wie aus den großen Schmerzen die größten neuesten Freuden erwachsen.«

»Und daher,« fuhr nun der General Abdmalik fort, »ist der große Tragiker immer ein großer Humorist, der nie in Verlegenheit kommt. Als Soldat muß ich die großen lustigen Tragiker bewundern; sie haben was Heldenhaftes an sich.«

Auf dem »an« lag der Ton, und ich mußte lachen, da ich allmählich dahinter zu kommen glaubte, daß ein tüchtiger Redner eigentlich »der Held an sich« genannt werden müßte.

Und ich sagte, was ich dachte.

Und die Nilpferdchen lachen unbändig.

»Man kann sich und Andern Alles abschwatzen, wenn man's nur versteht.«

»Einem festen Redner gegenüber hält Keiner Stand – nicht einmal der Zahnschmerz.«

»Ein guter Redner erstickt jeden Widerstand im Keime, da er Keinen zu Worte kommen läßt.«

»O red – so lang Du reden kannst.«

So und so ähnlich redeten jetzt die Herren, und ich wußte nicht, ob sie damit wieder alles Gesagte auflösen wollten.

Ich wollte wieder eine ernste Stimmung haben, denn ich fühlte noch immer den Nachklang aus der Wunderküche.

Und ich wollte mir diese schmerzlose Stimmung erhalten. Und ich bemerkte einiges über die Vergänglichkeit derartiger Stimmungen.

Die sieben Herren mit den großen breiten Mäulern widersprachen mir und meinten, daß es doch sehr langweilig wäre, wenn man ohne Unterbrechung in derselben rosigen Laune dahinleben müßte.

Ich gab den Herren, um mich ihnen deutlicher zu machen, ein Manuskript, das grade von dieser Vergänglichkeit der großen Seligkeit handelte.

Adlerflug

Eine gute Stunde

Endlich – hoch genug!
Keine Wolke mehr!
Aller Nebel ist unten – wo die Menschen herumkrabbeln.
Hier oben krabbeln sie nicht mehr.
Ich denke nicht mehr wie einst – auch mein Nest liegt tief unter mir.
Ich schwebe wie ein echter Gott – ohne Flügelschlag – in weiten mächtigen Kreisen.
Und Niemand siehts.
Erdrinde vergessen!
Überall – die Unendlichkeit!
Ich fühle das Ganze – das endlose Ganze – bin nicht mehr ein Stück Erde. Ich bin mehr –
Alles!
Wenn ich's nur halten könnte!
King Amenophis, der mir sehr heftig vorkam, sagte ziemlich gereizt:
»Manche scheinbar unauflöslichen Ekelzustände sind bloß dazu da, unsern Witz zu stärken.
Und auch die menschlichen Rohheiten sind dazu da. Die Gemeinheit der Menschen wirkt doch
immer bloß wie ein Narrenspaß. Wer erlaubt sich denn was Niederträchtiges gegen seine Mit-
menschen? Doch gemeinhin nur der, der infolge eines weit vorgeschrittenen Intelligenzmangels
sich selber höher schätzt als bei Andern. Und so was erzeugt doch Narrenkomödien. Daß Andre darunter leiden, liegt zumeist an diesen Andern. Seid nicht so dumm und humorlos wie die
Bösewichter – und Ihr werdet sie sämtlich einfach auslachen.«
Der Oberpriester Lapapi fügte dem hinzu:
»Niemand wird bestreiten, daß jeder Gestank eigentlich stets was Lächerliches hat. Es ist gar
nicht möglich, auf die Gemeinheit des Gestankes zu schimpfen; wer das täte, würde zweifellos
auch die dicksten Trauerklöpse zum hellsten Gelächter bringen. Und so ist es auch mit Rohheit,
Gemeinheit und Grausamkeit. In diesen steckt auch immer etwas Lächerliches. Dasjenige, was
wir so das Schlechte nennen, ist doch nur ein Konglomerat von Grotesken. Der Bösewicht, der
immer gleich Millionen umbringen will, ist immer eine lächerliche Figur – wie Jeder, der von
seiner Wut übermannt wird. Der Teufel ist ein komischer Herr. Und es gibt nichts, was so komisch wirkt – als wenn jemand mal so recht den Bösewicht spielen möchte. Dieses komische
Element in all den Dingen, die als verbrecherische Handlungen von den Menschen bestraft
werden, muß doch mit den Gemeinheiten und Rohheiten, die sich lächerliche Menschen her-
ausnehmen, wieder versöhnen.«
Wenn ich nur so bliebe!
An der Brust keinen Druck mehr – keine Sehnsucht!
Nichts stört – kein Lüftchen bewegt sich um mich – nur ich bewege mich – ganz langsam –
schwebe – schwebe – als All!
Ich sehe ferne Zeiten – dort hinten und da vorn.
Unzählige Welten rauschen ihr Glück mir zu.
Es gibt nur ein Glück, wenn man nicht mehr Stück ist.
Aber es hält nicht lange an.
Der Atem hält's nicht aus.
Sternheere, meine Sternheere – lacht durch mich – länger!
Lacht länger!
Aber ach – Wolken kommen.
Langsam geht's wieder hinab.
Ich aber will's nie vergessen.
Einen Augenblick Allglück – und – und – Alles geht wieder.

Ich sagte hiernach, daß ich die Lehre von der Unempfindlichkeit der einfachen Kraftmenschen für sehr gefährlich hielte – die Lehre könnte die Verrohung der Menschen noch weiter steigern, was doch nicht sehr wünschenswert wäre.

Das führte nun abermals zu einer lebhaften Auseinandersetzung.

So redete der Oberpriester weiter, und ich erklärte sehr bald, daß ich wirklich geneigt sei. Alles, was geschieht, für herrlich und wunderschön zu halten – die Moralisten erklärte ich dabei auch für komische Figuren – und die Ägypter gaben mir Recht – ich aber gab ihnen schließlich meine Mückenphantasie.

Der Todesrausch

Eine Mückenphantasie

»Komm an die Lampe!« schrie selig die kleine Zippa.

Ihre Flügel flatterten, und zweihundert Mücken vernahmen den Ruf und folgten der kleinen Zippa – selig – ohne Besinnen.

Bei der Lampe, die von einem grünseidenen Lampenschirm umhüllt war, saß ein alter Mann und aß sein Abendbrot.

Da kam die kleine Zippa mit den zweihundert Mücken – und der Zippa ward ganz toll zu Mut.

»Sterben! Sterben ist doch das Süßeste im Leben! Sterben wollen wir jetzt! Sterben!«

Und alle Mücken schrieen das der Zippa nach.

Mit seligem Gelächter flogen sie gegen den heißen Cylinder, und bald lagen alle zappelnd neben dem Abendbrot des alten Mannes.

Der wollte die Sterbenden schnell töten, damit sie nicht so lange zu leiden hätten.

Aber Zippa rief lachend, während sie sich ihre verbrannten Flügel abscheuerte:

»Laß sein! Wir sterben ja so gern! Das Sterben ist ja so schön!«

Und die sämtlichen sterbenden Mücken schrieen es wieder der Zippa nach.

Und Alles lachte – und starb.

Der alte Mann aß weiter.

Er hatte Hunger.

»Wer weiß,« sagte Lapapi dazu, »ob diese Mücken nicht klüger sind als manche Menschen. Es wäre aber sehr komisch, wenn man ihren Todesrausch für eine Lebensverneinung halten möchte.«

»Es ist mir,« versetzte ich schnell, »sehr bekannt, daß man über Lebensverneinung und Lebensbejahung so lange reden kann, bis diese beiden Dinge wahrhaftig nicht mehr von einander zu unterscheiden sind.«

Nach diesen Bemerkungen lachten die kleinen Nilpferdchen wie die Tollen und stießen mich so lange herum, bis mir schließlich Hören und Sehen verging.

Und nachdem die alten Herren also ihren Übermut ausgetobt hatten, begaben wir uns alle zusammen wieder in den Speisesaal, allwo das Sternepicken von Neuem begann; die Pincetten der Herren funktionierten ausgezeichnet.

Ich bedauerte, daß ich infolge des elektrischen Bades an diesem Tafelspaß nicht teilnehmen konnte, was, als ich's sagte, abermals große Heiterkeit erregte.

Es wurde beim Essen viel über die menschliche Dummheit geredet, und der heftige König Amenophis, der vorhin so lebhaft die Völker für sehr klug gehalten hatte, sagte lachend:

»Man mag mich ja für sehr dumm halten, daß ich die Völker für sehr klug halte – aber ich habe ja nicht behauptet, daß sie gegenwärtig schon alle sehr klug sind – später, so meinte ich, könnten sie's mal werden. Und – wenn sie's nicht werden, so schadet das nicht so viel. Denn – wär's ein Vergnügen, klug zu sein, wenn's keine Unklugen gäbe? Ich denke natürlich nicht an die Schadenfreude – ich denke: Ist nicht das Hauptvergnügen an der Klugheit die Übertragbarkeit derselben auf andere Leute? Und – wären alle so klug wie die Klügsten – so könnte man die Klügsten auch die Dümmsten nennen, denn es gibt immer noch andre Lebewesen, die klüger sind als die Klügsten. Und dies ist nicht das Dümmste. Denn auch unsre Vorstellung von aller Klugheit darf Realitätsbewußtsein nicht beanspruchen. Hinter jedem Klugen – steht Einer, der noch klüger ist – und diese Reihe geht mit Grazie ad infinitum. Eine Steigerung ist überall noch möglich. Die Fülle der neuen Erkenntnisse ist auch so, daß sie eine Reihe darstellt, die ebenfalls, wie Alles, was dazusein scheint, mit Grazie ad infinitum geht.«

»Und,« sagte danach der Inspektor, »da wir diese unendlichen Reihen nicht immerzu ansehen können, so ist eine Unterbrechung nötig.«

Er pfiff, es ward wieder dunkel, und unsichtbare Hände legten mich wieder in ein Bett, in dem ich wieder sofort fest einschlief und nicht träumte – gar nicht träumte.

Als ich mich dann wachend im Kreise meiner alten Ägypter wiederfand, fragten mich alle Sieben so recht besorgt:

»Wie geht's Dir jetzt?«

Da mußte ich unwillkürlich lächeln, griff in meine Brusttasche und legte als Antwort das folgende kleine Manuskript auf den Tisch.

Gerettet!

Es lehnen sich unzählige Riesen, die gestrandet sind, an eine alte zackige ganz steile Steinwand. Die messerscharfen Zacken der Wand schneiden in das Fleisch der Gestrandeten, daß es schmerzt.

Aber es heißt: stillhalten – oder abstürzen!

Die wild an die Steinwand anprallenden Meereswogen spritzen den Riesen oft in die Augen. Es heißt: stillhalten!

Nachdem die Sieben das gelesen, erhoben sie sich ernst von ihren Plätzen, und der König Ramses sprach würdevoll:

»Wir gatulieren Dir, liebes Onkelchen! Es freut uns, daß Du endlich auftaust und anfängst, unsre Gesellschaft so zu würdigen – wie sie's verdient. Wir würden Dir, falls wir noch im Besitze einer Hand wären, mit ihr die Deinige kräftig schütteln und dann mit Dir lachen und fröhlich sein – nach dem Muster der biederen und nicht biederen Rauschphilister der Menschheit.«

»Jetzt kommt,« sagte der Oberpriester Lapapi, »der große Rausch!«

Der König Amenophis aber bemerkte hierzu gleich wieder sehr heftig:

»Wenn ich diese Reden vom Rausch schon höre, so wird mir immer gleich so betrunken zu Mute. Meine Herren, vergessen wir nie, daß auch unser Rausch nur ein Schattenspiel ist – wie unser Kater desgleichen.«

Und ich versetzte lustig:

»Warum sollen wir grade beim Rausch daran denken, daß auch er nichts Wirkliches ist?«

»Weil das den Rausch noch steigert!« gab da der alte Thutmosis zur Antwort.

Und dann gingen wir zu einer Nische, die von einem schwarzseidenen Vorhange abgeschlossen wurde.

Der Inspektor pfiff, – es erloschen alle Lampen – aber die Ägypter zogen den schwarzseidenen Vorhang langsam zur Seite.

Und ich sah draußen den Nachthimmel mit unzähligen funkelnden Sternen.

Und der alte Thutmosis sagte mit seiner weichen Stimme ganz leise: »Vergessen wir nie, daß auch dieses Weltbild nur ein Bild ist – und daß auch hinter dieser großartigen Weltenpracht noch ein Hintergrund mit unendlich vielen anderen Erscheinungswelten – lebt.«

»Lebt!« wiederholten die Ägypter.

Und ich fühlte, daß nichts so herrlich ist – wie das Leben – wie's auch sei!

Und die Sterne strahlten.

Und wir standen ganz still und sahen hinauf und dachten an das, was dahinter – lebt.

Als der Vorhang vor den Sternen wieder fiel, flammten in dem Saale, der hinter uns war, unzählige dunkelgrüne Lampen auf – und die machten, daß die Wände und Säulen und besonders die hohen Kuppelgewölbe ganz geisterhaft leuchteten; feine Schattenspiele zuckten durch das Geleuchte, und auch die Nilpferdchen neben mir wirkten in dem grünen Licht wie Schattenspiele aus einer anderen Welt.

Lautlos wandelten die ägyptischen Herren auf dem Mosaikfußboden auf und ab. Und dann sprangen sie über einander – und dabei sprangen sie immer höher – bis in die hohen Kuppelgewölbe hinein, wo die Schattenspiele gleich in noch größere Bewegung gerieten, da sich die Nilpferdchen oben sehr fix in unzähligen Saltomortals überschlugen.

Ich sah mir das ohne Erregung an.

Aber plötzlich standen die Herren wie eine Säule vor mir – einer auf des andern Kopf – alle sieben über einander – was mich an mexikanische und indische Skulpturen erinnerte.

King Ramses stand ganz oben und sprach jetzt mit feierlicher Vorderpfotenbewegung ohne Pincette:

»Jetzt kannst Du lachen, liebes Onkelchen! Du sollst heiter sein für alle Ewigkeit. Du hast jetzt begriffen, was überall dahinter ist – wie viel dahinter ist – daß unendlich viele Erscheinungswelten hinter jeder Sinneswahrnehmung den grandiosen Welthintergrund bilden.«

»Ja,« rief ich nun freundlich, »darüber kann ich aber doch nicht immerzu lachen und hinter sein – das wäre doch langweilig.«

»Aha!« riefen da die Sieben im Chore.

»Deine Bemerkung beweist uns,« fuhr der König Ramses fort, »daß Du auf dem rechten Wege bist. Du siehst ein, daß auch die beste Laune auf die Dauer unerträglich werden kann. Gut, mein Sohn! Du hast Dich eben auch mit der schlechten Laune abgefunden und sie als eine Notwendigkeit erkannt. Der grandiose Welthintergrund ist für Dich nicht mehr ein leeres Spukphantom. Wenn ich also sagte, Du würdest von jetzt an für alle Ewigkeit ein Lachender sein – so meinte ich das selbstverständlich bloß figürlich und symbolisch. Ich wollte sagen: Du wirst nicht mehr das Gleichgewicht verlieren.«

Da schrieen die Ägypter:

»Wir verlieren's auch nicht!«

Und dabei standen sie auf dem rechten Bein, wodurch die Tiersäule fein gegliedert wurde.

Und dann schrieen sie:

»Wir können auch lachen!«

Und dabei standen sie auf dem linken Bein und lachten, daß es oben nur so knarrte.

Und dann machten sie zusammen oben sieben mal sieben Saltomortals – und standen danach wieder unten auf dem Mosaikfußboden in einer Reihe.

»Ich hätte,« sagte der König Ramses, »eigentlich in Versen sprechen sollen, aber der Klangzauber der Verssprache ist der Deutlichkeit nicht immer dienlich. Und wir sind nun mal die Apostel der Deutlichkeit.«

»Wir wollen,« fiel da der Herr Oberpriester Lapapi ein, »unserm lieben Gaste zeigen, daß jetzt auch für ihn die große Sonne aufgeht.«

Der Inspektor pfiff wieder – es ward wieder dunkel – und der seidene Vorhang wurde zum zweiten Male knisternd nach beiden Seiten auseinandergezogen.

Und ich sah einen Sonnenaufgang.

Über weißen Schneegebirgen flammten himbeerrote Wolken in einen dunkelblauen Himmel hinauf.

Und große goldene Quadrate wurden in den roten Wolken sichtbar und schaukelten wie Glasscheiben, daß es funkelte.

Und es rieselten feine Schleiergebilde herunter, in denen seltsame Wesen staken mit braunen Gesichtern. Und diese Schleierwesen setzten sich auf die goldenen Platten.

Hiernach sah's so aus, als wenn Funken aus den himbeerroten Wolken herausspritzten – brandrote Funken, die auf die Schneegebirge fielen.

Gleichzeitig kamen seltsame Gestalten aus den Schneegebirgen heraus – und auch aus dem blauen Himmel kamen seltsame Gestalten heraus – und die vereinigten sich in den roten Wolken und auf den schaukelnden goldenen Platten.

Und Alles wurde immer heftiger bewegt, und glühende Strahlen flogen wie Pfeile durch.

Dabei kam die Sonne hervor – ganz glutrot – mit einem Medusenantlitz – das mich ganz starr machte – so daß ich nichts Andres mehr sehen konnte – als dieses blutrote Medusenantlitz.

Und ich hörte, wie der seidene Vorhang von den Ägyptern wieder zugezogen wurde.

Jedoch ich sah das blutrote Antlitz trotzdem.

Dieser Medusenkopf war in allen Teilen rot – doch zeigten sich verschiedene Rots – das dunkelste in den großen starren Augen.

Ich hörte die Ägypter miteinander flüstern und sah das Rot immer noch.

Mir war, als wenn in weiter Ferne Dinge vor sich gingen, die ich beim besten Willen nicht verstehen konnte – und das blieb so, wie mir schien, eine lange Zeit.

Später fühlte ich, daß mich unsichtbare Hände wieder aufhoben – und mir übers Gesicht strichen – so daß ich das Rote nicht mehr sah.

Das wirkte wie eine Erlösung.

Und dabei empfand ich plötzlich einen heftigen Heißhunger.

Und der Pyramideninspektor Riboddi sagte neben mir, als wenn er meinen Hunger mitempfände:

»Wenn Du gestattest, daß ich mir ein Manuskript aus Deiner Tasche nehme, so sollst Du sofort eine Zigarre haben.«

Ich war selbstverständlich einverstanden – und obschon ich nichts sah, fühlte ich doch gleich Riboddis kalte Pincette in meiner rechten Brusttasche.

Und dann rauchte ich – und sah die brennende Glut meiner Zigarre.

Aber Riboddi hatte, was er wollte.

Fritz, der Schweinejunge

Eine lehrreiche Geschichte

Das hatte man den großen Spöttern immer gesagt. Aber sie wollten nicht hören. Sie wollten an die Gefährlichkeit der Dummheit nicht glauben.

Die Dummheit wird doch immer noch unterschätzt.

Wie gewöhnlich saßen die Spötter auch in der Sylvesternacht in der Prachtgondel ihres Luftballons. Sie waren hoch in den Wolken so recht fidel, denn die Prachtgondel war natürlich fein säuberlich mit dicken Glasscheiben auf allen Seiten zugeschlossen.

Um zwölf Uhr nachts sollte natürlich der Punsch mit den Kalbskotelettes nach oben geschickt werden.

Fritz, der Schweinejunge, sollte den Korb hinaufschicken.

Der Ballon mit der Prachtgondel war mit fünf festen, sehr langen Stricken unten angebunden.

Und da es Sylvesternacht war, schien es ganz natürlich, den Schweinejungen Fritz mit dem Korbe bei den fünf Stricken allein zu lassen.

Es schlug halb zwölf, und der Fritz sah, daß ihn kein Mensch beaufsichtigte.

»Ih!« dachte er, »wozu sollen die dummen Spötter da oben so viel Punsch trinken?«

Und er nahm eine Flasche aus dem Korbe und trank sie zur Hälfte aus.

»Ih!« dachte er, »die schmeckt ganz gut. Die andern Flaschen werden nicht schlechter schmecken – und die Kalbskotelettes?«

Er sann ein bißchen nach und machte dann die Stricke vorsichtig los und ließ den Luftballon davonfahren. Den Korb versteckte er hinten im Busch. Und dann rief der dumme Schweinejunge:

»Hilfe! Hilfe! Hilfe!«

Und dann kamen die Andern und sahen, daß der Luftballon fort war – die Andern waren natürlich nicht ganz nüchtern – denn es war ja Sylvesternacht. Und so schöpfte Keiner Verdacht.

Und Fritz, der Schweinejunge, aß nach einer kleinen Stunde gemütlich seine Kalbskotelettes und trank seinen feinen Punsch dazu.

Die großen Spötter fuhren durch Schnee und Regen im Mondenschein durch die herrliche Sylvesternacht – hatten aber nichts zu essen und nichts zu trinken.

»Verfluchte Zucht!« schrieen sie im Chore. Aber das half nichts. Fritz aß und trank und lachte die Spötter aus.

Ein dummer Schweinejunge ist fast immer zugleich auch ein verfluchter Schweinehund.

Hei! Da schaukelten die Spötter hoch in der Luft, denn der Luftballon war mit ihnen durchgegangen. Das kam davon! Die Spötter wollten dem dummen Schweinejungen niemals die Ehre antun, seine Schweinewege zu verfolgen.

Da schaukelten sie jetzt oben in der Luft – ohne Speise und ohne Punsch – daran labte sich der unverschämte Fritz.

Die Spötter hätten sich gleich um acht Uhr Abends den Punsch und die Kalbskotelettes hinaufschicken lassen sollen. Dann wäre das Unglück nicht passiert.

Man sollte sein Nachtessen nie aus den Augen verlieren – denn Schweinejungen gibt's überall.

Als ich wieder sehen konnte, sah ich, daß ich mit den alten Ägyptern in einem außerordentlich behaglichen Zimmer zusammensaß. Die Wände des Zimmers bestanden aus weißem Sammet mit goldenem Blattornament, das so recht unordentlich angeordnet zu sein schien.

Wir saßen in hellblauen weichen Sammetsesseln, und die Tischdecke war schwarzer Sammet mit blutrotem Medusenkopfornament. Eine silberne sehr große flache Aschschale stand auf dem Tisch. Die andern Herren pickten wieder schwebende Sterne, die aber diesmal wie Weintrauben zusammenhängend über der Tafel schwebten.

Und mir war so, als wenn meine Taschen leichter geworden wären.

Ich erinnerte mich, daß der Riboddi in meine Tasche gefaßt hatte – mit seiner Pincette – während ich meiner nicht mächtig war.

Ich erklärte etwas heftig, daß ich mich beunruhigt fühle. Da sagte der King Amenophis eifrig:

»Mit dem Verstande überwindet man keine Gefühle – so sagt man – und das stimmt wohl – da ›man‹ gewöhnlich nicht sehr viel Verstand besitzt.«

»Ich weiß nicht,« entgegnete ich gereizt, »was diese Bemerkung hier soll; ich habe das Gefühl, daß mir Manuskripte weggekommen sind. Und wenn mich nichts wütend macht – dieses macht es.«

Mit unerschütterlicher Seelenruhe sagte da der King Thutmosis – sanft wie stets:

»Vor die großen Freuden haben die Götter die kleinen gestellt, die man überwinden muß – um zu jenen zu gelangen. Aus diesem Grunde muß man den tierischen Amüsements aus dem Wege gehen, wenn man die komplizierteren möchte, die nicht bloß mit der Gier nach Existenzverlängerung gebacken sind.«

Der König Necho sagte danach, während ich meine Tasche nervös von außen befühlte:

»Und vor die großen Schmerzen haben die Götter wiederum die kleinen Schmerzen gestellt, die man nicht überwinden kann, wenn man jene flieht. Daher kommt Onkels Taschenärger.«

Ich wurde furchtbar wütend, doch die Herren lachten gemütlich und pickten in ihre Traubensterne.

Der Oberpriester Lapapi aber brüllte mit furchtbarer Stimme:

»Kleine Leute, die noch nicht zu leben gelernt haben, mögen wohl als Künstler die einzelne Erscheinung abgesondert wie ein Meerwunder betrachten und beurteilen – die Kunst jedoch, die ein bißchen mehr sein will, sollte stets den grandiosen Hintergrund haben.«

»Meine Herren,« rief ich da erregt, »ich möchte bloß wissen, wo mehrere von meinen Manuskripten geblieben sind. Sind die auch im Hintergrunde geblieben?«

»Nanu!« riefen da Alle durcheinander, »Sie werden uns doch nicht im Verdachte haben?«

»Ich,« erklärte ich, »finde unter den Manuskripten, die ich Ihnen noch nicht gezeigt habe, keine ernsten Manuskripte – die sind fort.«

»Das ist ja unglaublich,« sagte der General, »zeigen Sie mal her, was Sie noch da haben.«

Ich dachte natürlich nicht daran, ihnen meine übrigen Manuskripte anzuvertrauen.

Und ich gab ärgerlich bloß vier bis fünf Sachen hin. Doch kaum hatten die Herren die Sachen in der Hand, so rief der mir sehr verdächtig vorkommende Pyramideninspektor:

»Hier haben wir schon was Ernstes!«

»Was haben Sie denn?« fragte ich böse.

Er lachte, sagte, daß ich ein sehr vertrauensseliger Onkel sei, und las vor, was er für sehr ernst zu halten berechtigt zu sein glaubte.

Zwei Weltenschöpfer

Skizze

Sein Auge leuchtet wie tausend lichtsprühende Sonnen. Er sitzt auf seinem großen Weltensessel und träumt.

Seine Sterne drehen sich zu seiner Rechten und zu seiner Linken, sausen an seinen Knieen vorüber, gehen in Schraubenlinien um seine Finger, bleiben still an seinem weißen Barte hängen, wandern langsam in kompliziertesten Kurven in die große Weite und leuchten alle so still – wie Nachtlampen in einer Sommernacht. Und er freut sich über seine stille ruhige Weltenheerde wie ein guter Hirt.

Sein helles Auge schweift in die Unendlichkeit.

Da ist ihm so, als lösten sich dort drüben im dunklen Hintergrunde ein paar Schleier los; es wird dort immer heller. Und plötzlich sieht er da hinten weit hinter seinem Weltenraum den Kopf eines alten Freundes, der da drüben auch Stern-Welten schuf.

Die Weltenschöpfer grüßen sich.

Und der alte Freund zieht alle dunklen Schleier fort und zeigt, was er in den vielen Billionen Sternjahren gemacht hat.

Aber des Freundes Sternmeere sind nicht so ruhig. Da flackert's und flammt es. Die Sterne glühen in tausend Farben und zeigen die tollsten Formen – gleißende rissige Rüsselsterne winden sich zuckend um Diamantgebilde, Feuersäulen drehen sich wie Pfropfenzieher und flattern wie knallende Peitschen.

Die beiden Weltenschöpfer sehen sich lange die neuen Welten an; Jeder von ihnen schaut weit vorgebeugt zum Nachbarn hinüber. Und während der Ruhige still seine Gedanken in der Vergangenheit spazieren führt, jagt sie der Leidenschaftliche wild in die fernste Zukunft.

Sie fühlen, daß sie Beide anders sind, doch sie empfinden das nicht als etwas Störendes.

Sie nicken sich lächelnd zu.

Die Weltenschöpfer haben alle Nichts gemeinsam. Ihre Sterngebilde wissen das nicht; die Geschöpfes eines Schöpfers ähneln sich wie die Kinder eines Vaters.

Langsam fallen wieder die dunklen Schleier des Hintergrundes. Und die beiden Weltenschöpfer sind wieder allein; ihre Augen blitzen, daß ihre Sterne staunend hineinhorchen in die tiefen Raumgefilde.

Die Augen der Weltenschöpfer durchstrahlen ihr Reich; sie wissen, daß sie nicht das ganze unendliche Weltenall durchdringen und umspannen können.

Auch dieses Wissen stört sie nicht.

Unantastbar bleibt ihr seliger ewiger Schöpferrausch.

»Das ist ja viel zu einfach!« sagte hierzu der heftige King Amenophis – und dabei schlug er mit seinen Vorderpfoten so kräftig auf die schwarze Sammetdecke, die über der Tischplatte lag, daß diese in allen Fugen knackte und knisterte – und daß sie silberne Aschschale hoch aufsprang.

Ich erklärte, daß ich durch eine derartige Tischbearbeitung mein Eigentum schwerlich wiederbekommen würde.

Hatte ich aber geglaubt, daß ich durch diese Bemerkung das Gespräch auf meine verlorengegangenen Manuskripte lenken könnte, so hatte ich mich arg getäuscht.

Als wäre gar nichts los, hub nun wieder der Thutmosis zu reden an – mit seiner lieblichen sanften Stimme sagte er holdselig – lächelnd:

»Das Leben des Einzelnen muß, wenn er Schöpfer zu sein vorgibt, viel inniger mit seinen Geschöpfen zusammenhängen. Das Leben des einzelnen ist so ohne Weiteres als ein unabhängiges für uns gar nicht vorstellbar. Die Welt ist viel komplizierter und interessanter. Man müßte die unendliche Folge der Erscheinungswelten in allen schaffenden Existenzen als empfindbar und wirksam hinstellen; die unendlichen Reihen, die die verschiedenen Erscheinungswelten darstellen, müssen doch im schaffenden Geiste sehr bald als unendliche Reihen bewußt werden. Wenn sie das nicht werden, hat man kein Recht, von ›Weltschöpfern‹ zu reden, da es doch, wie wir wohl wissen, auch schaffende Geister gibt, die da schaffen, ohne zu wissen, wohin ihr Schaffen führt; solche Schöpfer stehen aber nicht auf einer hohen Stufe – auch die Intelligenz der Schöpfer ist nur in einer unendlichen Reihe für uns zu versinnlichen.«

»Es läßt sich,« bemerkte dazu der brummige King Necho, »eben nicht so ohne Weiteres sagen, daß wir gar nichts von der Welt wissen. Da wir unsre Erscheinungswelt immerhin als eine winzigkleine Teilerscheinung des Alls betrachten müssen, so wissen wir damit wahrlich schon genug. Aus dieser winzig-kleinen Erkenntnis von einem Teile geht uns die große Erkenntnis von dem grandiosen, nie zu fassenden Weltenzauber des Ganzen auf. Und Leute, die von diesem noch keine Ahnung haben, sollten doch das Wort ›Welt‹ ein wenig vorsichtiger gebrauchen.«

»Ich gebe das,« erwiderte ich rasch, »durchaus zu und bitte die Herren höflichst um Ent-schuldigung. Ich werde die unendlichen Reihen, die die Erscheinungsformen darstellen, nicht mehr vergessen. Aber ich muß doch auch bemerken, daß ich durch diese Erkenntnis wirklich nicht wieder in den Besitz meiner Manuskripte gelange.«

Da gab's aber einen Sturm.

»Mit wem reden wir denn?«

»Hält hier Jemand in diesem Medusenzimmer seine Manuskripte für Erscheinungsformen?«

»Es scheint hier ein guter Onkel immerfort Kopf und Zeh miteinander zu verwechseln.«

»Laß uns mal erst lesen, was wir haben.«

Nach solchen und ähnlichen Redensarten, bei denen mich Keiner von den alten Herren eines Blickes würdigte, lasen sie – das, was sie hatten.

Die Welt von Eisen

Ein großes Gebrumm

Große Sternvölker brummen plötzlich.

Es sind große hohle eiserne Sterne, die da so brummen.

Eine Schauermär hat die eisernen Sternvölker grimmig gemacht – darum brummen sie.

Sie haben gehört – es ist kaum zu glauben – viele Milliarden großer Blickmeilen von ihnen entfernt lebe auf einem kleinen Lehmklümpchen ein kleines Würmchen, das jetzt tatsächlich das Weltganze erfaßt habe – das ganze Weltganze – von oben bis unten und nach allen Seiten.

Dies Würmchen auf seinem Lehmklex!

Die eisernen Sternvölker brummen fürchterlich, daß es kaum anzuhören ist; die Büffelhorn- und die Schneckensterne sind ganz besonders laut.

Und so weit weg soll das Würmchen sein.

Eine Schauermär!

Eine Blickmeile ist so weit, wie ein Strauß von tausend Muttersonnen für die scharfsichtigsten Sternaugen sichtbar ist.

Und das Würmchen ist viele Milliarden solcher Blickmeilen entfernt!

Die eisernen Sternvölker grunzen vor Wut – sie haben das Weltganze immer noch nicht erfaßt.

Und das Würmchen soll ihnen über sein?

Jetzt vernehmen sie – die Trichtersterne flüstern's ihnen zu – daß das Würmchen zwei kleine Beinchen haben soll und auch mit schier unendlich großen Glaslinsen beim besten Willen nicht sichtbar zu machen ist.

Wie das die eisernen Sterne hören, müssen sie mordsmäßig lachen, daß der ganze Himmel dröhnt – als führten Billionen Glockensterne Krieg miteinander.

Es gehen doch noch lustige Geschichten in den Sternvölkern um.

Dieses Würmchen!

Dieses unsichtbare zweibeinige Würmchen!

Die eisernen Sternvölker brummen bald nicht mehr. Späße bebrummt man nicht.

Krebsrot

Ein Herren-Scherzo

Auf der großen Freitreppe stand einer – der besann sich plötzlich auf sich selbst.

Er betrachtete sich und sah, daß Alles an ihm krebsrot war.

»Bin ich ein gekochter Krebs?«

Also kam's dem Besonnenen über die schmunzelnden Lippen.

»Gut!« fuhr er aber fort, »dann sollen Alle zu gekochten Krebsen werden!«

Und er ging hinauf in sein hohes Haus und wollte alle seine Freunde verwandeln.

Es gelang ihm aber nicht.

Der Radaubengel

Nihilisten-Ulk

Eben waren die guten Hofmeister vom Tode auferstanden und wünschten sich gemütlich guten Morgen – da schlug der Blitz in eine gesunde Eiche, und der Donner schüttelte alle Himmel.

Das war aber noch gar nichts, denn gleichzeitig stieg der nie besiegte General Hohnke aus seinem Grabe heraus und fing so fürchterlich über die Bedeutung der Freiheit zu reden an, daß die guten Hofmeister schleunigst wieder in ihr altes Grab krochen.

Hohnke jedoch schlug Alles kurz und klein – auch die sämmtlichen Himmel.

»Freiheit!« brüllte er kanonenmäßig.

Dies Gebrüll war aber nicht mehr zu hören, denn die Himmel waren mit allem Zubehör nicht mehr am Leben – Hohnke stand im Nichts.

Er wunderte sich mächtig – half ihm leider nichts.

Was weg ist, ist weg!

Nichts kann so viel zerstören wie das Freiheitsgebrüll – sämmtliche Himmel mit allem Zubehör bringt es einfach um.

Die Freiheit will eben weiter nichts als – Nichts.

Hohnke! Du kannst mir leid tun! Wo bist Du jetzt?

Hohnke ist wohl auch nicht mehr am Leben.

O Hohnke! General Hohnke!

Mein Großvater

»Das ist Alles so lächerlich!« sagte mein Großvater, als er das sah, was ich schrieb.

Ich schaute meinen Großvater freundlich an und meinte: »Großvater, das verstehst Du nicht!«

Großvater schwieg, denn er war sehr klug und wußte, daß mit mir nicht zu spaßen sei.

Schließlich wußte ich nicht, was ich mit ihm anfangen sollte ...

Und da fing ich an, mich mit ihm zu prügeln ...

Er zerbrach mir mein Nasenbein.

Diese vier Stücke schienen den alten Herren zu gefallen; sie lachten, steckten die Köpfe zusammen und zeigten sich einzelne Stellen.

Ich bewunderte, wie geschickt sie mit ihren Pincetten umzugehen verstanden.

Ich sah mir die Blutmedusen auf der schwarzen Sammetdecke genauer an und sah, daß jede einen ganz anderen Gesichtsausdruck zeigte. Und ich verglich diese vielen Gesichter mit dem Gesichte der großen Sonne, die mir die Augen geblendet hatte. Währenddem sagte der King Thutmosis lächelnd:

»Unser Scheerbart hat ohne Frage das ernsthafte Bestreben, seine verehrte Nase tiefer in die Weltgeheimnisse zu stecken. Er sucht überall nach großen Hintergründen. Das ist schon richtig. Aber die Hauptsache verliert er immer aus den Augen. Daß diejenige Erscheinungsform der Welt, die uns offenbar wird, in allen ihren Äußerungen unendlich viele Daseinsmasken vornimmt, das stimmt schon. Es stimmt auch, daß es in unsrer Erscheinungsform der Welt nach allen Richtungen kein Ende gibt. Diese gewiß sehr großartige Tatsache kommt in der Welt von Eisen gut zum Ausdruck.«

»Indessen,« fuhr nun der brummige Necho fort, »wenn das auch viel ist, ist's noch nicht genug. Du darfst nie vergessen, daß alle Sterne mit ihrer Unendlichkeit – nur eine einzige Erscheinungsform der Welt darstellen – und daß sich an diese eine einzige Erscheinungsform der Welt noch unendlich viele andere Erscheinungsformen anreihen, die uns vorläufig noch nicht faßbar sind. Und diese anderen Erscheinungsformen, deren Zahl eben in keiner Unendlichkeit Platz findet – machen uns die Welt eben unendlich viele Male größer, als sie uns bisher erschien. So kommt es, daß die unendliche Welt, die wir zu sehen vermeinen, jetzt nur ein Tropfen in einem unendlich viele Male größeren Meere für uns ist.«

Mir wurde schwindlig – und ich sagte das.

Da aber lachten Alle, und der Lapapi sagte freundlich:

»Laß nur! Das geht vorüber!«

Der König Ramses sprach darauf sehr feierlich:

»Vergiß nicht, was ich Dir jetzt sage: Wenn Du in Deinem ganzen Leben nur dieses Eine von der unendlich großen Anzahl der Erscheinungsformen der Welt begriffen hättest – und wenn Du nie danach vergessen würdest, daß hinter jedem Stück, das Deine Sinne wahrnehmen, noch unendlich viele andre Dinge dahinterstecken, zu denen Du mit Deinen Sinnen nicht gelangen kannst – – – so hast Du das Größte erfaßt von Allem, was Du in Deinem armen Leben erfassen kannst. Dann ist aber Dein Leben nicht mehr arm – wie's auch sei! Und darum kannst Du, wenn Dein Leben zu Ende geht, ruhig sagen: ›Ich habe einen Abglanz des Höchsten empfunden, und mehr kann mit meinem armen Sinnen Niemand empfinden.‹ Und dann werden Dir Deine armen Sinne wieder reich erscheinen, wenn sie Dich auch oft scheinbar gequält haben. Und Du wirst ruhig sterben können – einen seligen Tod – da Du weißt, daß Du die ungeheure, Alles erdrückende, furchtbar erhabene Gewaltsonne der unendlichen Welt-Tiefe, die in alle Ewigkeiten hinein immerzu immer noch mehr geben kann, angestarrt hast – und selig wurdest.« Alle schwiegen.

Und ich sah mit brennenden Augen auf die schwarze Sammetdecke, auf der die roten Medusenköpfe zu tanzen schienen.

Nach langer Zeit, in der wir viel gesprochen hatten, baten mich die alten Herren wieder um ein paar Manuskripte.

Ich erklärte ihnen feierlich, daß nach meinem Dafürhalten meine Arbeiten für sie keinen Wert haben könnten.

Sie aber sagten, daß es sie trotzdem interessiere, wieder mal was von mir zu lesen, wenn auch der grandiose Hintergrund nicht da sein sollte.

Und so kam's denn, daß ich wieder was gab – allerdings mit einem Gefühl, das vom Stolze weiter entfernt war –als der Bauer von der Erkenntnistheorie der Nilpferde, bei denen ich lebte.

Sonnenschein

Die alten Bäume waren so hoch.

Und der Donner ging ab, hinten hinter die Berge.

Die Wolken verzogen sich, als würden sie zerpflückt von einer großen Hand.

Es regnete nicht mehr, auch das Blitzen ließ der gute Himmel sein. Dafür flog ein Sonnenstrahl durch die zerpflückten Wolken, und andre Sonnenstrahlen folgten.

Da traten die alten Leute aus der Tür und gingen durch den Wald zur Lichtung der Sonne entgegen.

Die Sonne schob ihre blanke Glatze aus einem dicken Wolkenknäuel heraus – und die Sonnenglatze glänzte.

Und dann kam die ganze Sonne wieder in den blauen Himmel hinein – und blendete – und funkelte auf den nassen Blättern der mächtigen Bäume – glizerte auf der sommerbunten Wiese – und machte Alles wieder hell und leuchtend.

Die alten Leute standen unter den alten Bäumen – da wo's rausging aufs Feld. Den alten Leuten schien die Sonne ins Gesicht, und sie standen da und hatten sich an die Hand gefaßt und schauten so in die frische Glanzwelt hinein.

Sonnenschein!

Weisheit aus der Kreidezeit

Es war einmal ein altes Mastodon, das lebte in der Kreidezeit. Und das Mastodon, das lebte in der Kreidezeit. Und das Mastodon war viel klüger als alle andern Mastodons – es sagte immer nur:

»Mein Freund, wie's auch sei und wie's auch werden mag – sei überzeugt: es ist Alles so gut!«
Diese Worte waren außerordentlich trostreich für die ganze Kreidezeit.

Das alte Mastodon gefiel den Nilpferden über alle Maßen; sie beglückwünschten mich zu diesem Opus in einer Weise, die mir heute noch Spaß macht.

»Das ist nicht bloß ein Simplicitätsdokument!« sagte der Oberpriester.

Und der Inspektor meinte freundlich:

»Onkelchen, damit wäre eigentlich Alles gesagt! Nun kommt es bloß darauf an, daß man diese Sache niemals in Zweifel zieht. Leicht ist eine Wahrheit auszusprechen. Schwer ist es, eine Wahrheit zu behalten, da das menschliche Gedächtnis sehr mangelhaft ist. Am schwersten ist es aber, einer gewonnenen Erkenntnis gemäß zu leben.«

Der General Abdmalik fügte noch hinzu: »Sehr verwerflich ist es, wenn Jemand sagt: »Ich sage gar nichts mehr. Ein solches Individuum erklärt innerlich alles Seiende für veritablen Mist. Als wenn des Menschen Nase ein Hauptsinn wäre! Onkelchen, ich sage Dir: der Mist vernichtet die Mystik keineswegs.«

Nach diesen Worten gingen plötzlich alle Lampen aus, und wir saßen wieder mal im Dunkeln.

Nun hörte ich die Nilpferde mit einander sprechen; es klang so, als wären sie weit ab – und es hallte dazu. Ich konnte zuweilen die einzelnen Stimmen nicht mehr ordentlich unterscheiden – und wußte bald nicht mehr, ob da noch die Nilpferdchen sprachen.

Die eine Stimme sagte jedenfalls:

»Die Anzahl der komischen Dinge ist so schrecklich groß. Auch die Laster sind so komisch.«
Eine andre Stimme sagte:

»Der Gram ist auch sehr komisch – besonders, wenn man ihn täglich umdreht, wie man Brillanten umdreht, die doch auch so komisch sind.«

Und eine dritte Stimme flüsterte ganz leise:

»Der Schmierfink ist komischer als alles Andre. Jedes hübsche Bild muß er beschmieren. Und dabei kommt er sich noch so geistreich vor. O Du komischer Schmierfink! Du denkst, Du bist ein Philosoph – und führst doch bloß Komödien auf.«

Ich dachte an meine verlorenen Manuskripte – aber ich kam nicht weit mit diesem meinem Denken.

Ich hörte plötzlich dicht an meinem rechten Ohr die brummige Stimme des Königs Necho:

»Ih, Du Schlingel,« sagte er, »kannst Du Dir denn gar nicht Deine kleinlich-irdischen Gedanken abgewöhnen? Sei doch froh, daß Du Deine traurigen Geschichten endlich mal verloren hast. Glaubst Du, es sei so unumgänglich notwendig, gleich Alles zu behalten und Alles auszuführen, was angefangen ist? O nein! Verschwende auch mal! Die Natur verschwendet ebenfalls! Also: gräme Dich nicht! Du bist doch jetzt von der Traurigkeit befreit,demnach brauchst Du doch Deine traurigen Manuskripte nicht mehr wiederzufinden. Gib mal gleich eine Geschichte her, die so nach Befreiung schmeckt!«

Und King Necho stand im nächsten Moment mit einer brennenden Laterne vor mir.

Ich saß in einem großen Keller auf einem Faß, suchte, mußte lächeln und gab am Ende dem brummigen König, was er begehrte.

»Famos!« rief er und las bei Laternenschein:

Die Befreiung

Eine japanische Novellette

Mu-Schika, die Tochter des großen Topffabrikanten, saß in ihrem Turmzimmer und weinte bitterliche Tränen. Eingesperrt war das gute Kind. Der böse Gouverneur der Nordprovinz, der schlimmste Mädchenräuber seiner Zeit, hatte auch die edle Mu-Schika in heimtückischer Manier ihren Eltern geraubt. Doch da die Geraubte ihrem Peiniger mit größtem Trotz auseinandergesetzt hatte, daß sie niemals sein Weib werden könne, weil sie frei bleiben wolle zeit ihres Lebens, so hatte der böse Gouverneur das Mädchen eingesperrt in seinem hohen Turm, den er nur zum Zwecke der Mädchenzähmung auf dem höchsten Berge der Nordprovinz vor vielen Jahren erbauen ließ.

Mu-Schika saß und weinte; ihre Tränen flossen wie Gebirgsbäche zur Frühlingszeit. Und der herrlichen Aussicht, die sich ihr vom Fenster aus darbot, warf sie nicht einen einzigen Blick zu; ihre Augen waren auch zu verweint. In jeder Stunde stampfte sie mehrmals mit ihren kleinen Füßen auf den Steinboden und rief voll stürmischer Leidenschaft:

»Frei will ich sein! Frei will ich sein! Frei! Frei!«

Diesen stürmischen Redestrom hörte der Sturmgott Lobu, der gerade die Nordprovinz einer eingehenden Untersuchung unterzog. Und der Sturmgott Lobu freute sich über die stürmische Art der Mu-Schika. Und er beschloß, das arme Mädchen zu befreien.

Während er sich nun unten vor der eisernen Pforte an die Arbeit machte, trat ihm der junge Maler Tai-Tai, der die Gefangene gleichfalls liebte, mit bleichem Antlitz entgegen und rief: »Willst Du die Mu-Schika befreien? Das laß nur bleiben. Ich befreie sie. Ich bin Tai-Tai!«

Der Sturmgott gab ihm eine Ohrfeige und rief: »Ich bin Lobu!«

Und nun fingen sie an, sich mächtig zu zanken. Jeder wollte vor lauter Eifersucht die Mu-Schika ganz allein befreien. Und während des Zankes prügelten sie sich öfters, wie das Rivalen zu tun pflegen. Dem Tai-Tai fehlten bald zwei Backenzähne, und dem Lobu blutete die Nase. Und dazu schien der Vollmond durch die ganze Nacht. Und durch die ganze Nacht zankten sich und prügelten sich die Rivalen, so daß es zur Befreiung gar nicht kam. Während oben Mu-Schikas Tränen in Strömen flossen, floß unten das Blut ihrer Befreier in Strömen.

Und so dämmerte denn allmählich der Morgen, und vor dem Turmfenster erschien die Göttin der Morgenröte, die herrliche Ballikâra.

In einer goldenen Barke saß die Göttin, und kleine Zwerge bekränzten die Barke mit dunkelroten Rosenketten. Der Himmel war oben tiefblau wie ein Meer. Und auch die Ballikâra hörte die wilden Freiheitsreden der Mu-Schika. Schnell riß sich die Göttin ein paar Rosen aus dem schwarzen Haar und warf sie durch das Turmfenster der Gefangenen in den Schoß. Da sprang das Mädchen erschrocken empor, starrte die herrliche Ballikâra wie ein Wunder an, fiel auf ein Knie und flehte weinend:

»O Ballikâra, nimm mich mit und führe mich zu meinen Eltern zurück, denn ich will frei sein – frei – frei – frei!« Da nahm die Göttin die Mu-Schika in ihre goldene Barke und fuhr mit dem verweinten Kinde durch die weißen Morgenwolken zu dem Hause des großen Topffabrikanten.

An der eisernen Pforte des Turmes wischen sich unterdessen die Rivalen die Blutstropfen aus dem Gesicht und verbinden sich die Handgelenke. Und ihrem Treiben sieht oben aus dem Turmfenster mit glühenden Wutaugen der böse Gouverneur zu. Der Gouverneur hat sich durch eine Hintertür in den Turm geschlichen und hat sehen wollen, ob seine Mu-Schika noch nicht kirre wurde. »Und nun ist sie fort!« schreit er voll Entsetzen in die Morgenluft hinein.

Er glaubt, die beiden Kerls da unten an der Pforte hätten seine Mu-Schika befreit. Er geht hinunter und stellt die Leute zur Rede, wird aber gleich ganz eklig angelackt. Die beiden Rivalen gehen sofort mit vereinten Kräften auf den Gouverneur los; der starke Tai-Tai zerbricht ihm die Kinnlade, und Lobu stößt ihm sein Schwert durch den Bauch, daß der Bösewicht gleich aufbrüllend den Geist aufgibt.

Hierauf reicht der Sturmgott dem Maler die Hand und sagt bitter:

»Junger Mann! Während wir hier um Mu-Schika kämpften, ist das lockere Mädchen mit einem Andern durchgegangen. Wir wollen dieses Weib vergessen.«

»Das wollen wir!« ruft Tai-Tai, hackt dem toten Gouverneur den Kopf ab und erklärt den Sturmgott für seinen besten Freund. Sie schütteln sich lange die Hände, und bald gehen die ehemaligen Rivalen Arm in Arm dem nächsten Wirtshause zu.

Doch die befreite Mu-Schika erzählt ihrem Vater, dem großen Topffabrikanten, wie sie von der herrlichen Ballikâra befreit wurde, zeigt jubelnd die dunkelroten Rosen der Göttin und küßt alle ihre Schwestern und auch ihre Mutter mit leidenschaftlicher Inbrunst.

Der alte Vater lacht und erklärt seiner Tochter mit Feiertagsmiene:

»Meine liebe Mu-Schika! Da Du so mutig gewesen bist, sollst Du auch frei bleiben – zeit Deines Lebens. Und kein Freier soll Dir nahen. Auch den Tai-Tai werfe ich die Treppe runter, wenn er kommt.«

Aber Tai-Tai kam nicht, und andre Liebhaber kamen ebenfalls nicht. Mu-Schika blieb frei bis ans Ende ihrer Tage und ward gefeiert von allen Frauen der Nordprovinz und lebte glücklich ohne Mann – frei – frei!

Wir befanden uns jetzt in großen Kellergewölben, die recht dunkel und geheimnisvoll waren.

Ich saß auf einer Tonne – aber die Tonne schwamm in einem dunkelgrünen Wasser, das den ganzen Boden bedeckte und recht tief zu sein schien; ich nahm einen schweren Stein, der auf meiner Tonne neben mir lag, und warf ihn in das Wasser und horchte – und erst nach langer Zeit hörte ich den Stein unten dumpf aufschlagen. Der König Necho hatte währenddem meine Befreiung zu Ende gelesen; er saß auch auf einer Tonne wie ich und leuchte mir nun mit seiner Laterne ins Angesicht.

Da kamen auch die anderen Nilpferde auf Tonnen mit Laternen herangeschwommen, und es wurde heller durch die vielen Laternen. Ich wunderte mich über die Größe dieses Felsenpalastes und sprach auch über die unsichtbaren Geister, durch deren Dienste die Treppen so überflüssig geworden seien. Und ich bedaurte, daß die Eindrücke, die ein gewöhnlicher Mensch in seinem gewöhnlichen Erdenleben hat, so hart und umständlich sind.

»Man muß,« erhielt ich zur Antwort, »das Eine wie das Andre zu schätzen wissen; überall sind eben die unendlichen Reihen; die Situationskomödien sind in der Welt so mannigfaltig wie alles Andre.«

Der Oberpriester Lapapi sprach vom Schattenspiel des irdischen Lebens und meinte milde: »Es ist doch nicht zu tadeln, daß gewisse Sinneswelten wie diejenige, die Du auf der Erde kennen gelernt hast, so viel scheinbar Konstantes und Kompaktes haben. Dafür hat ja auch der Mensch das Leben im Schlafe. Daß sein Leben im scheinbar wachen Zustande oft so feste, eckige Formen empfängt, steigert doch nur die Empfindungsfähigkeit. Wie wäre sonst der Begriff der Vergänglichkeit zu erzeugen? Und der gehört doch auch ins große Dasein hinein. Alte Lampen können nicht so ohne weiteres als ewige Existenzdokumente auftreten – alte Manuskripte ebenfalls nicht– und alte Menschen erst recht nicht. Auch in diesen Vergänglichkeitskomödien bilden sich überall die schon so oft von uns erwähnten unendlichen Reihen. Sie wirken überall – und bewirken, daß wir über die Notwendigkeit oder Überflüssigkeit des scheinbar Daseienden nicht reden und auch nicht denken können. Die unendlichen Reihen des großartigen Spukreiches, das wir für Weltleben halten, umketten und umkränzen uns überall. Auch die Dummheit und die Klugheit zeigt überall die unendlichen Reihen– es kann Keiner der Dümmste und auch keiner der Klügste sein – drüber und drunter ist immer noch mehr. Und dieser Unendlichkeitszauber, der überall Alles beherrscht, ist das Herrlichste von Allem was wir haben.«

Er sprach so weiter und mir wurde so – betrunken zu Mute; die vielen Tonnen und der flüssige Boden trugen wohl zu meiner Stimmung bei.

Wir schwammen jetzt aus einem Gewölbe ins andre – um mächtig dicke Säulen rum. Und ich bewunderte die Pilzbildungen in den Gewölben und an den Säulen, die an vielen Stellen weiß wie Schnee und dann wieder dunkelbraun und schwarz waren – auch mal ganz bunt schillerten – und zuweilen leuchteten – unheimlich– wie dicke Gespensterbcinc.

Als der Oberpriester Lapapi zu reden aufgehört hatte (seine letzten Worte hatte ich gar nicht mehr begriffen), sprach ich von meiner Trunkenheit.

Dazu lachten aber die alten Herren, und der Ramses rief mir laut lachend zu:

»Da siehst Du nun, daß es auch unendlich viele Arten von Betrunkenheit gibt – auch in der stecken die unendlichen Reihen.«

Ich wollte noch viel darüber sagen, den Alkohol für eine Krücke und die gewöhnlichen menschlichen Rauschzustände für bedauerlich in Folge der Katerleiden erklären, aber man schnitt mir kurz das Wort ab und behauptete, daß auch der Kater seine Glanzseiten habe – ich sollte nur mal nachsehen, ob ich nicht eine Geschichte hätte, die das beweisen könnte.

Ich fand sehr schnell eine solche.

Aber ich sollte sie nun vorlesen – wurde von unsichtbaren Händen auf ein großes Faß gestellt – und die sieben Herren zogen sich mit ihren sieben Laternen in die äußersten Winkel zurück.

Ich wunderte mich jetzt, daß die Tonnen alle so schwammen, wie sie auf dem Erdboden stehen.

Und dann las ich.

Es war sehr unheimlich.

Meine Stimme schallte oben in den Gewölben so laut, daß mir sehr bald die Ohren schmerzten.

Aber ich las trotz meiner Ohrenschmerzen mit fester Stimme meine Geschichte zu Ende.

Meine Tinte ist meine Tinte

Ein Klexosophicum

Eine sehr stille Sommernacht!

Matte Dämmerung mit traumschweren Gardinen und sanften säuselnden Winden.

Ich liege in weichen schneeweißen Betten.

Und die Betten sind so schwer.

Es plätschert was – tropft.

Drüben ist es, am Schreibtisch.

Aber da ist ja so viel Schwarzes auf dem Schreibtisch – so viel Schwarzes.

Sanft säuselnde Winde draußen.

Auf dem Schreibtisch tropft es – sollte das meine Tinte sein?

Meine Tinte ist meine Tinte.

Aber sie ist so lebendig.

Sie geht ja aus dem Tintenfasse raus.

Und es ist viel Tinte, so viel schwarze Tinte.

Jetzt ist sie bei mir und beugt sich über mein Bett – wie eine kleine Milchstraße – wie eine kleine schwarze Milchstraße.

Jetzt tropft es wieder, und schwarze Tropfen fallen auf meine weißen Betten.

Dort in der Ecke über meinem rechten Fuße sitzt ein großer schwarzer Klex.

Und der Klex – ein ganz runder ist es – ist der Stil.

Neben dem runden Klexe entsteht nun ein viereckiger Klex – der heißt Ziel.

Und zwischen den Beiden bewegt sich ein schwarzer Tropfen wie eine Quecksilberkugel auf einer Menschenhand – die Kugel ist das Spiel – das große Spiel.

Bin ich in einer Spielschachtel?

Woher kenne ich alle die klingenden Namen? Sie klingen so gut zusammen wie die guten Reime in alten Gedichten. Am Stil ist das Ziel das Spiel, es dreht sich.

Im Stil sitzt das Spiel hinterm Ziel.

Hinterm Ziel!

Wie stilvoll das Spiel ist!

Auf dem Stil liegt der alte Nil – ein schwarzer Bindfaden. Jetzt weiß ich: der Nil ist der schwarze Faden, an dem spielt das Ziel mit dem Kiel und dem Zuviel – das sind neue Klexe – vieleckige Klexe – mit Raupen.

Schwarze Raupen kriechen über den Nil – wohl Neger. Meine Tinte ist meine Tinte – bei der ist Alles möglich. Mein schöner weißer Kopfkissenbezug bekommt auch was ab – meine Betten sehen aus wie weiße Himmel – mit schwarzen Sternen – viele Himmel – bergige Himmel – Schimmel mit Sterngewimmel.

Es klingt ja so hübsch – ist das Gebimmel von Klexen? Glocken sind's!

Aber da mittendrin ist ein roter Klex – und der nennt sich Ich. Das ist keine Tinte, denn ich habe ja rote Tinte gar nicht zu Hause. Ich wollte mir immer rote Tinte anschaffen. Aber ich hab's vergessen – nur die Namen der Klexe kenne ich sämtlich – die kenne ich ja schon seit Olims Zeiten.

An der Bettkante im dicken Wassermann wackeln drei Sterne – sie heißen Welt, Wild und Wald. Die sind auch so mohrenschwarz und bedrängen jetzt das Ich – umkreisen das rote Ich.

Ich muß mich doch geschnitten haben, denn das rote Ich muß ein Blutstropfen von mir sein. So was kommt wohl mal vor. Jetzt geht der Weltklex über mein Ich hinüber – dem schadet's aber nicht. Die Klexe Lust, Last und List kommen meinem Munde sehr nahe.

Gehen die Klexe in meinen Mund? Sie kommen mit Kuh, Ruh und Schuh auf meinen Mund los.

Brr! schmecken die sauer!

Sanfte Winde wehen – aber die wehen ja die sämtlichen Klexe in meinen Mund.

Ich kann meinen Mund nicht schließen.

Alle meine Klexsterne kullern hinunter in meinen Magen. Wie verschiedenartig die Klexe schmecken. Meine Tinte muß sehr gemischt sein – wohl mit den Giften aller Zeiten.

Welt schmeckt nach Salpeter. Aber ich weiß nicht, wie Salpeter schmeckt – wahrscheinlich wie Bomben. Sehr gut!

Ich schließe die Augen, denn ich kann dieses fortwährende Heranrollen der schwarzen Sterne nicht vertragen.

Das Rollen tönt wie Donnern und bricht plötzlich ab.

Es hört Alles auf – ich muß schon Alles runter haben.

Ein guter Magen ist ein guter Magen.

Doch da rollt ja schon wieder was!

Die Augen kann ich nicht aufmachen.

Ach so!

Ich weiß ja!

Das ist ja mein rotes Ich – das kann ich nicht runterschlucken. Das Ich kann ich nicht verdauen.

Sanfte Winde wehen um meine Stirn – da wird's aber naß.

Ich meine: auf meiner Stirn wird's ganz naß.

Ist das Angstschweiß?

Nein – ich fühle jetzt ganz deutlich – es sind nur die schwarzen Sterne, die allmählich aus meiner Stirne wieder rausperlen – wie Alkohol – wenn man ihn literweise getrunken hat – aus der Stirne rausperlt – so perlen auch die schwarzen Sterne aus der Stirne heraus.

Die Winde draußen vorm Fenster müssen sehr kühl sein – oder sind die Sterne meiner Stirne so kühl?

Sind sie so kühl wie eine Birne?

Mein Ich fällt gleich vom Bette runter.

Mein Ich fällt und platzt entzwei – auf dem Teppich. Jetzt ist Alles wieder gut.

Bloß auf dem Teppich wird ein roter Klex sein.

Das Schwarze verdunstet.

Nachdem ich das gelesen hatte, umzuckten mich grüne Blitze, und ich hörte einen furchtbaren Donner.

»Erschrick nicht,« rief da die Baßstimme des alten Necho, »wir klatschen Dir nur Beifall – daher die Blitze.«

Ich war ganz verwirrt und mußte sehr lachen, obschon ich nicht wußte, ob das Hohn oder Huldigung bedeuten sollte. »Wenn wir gut gelaunt sind,« sagte da der Oberpriester Lapapi, »so kann uns eigentlich die Bedeutung einer Sache ganz gleichgültig sein. Da Du aber augenscheinlich etwas eitel bist, so kannst du ja mal den unsichtbaren Geistern was vorlesen. Wir wollen Dich verlassen, verpflichten Dich aber, mindestens sieben Sachen hinter einander vorzulesen. Tust Du das nicht, so lassen wir Dich hier für alle Ewigkeit allein.«

Mir wurde bei diesen Worten so zu Mute – wie einem Menschen in der Hand eines Zahnziehers zu Mute wird. Ich rief ängstlich:

»Ich will ja gern Alles tun. Gebt mir bloß eine Lampe; im Dunkeln könnte mir's schwer fallen, was vorzulesen.«

»Hast ja,« brummte da der Necho, »bei Deiner Tinte auch keine von unsern Lampen gebraucht.«

Ich zog meine Papiere aus der Tasche und sah, daß die Papiere selber leuchteten.

»Verzeihen Sie, meine Herren!« rief ich nun lachend, »die Unsichtbaren haben meine Manuskripte leuchtend gemacht. Das hatte ich gar nicht bemerkt. Das ist ja riesig schmeichelhaft für mich. Verzeihen Sie, daß ich all die Wunder immer erst nachher bemerkte. Und verzeihen Sie mir, daß ich noch immer nicht für all die Wunder gedankt habe. Aber – Worte scheinen mir in allen diesen Fällen nicht zu genügen. Ich werde gleich lesen. Selbstverständlich! Das tu ich ja so gern. Verzeihen Sie mir alle meine Taktlosigkeiten – doch ich bin so berauscht – von all dem Glück.«

Da blitzte es abermals grünlich vor meinen Augen – zu hören war jedoch nichts.

Die alten Ägypter sah ich nicht mehr.

Und das Blitzen hielt an, so daß ich dabei lesen konnte. »Oho!« sagte ich da zu mir selbst, »Du hast Dir vorhin eingebildet, Deine Manuskripte hätten Leuchtkraft – das war wohl wieder bloß eine große Einbildung von Dir.« Das Blitzen hielt an, und ich las bei dem grünlichen Blitzlicht die sieben folgenden Geschichten.

Wieder donnerte meine Stimme oben in den Gewölben machtvoll und schauerlich – aber meine Ohren hatten sich schon daran gewöhnt.

Die siebzehn Spitzen oder
Das Quadrat des Ellipsoids

Ich kutschierte durch die Vergangenheit und traf Napoelon den Ersten, Alexander den Großen und Cäsar von Rom.

Sie machten sich nichts aus mir.

Das war mir ägerlich.

Da ich aber in der Wissenschaft viel weiter bin als diese drei Alten, so holte ich meine siebzehn Ulanen mit ihren siebzehn Lanzen aus meiner Westentasche hervor und ließ ein Quadrat mit den Lanzen bilden. Das sah nun so aus wie ein Ellipsoid – genau so!

Ich hatte eben das Quadrat des Ellipsoids ganz ohne Mühe mit Lanzen erschaffen – erschaffen! Natürlich!

Ich kann eben Alles – noch viel mehr als Alles! Noch viel mehr!

Auch viel weniger!

Groß starrten mich die drei Alten an.

Ich aber pustete die alten Märchenschweine um.

Ich puste diejenigen, die mich nicht verstehen, immer um.

Das Heu roch.

Das neue Konzerthaus

Im Lande der Heibranen, allwo man immer neue Systeme schafft, waren's die Musiker müde, sich immer nur von einem Dirigenten dirigieren zu lassen – sie wollten deren zwo zu gleicher Zeit gemeinschaftlich an der Arbeit sehen.

Und auf einem großen Musikfeste, das zu Ehren des dicksten Dichters im Heibranenlande veranstaltet wurde, wurde den Musikern gestattet, sich von zwo Dirigenten zu gleicher Zeit gemeinschaftlich dirigieren zu lassen.

Als nun das Spiel begann, brach sofort eine Revolution unter dem Publikum aus, denn dem Publikum ward plötzlich klar, daß eigentlich überall zwo Leute zu gleicher Zeit gemeinschaftlich an der Spitze sein müßten – sowohl in den Bureaux – wie auf andern Orten, allwo Heibranenarbeit verrichtet wird.

Und seitdem regierten überall immer zwo Herren zu gleicher Zeit gemeinschaftlich – sowohl in den höchsten wie in den niedrigsten Machtstellen.

Die Heibranen nannten das neue System den Neozwoismus.

Und sie befanden sich lange Zeit recht wohl bei diesem neuen System.

Die Butterblume

Eine große gelbe Butterblume wuchs in den blauen Himmel hinein und leuchtete wie eine große gelbe Sonne. Die gelben Blütenblätter glänzten und kräuselten sich. Und in den Blütenblättern bauten Störche mit langen roten Schnäbeln und langen roten Beinen ihre Nester. Und die Störche flogen täglich mit ihren langen weiß und schwarz gefärbten Flügeln um die große gelbe Butterblume rum. Die Butterblume wurde nicht welk, und die Störche wurden nicht krank.

Im blauen Himmel leuchtete die gelbe glänzende Butterblume wie eine große gelbe Sonne.

Die Menschen staunten das Wunder an.

Es war aber gar kein Wunder – es war nur ein lächerliches Symbol.

Das Knäblein

»Ich weiß nichts,« sagte das Knäblein in der Badewanne. »Das ist auch gar nicht nötig!« bemerkte die weise Mama. »Ich will doch aber,« rief das Knäblein, »ein großer Mann werden. «
»Dann brauchst Du,« schrie krächzend das weise Weltweib, »erst recht nichts zu wissen.«
»Dolle Welt!« murmelte das Knäblein.

Mensch und Tier

Mausidyll

Der Kampf war aus.

Aber wer gesiegt hatte, war nicht offenbar geworden.

Der Bär hatte sich gewehrt bis zum letzten Moment, und der Indianer, der mit dem Bären rang, war fürchterlich zerkratzt worden.

Der Indianer war ein großer Krieger, und seine Feinde nannten ihn die große Schlange.

Der Kampf war aus.

Mensch und Tier waren in der Höhle zusammen zu Boden gestürzt. Das Tier lag unten, der Mensch auf dem Tiere. Aber Beide waren tot.

Da lag sie nun – die große Schlange.

Tot lag sie da – auf der Bärenhaut, und kein Mensch kam, den großen Krieger zu bedauern. Es hätt' ihm das auch nichts genützt. Zwei kleine Mäuse krochen aus der einen Ecke der Höhle hervor und sahen sich die Geschichte an.

Da lag nun die große siegreiche Schlange wie ein altes Löschpapier auf der Bärenhaut ganz still.

Tote sind immer ganz still.

Die beiden Mäuse zernagten dem Bären das Zahnfleisch, das ihnen außerordentlich gut schmeckte.

Der Vollmond schien in die Höhle und beleuchtete das stille Bild. In der Ferne knallte ein Büchsenschuß, und das Echo an den Felsen hallte lange den Knall nach – so im Zickzack.

Die Mäuse bekamen Durst.

Kuddel-Muddel oder die vielen Rosinen

Sie hatten alle sehr viele Rosinen im Kopfe, und so kamen sie in hellen Haufen auf dem Kapitol der Unternehmungslust zusammen. Und auf dem Kapitol zeigten sie sich gegenseitig ihre vielen Rosinen – in denen stak alles das, was sie wollten.

Sie wollten alle mal ergründen, worin der eigentliche Hauptwert des Lebens und der Kunst zu erblicken sei.

Und während sie nun immer heftiger all die vielen Hauptwerte ergründeten, wurden ihre Reden immer verworrener – so daß schließlich ein großes Kuddel-Muddel entstand – nicht bloß in den vielen Hauptwerten und Reden, sondern auch in den vielen Köpfen und Rosinen.

Und es ward plötzlich unheimlich still auf dem Kapitol. Aber nach einiger Zeit hörte man in einer Kapitolsecke ein gemütliches Gelächter, und es sprach einer, dem nie was klar geworden, da er stets die größten Rosinen im Kopfe gehabt hatte:

»Meine Herrschaften! Wenn uns auch der Witz ausgeht, lachen können wir trotzdem immer noch! Also: lachen wir über das entzückende Kuddel-Muddel dieser entzückenden Rosinen-welt!«

Da mußten sie alle so welterschütternd lachen, daß sogar das Kapitol der Unternehmungslust in seinen Grundvesten erbebte.

Zart!

Eine ganz kleine feine Spinne – die möcht' ich lieben! Aber sie muß ganz klein und fein sein.

Und sie muß meine Liebe erwidern – natürlich!

Wenn sie mir nicht gut ist, schlag' ich sie mit meinem zierlichen Pantoffel kurz und klein.

Aber wenn sie mir gut ist – dann wird – Alles – Alles – sein! Ich werde mich mit meiner Spinne in ein ganz zartes venetianisches Zierglas setzen, wo außer uns nichts drinn sein darf.

Draußen werden die goldig glitzernden Seepferdchen Augen machen!

Uih! Wird das ein feines Leben sein!

Spinnchen, komm!

Na komm, mein kleines feines Spinnchen!

Die alte Porzellanuhr auf der Bauchkommode tickt bloß wie gewöhnlich! Erschrick nur nicht!

Na komm!

Unsere Welt ist leicht!

Als das zu Ende war, war's im Keller mäuschenstill, nur in der Ferne fiel von Zeit zu Zeit ein kleiner Tropfen ins Wasser, daß es plätscherte.

Das grüne Blitzlicht blitzte nicht mehr, es erfüllte die Kellergewölbe ein grünlich leuchtender Nebel.

»Alle Verächter der Welt hatten von der Welt keine Ahnung, obschon sie immer so taten.«

Also sprach hinter mir eine sanfte Stimme, und ich glaubte, das wäre eine Geisterstimme.

»Der Kombinationen und Permutationen sind überall unendlich viele.«

Diesen Satz fügte die Stimme noch hinzu.

Ich aber konnte mich nicht bewegen; ich empfand nur eine große Starre, mir war auch so, als hörte mein Herz zu schlagen auf, obwohl meine Augen ganz wach blieben. Und nun wußte ich nicht, ob ich träumte oder ob das, was ich sah, der sogenannten Wirklichkeit angehörte.

Ich sah, daß auch das Wasser rings um meine Tonne ganz starr wurde – es fror und bildete sehr bald eine glatte Eisfläche, in der sich die Gewölbe entzückend spiegelten. Und dann kamen unzählige meterhohe, ganz schlanke Gestalten aus allen Ecken übers Eis gelaufen; sie glitschten oft aus und fielen über einander – aber sie lachten immerzu; ihr Leib war kaum so dick wie mein Arm, ihre Arme hatten kaum meine Fingerdicke. Diese spindeldürren Gestalten lachten sehr übermütig, und ihre faustgroßen Gesichter waren so lustig, daß ich gar nicht müde ward, ihrem Mienenspiele zuzuschauen.

Die dünnen Männchen hatten Menschengestalt; ihre Glieder staken in eng anliegendem Handschuhleder – von verschossenen Farben.

Die Herren erinnerten mich immerfort an alte Handschuhe; sie kletterten auf meine Tonne, lachten mich an und visitierten meine Taschen.

Und ich konnte mich nicht bewegen.

Und einer der Dürrsten fand in meinen Taschen ein Manuskript, das er vorlesen wollte.

Während ich nun in meinem Starrkrampf ganz ruhig auf meiner Tonne saß, rief der Dürre mit quiekender Stimme:

»Ruhe, meine Herren! Ich werde Ihnen eine Geschichte unsres guten Onkels vorlesen. Bitte, gruppieren Sie sich auf dem Eise in malerischen Stellungen. Ich werde mir erlauben, mich auf sechs Herren zu setzen, die auf einander stehen.«

Im Nu sah ich vor mir sechs Herren über einander – wie ein hohes schwankendes Rohr – und auf den Kopf des Obersten setzte sich der Vorleser und räusperte sich.

Währenddem hatten die andern Taumenschen vielverschlungene Rankengruppen auf dem Eise gebildet – und zwischen diesen Gruppen sah ich nun die sieben kleinen Nilpferde auf Schlittschuhen zierliche Bogen schneiden.

Und der Dürre las, während die Nilpferdchen oft auch durch die Rankengruppen ihre zierlichen Bogen schnitten:

Leichte Bilder

Die sieben großen Seifenblasen tanzen auf dem Wellensee. Und die großen Seifenblasen stoßen sich nicht, trotzdem sie haushoch sind – turmhoch!

Sie hüpfen – die Blasen.

Laß die Welten nur fest sein,

Laß die Helden nur stark sein,

So fein kann doch der Quark sein.

Aber der sanfte Abendwind bläst die feinen Blasen entzwei.

Und die roten Schiffe kommen mit den roten Segeln – die Schiffe schaukeln auf und ab, schaukeln vorüber, denn was sollen sie hier?

Die Schiffe sind so ernst und lächerlich – besonders die roten.

Der Flieder duftet in der Nacht,

Und kleine Katzen schleichen behutsam.

Der Sonnenschein ist ferne –

So ferne wie die Sterne.

Und die Eisberge kommen.

Sie kommen aber nicht näher – in der Ferne bleiben sie – fürchten sie die Hitze am Strande des Ulks?

Welcher Irrtum! Hier ist es gar nicht so heiß – die Späße sind nicht hitzig – das sind sie unter keinen Umständen, denn sonst wären's ja keine Späße mehr.

Die bittern Schnäpse schmecken gut.

Die bittern Schnäpse schmecken gut.

Und die Sorgen kommen – als Riesenratten mit klatschenden Schwänzen – schwimmen auf dem Wellensee – hüpfen und schaukeln – mögen sie weiterhüpfen und weiterschaukeln!

Leb wohl, Du Land der stillen Zecher!

Füllt mir die letzten Flaschen ein!

Ich bin ja doch kein armer Schächer,

Ich sitz im Grünen.

Jetzt aber – jetzt kommt eine wilde Gesellschaft – lauter Weltverbesserer – jetzt wird's beinah übermütig!

Die Weltverbesserer rennen auf den Strand – ganz nackt. Sind die mager!

Ich strecke ihnen meine Zunge entgegen.

Die Kerls wollen die Welt verbessern?

Rosen, sanfte Rosen,

Fallen in die Silberkanne.

Rosendüfte sind so schwül:

Zerpflücke die sanften Rosen.

Die Welt kann ja gar nicht besser werden – sie ist ja das Beste von Allem, was wir zum Besten haben können.

Die Sonne geht drüben auf – es ist wohl eine sechseckige Sonne.

Es wird Alles bunt wie Kolibris.

Und leichte Gestalten steigen aus dem Wellensee – Duftgestalten mit langen Armen und ächten Kugelbeinen – mit Gestalten sind ganz durchsichtig – auch die Kugeln unterm Rumpf – wie Tabaksqualm steigen diese guten Geister empor – in den blauen Himmel.

Ein wilder Husar

Nimmt das Leben genau?

Au! Au!

Ich liege und sehe den leichten Duftgestalten traurig nach – ach – am Strande des Ulks wird man so schwer, daß man nicht mehr so leicht aufsteigen kann wie Tabaksqualm.

Aber die sechseckige Sonne steigt alle Morgen auf.

Ich beneide die Ecken-Sonne.

Neidisch bin ich wie ein Geizhals,
Haben möcht ich tausend bunte
Edelsteine.
Und ich möchte friedlich schlafen,
Rechts und links die bunten Edelsteine.
Ich liege und kann nicht auf.
Schwefelhölzchen mit rotem Kopf tanzen auf dem Wellensee – wie Menschen – wie stockdumme Menschen, die Nichts zu tun haben.
Die großen Ratten kommen wieder – sie fressen die Schwefelhölzchen auf und platzen entzwei wie Seifenblasen.
Es knallte – es knallte!
Endlich ist der Mops getötet,
Und die Wellen sind gerötet.
Ärgre Dich, tiefernster Tor,
Über alle krausen Kringel.
Seifenblasen kommen aber nicht noch einmal – und sie sind so wichtig am Strande des Ulks.
Bäume wachsen im Wellensee – Wunderbäume – aber ich seh sie nicht – die sind unten auf'm Meeresboden – ja – warum sind sie unten?
Ach ja!
Robinson!
Ist das Robinson, der da vor mir steht?
Er ist so alt, wackelt mit dem Kopf, streicht sich den weißen Schnurrbart nach unten und deutet mit dem Zeigefinger nach oben.
Oben ist der Himmel offen, und die hellgrünen Engel, die ich so verehre, machen da oben Musik.
Die Musik ist so sanft, daß ich die Augen schließe, um besser hören zu können.
Da sagt Einer zu mir:
»Du bist ein alter Faulpelz!«
War das Robinson?
Es klang doch so sanft.
Ich träume, und sanfte Krokodile schreien:
»Wie schön ist die Welt!«
»Wie schön ist die Welt!«
Ein nasser Leinwandlappen fällt auf mein Haupt.

Nach Beendigung der Vorlesung brüllten alle die dürren Kerle, als wenn ihnen die Haare einzeln ausgerissen würden; die Dürren hatten sehr lange blonde Haare.
Und ich hörte aus dem Gebrüll heraus, daß sie »moderne Zeit« spielen wollten.
Die Nilpferdchen schnitten ruhig ihre zierlichen Bogen auf dem Eise weiter.
Aber die Dürren spielten vor mir »moderne Zeit«.
Es war ein unbeschreiblicher Spaß.
Nicht Alles konnte ich deutlich erkennen. Ich sah nur, daß die Dürren unten auf dem Eise immer wieder neue Rankengruppen bildeten und die dann immer wieder mit Gebrülle umwarfen, so daß es viele blutende Nasen gab.
Doch die blutigen Nasen störten die Heiterkeit durchaus nicht; auch die Nilpferdchen mit ihrem unermüdlichen Bogenschneiden störten die Heiterkeit keineswegs.
Die Gesichter der Dürren bekamen oft einen Ausdruck, der mich an bekannte Persönlichkeiten erinnerte, die vielleicht heute noch auf der Erdrinde eine Rolle zu spielen sich einbilden.
An unglaublichen Hohnspäßen fehlte es nicht – und es wurde furchtbar viel geredet – und ich habe niemals in so kurzer Zeit so viel dummes Zeug gehört.
»Das charakterisiert!« sagten die Dürren nach jeder dummen Redewendung.

Es hörte sich an, als wollte sich Jeder bloß blamieren – durch Albernheit, Unwissenheit und Dünkel.

»Vortreffliches Bild der modernen Zeit!«

Das riefen sie wohl hundert Mal dazwischen.

Während es nun so aussah, als wenn auf dem Eise ein Heer verrückt gewordener Akrobaten und Schlangenmenschen sich herumbalgte, hörte ich plötzlich wieder die Stimme des mir schon bekannten Vorlesers.

»Meine Herren,« rief sie, »hier habe ich ein Manuskript, das die Borniertheit der modernen Zeit in klassischer Weise symbolisiert.

Es ist der Monolog des verrückten Mastodons.«

Die Nilpferdchen standen plötzlich still und waren ganz starr; sie staunten den Vorleser mit offenem Maule an.

Ich war empört und rief wütend:

»Das ist ja eine längst veraltete Geschichte – die zählt nicht mit.«

Aber die Dürren bildeten wieder im Nu ein paar Dutzend Leibersäulen – und vereinten sich dann so, daß sie zusammen einer ägyptischen Pyramide glichen.

Auf diese Pyramide kletterte der Mann mit dem Monologe rauf – und las oben vor – mit furchtbar ernstem Tonfall:

Monolog des verrückten Mastodons

Zépke! Zépke!
  Mekkimápsi – muschibróps.
  Okosni! Mamimûne ...
  Ekakróllu róndima sêka, inti ... windi ... nakki; pakki salône hepperéppe – hepperéppe!!
  Lakku – Zakku – Wakku – Quakku – – – muschibróps.
  Mamimûne – lesebesebimbera – roxróx – roxróx!!!
  Quilliwaûke?
  Lesebesebimbera – surû – huhû ...
  Was hierauf folgte, weiß ich nicht mehr.
  Ich weiß nur, daß ich später in einem sehr schönen Schlafzimmer aufwachte.
  Ich lag in einem sauberen Bett, und mit taten alle Glieder weh. Und eine ganz alte Dame trat in mein Zimmer und sagte freundlich:
  »Dir ist wahrscheinlich so zu Mut, als wenn Du Kater hättest. Nun – da paßt ja wohl das Märchen vom blauen Hund in Deine Stimmung hinein. Gestattest Du, daß ich die Geschichte den Herren vom Nil bringe?«
  »Ich gestatte!« sagte ich.
  Und die alte Dame ging mit dem Märchen davon. Mir war so wüst im Kopf.
  Und die Herren vom Nil lasen im Nebenzimmer mein altes Manuskript.

Das Märchen vom blauen Hund

Der Ritter Knut Lemcke von Bullerstein hat endlich ausgeschlafen, hat gleich sein Panzerhemd angezogen, Stahlhaube auf den Brummschädel gestülpt und sein Schwert in die Hand genommen.

Mit dem rechten Fuß stößt er die Tür zum Altan grimmig auf und saugt die frische Abendluft in langen Zügen schmunzelnd ein.

Da steht er nun auf seinem Altan. Die Sonne geht drüben über'm Birkenwäldchen grade unter.

»Lange geschlafen!« sagt der Knappe und setzt den Morgenimbiß auf den Tisch – Eier, Schinken, Butter, Brot, sauren Aal und eine Kanne Moselwein.

Der Ritter ißt und trinkt und denkt an die wüste Nacht, die nun auch hinter ihm liegt.

Die Sonne geht unter – der Mond geht auf.

Der Knappe bringt ein gebratenes Huhn nebst rotem Wein und verschwindet wieder – lautlos wie ein stiller Schatten.

Knut beugt sich über die Brüstung des Altans und schaut in die tiefen, bewaldeten Abgründe; er denkt an was, vergißt es aber gleich wieder. Die Spitzen der Tannen, Fichten, Buchen, Erlen und Eichen sind tief, tief unter Knut. Der Mond bescheint die welligen Waldberge und auch die stramme Burg.

Der Ritter beißt ins Huhn und läßt die Wälder das sein, wie sie sind. Doch plötzlich hört er's bellen da unten.

»Wetter!« ruft er, »ist das nicht mein toter Hund? Der bellte doch grade so.«

Er erhebt sich und brüllt: »Hopsmajor!« – denn so hieß der Hund bei Lebzeiten.

Der Vollmond leuchtet unheimlich hell. Hopsmajor bellt – die Echos umhallen Knutens Ohr.

Der Hund kriecht langsam an der Burg empor; Knut hört's ganz deutlich. In den Hecken raschelt's, alte Ziegelsteine rollen ins Tal, und dazwischen bellt der dumme Köter.

Dem Ritter Lemcke von Bullerstein sträuben sich sämmtliche Haare, er murmelt mit großen Augen: »O Karoline!«

Jetzt ist der Hund dicht unter der Brüstung, das Gebell wird schrecklich laut, Lemcke stößt vor Schreck auffahrend mit dem linken Ellenbogen die Kanne um, und der gute Rotwein übersprudelt die Fliesen des Altans.

»Knut! Knut!«

So hört der Ritter rufen unter der Brüstung, und »Hopsmajor!« stößt er heiser hervor. Und danach sieht der Herr von Bullerstein seines toten Hundes Antlitz über der Brüstung.

»Das Tier hat sich doch stark verändert,« denkt sein Herr, »denn es ist ganz blau, ganz blau – wie Blaubeeren.«

»Nu?« brüllt der Hund finster, »wunderst Du Dich denn gar nicht, mich heute Abend im Mondenschein wiederzusehen?«

Hopsmajor, eine kräftige Dogge, legt die Vorderpfoten auf die Brüstung, der Ritter stottert: »Ich – ich wun – wundre mich nie!«

»Denn nich!« erwidert lächelnd die blaue Dogge. »Weißt Du auch, was ich jetzt vorstelle!«

»Nee!« versetzt der Lemcke, »nee!«

Zwei haarfeine Blitze umzucken den Mond – wie Eichenäste sehen sie aus.

Hopsmajor zieht die Hinterbeine nach und geht auf der Brüstung des Altans langsam auf und ab. Der Ritter reicht dem Tier den Rest des Huhns, doch der Hund winkt mit der linken Vorderpfote ab.

»Aber!« ruft der gute Knut – Hand mit Huhn sinkt in den ritterlichen Schoß.

Des Hundes rechtes Hinterbein, das auch ganz blau ist wie der ganze Hund, wird dick – und dicker – und dann immer länger – riesiglang – bis in den Himmel reicht es bald hinein – bis an die Sterne. Die Krallen kratzen an den Sternen, und dann wird das Bein wieder so, wie's war.

»Nu?« fragt der Hund, »weißt Du nu, was ich vorstelle?«

»Nee!« heißt es wieder.

Itzo wird der Kopf des Hopsmajors immer größer und dicker – so groß, daß der Ritter gar nicht mehr das ganze Tier sehen kann – bloß die große Riesenschnauze sieht er – Nichts als Schnauze! Die Schnauze drückt den Herrn Ritter an die Wand, daß der »Au!« schreit. Und da wird der Hundskopf wieder, wie er war.

Der Hund fragt abermals: »Nu?« und abermals heißt es: »Nee!« Indeß – alsdann wird der ganze Rumpf hinter den Vorderpfoten größer und dicker – so groß und dick, daß der Leib bald die sämtlichen Täler unterm Altan ausfüllt.

»Donnerwetter! So blau und so dick!«

Also Knut.

Der Hund fragt aber zum dritten Male: »Nu?« und zum dritten Male heißt es: »Nee!«

»Ich will's Dir sagen,« brüllt nun ärgerlich der blaue Hopsmajor, dessen Kopf lächerlich klein aussieht dem riesigen Sackleibe gegenüber, »ich bin – das sag ich Dir unter vier Augen – das Symbol des Vornehmen.«

»Dacht ich mir – scho – schon!« stottert der Knut, »wi – willst Du – Du mir – wei – weiter Nichts mi – mitteilen?«

Hopsmajor räuspert sich und bemerkt in distinguiertem Tonfall:

»Ich werde mich ganz klar aussprechen.«

Den Mond umzucken wieder zwei haarfeine Blitze. Knut beißt noch mal ins Huhn, ärgert sich, daß er nichts zu trinken hat, freut sich, daß dem Hunde jetzt die sämtlichen Tannen, Eichen, Erlen, Buchen und Ahorns in den Bauch picken – der Hopsmajor aber beginnt so:

»Mein lieber Freund Knut Lemcke von Bullerstein, Du bist sonst ein ganz famoser Kerl, dessen vornehme Lebensallüren mir schon während meiner gewöhnlichen Lebenszeit beträchtliche Genüsse verschafft haben. Du bist unter allen Umständen zu allen Zeiten ein wahrhaft vornehmer Mann, den man ohne Weiteres seines Umganges würdigen darf. Nimm zunächst mal eine kleine Prise!«

Der blaue Hopsmajor nimmt fix eine Schnupftabaksdose aus seiner rechten Backentasche und reicht sie seinem früheren Hausherrn. Beide schnupfen und niesen, und der Blaue fährt fort:

»Nur dann, wenn Du angetrunken bist – die Bauern sagen ›Sternhagelduhn‹ – dann bist Du so, daß man Dich nicht für ›vornehm‹ erklären kann. Mensch, merkst Du nicht, daß diese Angelegenheit höchst peinlich geworden ist? Du wirst im angesoffenen Zustande – und in diesem befindest Du Dich doch in jedweder Gesellschaft – teils zu grob und teils zu liebenswürdig. Du behältst nicht die Balance. Du drückst die größten Peter der Menschheit, die selbstverständlich ›Peter‹ niemals heißen, in ungebändigter Rührung an Dein edles Ritterherz und merkst gar nicht, daß diesen Petern Deine Rührung höchst lächerlich vorkommt, da sie von der ewigen Sehnsucht der Besoffenheit nicht die blasseste Ahnung haben. Andrerseits aber geht's wieder folgendermaßen: Merkst Du, daß Du Dich mit Deiner seelischen Entblößung lächerlich machst, so haust Du dem nächsten Besten – und das sind immer noch die Leidlichsten – ohne Scham und Mitleid ins lachende Antlitz. Und aus solchen Wutausbrüchen entstehen dann ganz alberne Mopsgeschichten, da Du nachher von Nichts mehr die blasseste Ahnung hast und oftmals in sehr wenig vornehmer Weise grade diejenigen um Entschuldigung bittest, die Du hättest verhauen sollen. Mensch, höre: Sterne verkratzen, mit der Schnauze Alles bedrängen und Sich recht breit machen – darin allein steckt das wahrhaft vornehme Wesen – das zügellose Temperament sollen Andre nicht sehen!!!

Sauf drum hinfüro ganz allein,
Mein lieber Lemcke von Bullerstein!«

Und es gibt einen fürchterlichen Knall, Knut springt in die Höhe – und sieht die Täler mit blauen Mondnebeln bedeckt.

In der Hand hält der Ritter noch immer das Stück Huhn, und der Altan schwimmt – Alles Rotwein!

»Stimmt!« sagt Knut Lemcke von Bullerstein.

»Gäste!« sagt devot der Knappe, der etwas verschlafen aussieht.

»Achherrjeh!« schreit dazu der arme Knut, »o Karoline!«

Der Knappe eilt davon, der Herr Ritter folgt ihm, denn die Gäste warten – er murmelt in seinen krausen Bart:

»Sauf drum hinfüro ganz allein,
Mein lieber Lemcke von Bullerstein!«

Wie der große Knut die Treppen runterstolpert – zum Ahnensaal – murmelt er noch:

»Na – nächstens!«

Als ich glaubte, die Herren vom Nil müßten zu Ende gelesen haben, rieb ich mir die Augen und – ja – und ich war nicht mehr im Bett – ich saß wieder wie sonst den alten Herren gegenüber.

Und der King Thutmosis sprach mit seiner sanften Stimme:

»Wir haben Deine leichten Bilder und das Märchen vom blauen Hund gelesen und freuen uns, daß Du jetzt ausgeschlafen hast.«

Ich sah die Herren etwas verdutzt an – aber sie lächelten – und das sah so verschmitzt aus – des breiten Mundes wegen. Nun – ich war wohl neugierig, jedoch ich vergaß meine Neugierde, denn mich bewegte plötzlich eine andere Sache.

»Ich möchte,« sagte ich, »über die Unsichtbaren, die uns hier bedienen, ein wenig aufgeklärt werden.«

»Du willst also,« sagte nun der Oberpriester Lapapi, »andre Erscheinungsformen der Welt kennen lernen.«

»Das ist,« erwiderte ich, »nicht so ganz richtig, daß Geister, die mit einer anderen Substanzäußerung zusammenhängen, über ihre Sphäre hinausgehen und in die unsre hineinragen – und in dieser sogar tätig sind. Diesen Zusammenhang zweier Sphären möchte ich begreifen lernen. Im gewöhnlichen irdischen Leben habe ich ein derartiges Zusammenklingen zweier Sphären wohl für möglich gehalten – aber es war mir doch im Grunde sehr rätselhaft und unwahrscheinlich. In diesem Felsenpalaste werde ich nun scheinbar eines Besseren belehrt; was mir unmöglich schien, ist hier ein Alltägliches. Also kurz gesagt: ich möchte wissen, wie die Erscheinungsformen der Welt sich zu einander verhalten.«

Dazu sagte der Oberpriester Lapapi:

»Es wäre doch allzu seltsam, wenn die unzähligen Erscheinungsformen der Welt nicht zu einander Beziehungen haben sollten. Die unendliche Zahl der Kombinationen und Permutationen wird auch in den Beziehungen der Erscheinungsformen unter einander das herrschende Prinzip sein. Also: es wird Wesen, die in mehreren Sphären zu gleicher Zeit leben, ebenso gut geben, wie Wesen, die nur in einer Sphäre leben. Es wird auch Wesen geben, die sich Letzteres bloß einbilden, dieweil sie die anderen Sphären, in denen sie sonst noch leben, für eine kurze Zeit vergessen haben. Es gibt auch hier die unendliche Zahl von Komplikationen, die auszudenken uns naturgemäß etwas schwer fällt. Vielleicht denkst Du mal darüber nach – vergiß es nur nicht!«

Der Pyramideninspektor Riboddi fragte mich hiernach, ob ich mich mal ans Fenster setzen möchte, um mir die Gebirge anzusehen.

Ich war gerne bereit dazu.

Doch der König Ramses wollte nun noch ein paar Manuskripte von mir haben.

Das berührte mich plötzlich sehr peinlich – und ich sagte schnell:

»Es liegt etwas Demütigendes in Ihrem Wunsche, Herr Ramses! Sie wissen, daß meine Arbeiten Ihnen nichts bieten können. Ich vermisse jetzt selber in meinen Arbeiten den großen Hintergrund, und es tut mir daher gar nicht mehr leid, daß sich einzelne meiner Geschichten verloren haben – den großen Hintergrund haben sie ja sämtlich nicht. Kurzum: ich kann nur sagen, daß ich mich eigentlich aller meiner Geschichten schäme. Ich sehe durchaus ein, daß nur die Poesie einen Wert hat, die von Leuten hervorgezaubert wird, denen die Grandiosität der Welt in Fleisch und Blut übergegangen ist – und die niemals vergessen, daß Alles, was wir mit unsern Sinnen wahrnehmen und durch Komposition der Sinneswahrnehmungen denken können – nur einer einzigen Sphäre angehört, hinter der unendlich viele andere Sphären stecken. Nur wer das ganz in sich aufgenommen hat, kann Kunstwerke schaffen, die der Rede wert sind.«

Nach dieser Rede erhob sich der König Ramses und sagte zu den andern Nilpferden:

»Edelste Pferde vom edelsten Nil! Hebt mich auf den Tisch, denn ich will eine Rede reden, die der Rede wert ist.«

Die sechs andern alten Herren taten, wie der Ramses bat – und er sprach nun mit beweglichen Gesten, während er eine Pincette auf jeder Vorderpfote auf und zu schnappen ließ, auf dem Tisch wie folgt:

»Edelster Onkel aus Europa! Wenn wir so denken wollten wie Du in Deiner scheinbar harmlosen Bescheidenheit zu denken beliebst, so würden wir 99% der Welt für überflüssig erklären – und mit dem letzten großen Perzent würden wir auch nicht viel anzufangen wissen. Edelster Onkel, es ist eben durchaus verkehrt, wenn wir bloß das scheinbar Edelste für wertvoll halten mögen – Alles hat seinen Wert – mindestens seinen Übergangswert. Das Edelste ist ein solches nicht, wenn es sich nicht aus einer weniger edlen Masse herausheben kann. Und außerdem sind doch die Faktoren der ganzen Wertschätzungsgeschichte nur Scheinfaktoren, nicht wahr? Was wir Dir beibringen wollen, ist doch hauptsächlich:

Schätzung der ganzen Welt. Du sollst Dich daran gewöhnen, in Allem etwas Edles zu sehen. Oh, wir wissen ja, daß du das stets gewollt hast – aber vom Wollen bis zum Können ist noch ein weiter Schritt – wohl mehrere weite. Wir wissen andrerseits sehr genau, daß Du zuweilen Diesem und Jenem aus moralischen Gründen ins Gesicht schlagen möchtest. Das tut aber doch kein gebildeter Mensch – für den gibt's eben keine Schurken. Der Gebildete haßt die Dummköpfe in keinem Falle – er weiß, daß auch Schurken bloß Schurken sind infolge Mangels an Verstand. Ein wirklich intelligenter Lump wird ein ganz anständiger Kerl sein, da nur ein Schafsgesicht einen nicht ganz sauberen Gedankengang in sich entstehen lassen kann. Und darum – entschuldige, daß ich's mit der Logik nicht sehr genau nehme – sind wir überzeugt, daß an Allen was auszusetzen ist, da es mit der Verstandeskraft der uns bekannten Lebewesen nicht vollendet aussehen kann. Denn wäre der Verstand Aller vollendet – so müßte ein Ei dem andern gleichen – was bekanntlich nicht der Fall ist. Und darum verlangen wir auch in den Kunstwerken nicht bloß die edelsten Terrassen und Dächer – sondern auch alle Stufen, die hinaufführen. Und darum – – – sind uns Deine Manuskripte durchaus nicht so überflüssig. Und Dir soll das Geschreibsel der größten Rhinozerosse auch nicht so überflüssig erscheinen. Und darum wollen wir itzo in erster Linie wieder was von Dir lesen. Hast Du nun wieder Mut? Ja? Na – da siehst Du es.«

Ich mußte lächeln, biß mir auf die Unterlippe, gab drei Sachen und ließ mich auf einen Balkon führen, um die weißen Schneekuppen der Berge zu sehen – blauen Himmel, Schatten und Sonnenschein –

Während ich allein auf dem Balkon saß, lasen die Ägypter, was ich ihnen gegeben hatte.

Der lachende Wolf

»Guten Morgen!« sagte das gutmütige Trampeltier.

Der Wolf aber lachte unbändig.

»Warum,« frug nun ganz ernst das Trampeltier, »mußt Du so schrecklich lachen?«

Der Wolf lachte noch stärker.

Das Trampeltier schüttelte den Kopf und konnte sich die Sache nicht erklären.

»Klär mich auf!« rief das Tier schließlich wütend.

Der Wolf lachte am stärksten und sprach dann:

»Am besten lacht es sich doch, wenn man gar keinen Grund zum Lachen hat. Das ist ja das wahre Lachen.«

Und der Wolf lachte wie hundert glückliche Goldgräber; das ganze Wald- und Wiesenland lachte mit.

Das Trampeltier ging verblüfft um die nächste Ecke – da schrie's laut:

»Dieser Wolf!«

Die Roseninsel - Ein Klexmärchen

Unter einem dunkelblauen Himmel schwamm eine Insel, die von oben bis unten mit Rosen bedeckt war – mit weißen, gelben und roten.

Das war die köstliche Roseninsel!

Wege gab's auf der Insel nicht, denn es wohnte da Niemand; die Rosen blühten und dufteten überall, daß die ganze Insel wie ein schwimmender Rosenstrauß aussah. Aber dieser Strauß war nicht glücklich – denn das Meer, in dem er schwamm, war pechrabenschwarze Tinte.

Und wenn's windig wurde, spritzte die pechrabenschwarze Tinte hoch auf, so daß die meisten Rosen schwarz gesprenkelt wurden. Das machte die Rosen recht häßlich, und die Häßlichkeit machte die eitlen Blumen unglücklich.

Es war den Rosen ganz unerträglich, daß Niemand nahte, um sie zu bewundern.

Indessen – eines Tages segelte ein buckliger Zwerg auf einem Silberschiff übers große Meer – und kam dabei auch in die Tinte – wie schon Manche vor ihm.

Während aber die Andern immer möglichst schnell aus der Tinte wieder rauszukommen strebten und sich für die beklexte Roseninsel durchaus nicht begeistern konnten – fiel es dem buckligen Zwerge gar nicht ein, die Tinte für ein Übel anzusehen – ganz im Gegenteil!

Der Bucklige wollte nämlich ein Land entdecken, das anders ist als alle andern Länder und von allen Menschen seiner Absonderlichkeit wegen gemieden wird.

Nun – solch ein Land war eben die Roseninsel – das war die richtige Welt, die er suchte – die war ganz anders als die gewöhnliche Menschenwelt.

Und die Rosen gefielen dem Buckligen über alle Maßen. »Schwarzgefleckte Rosen! Wonnige Klexblumen!« rief der kleine Mann schwärmerisch aus, »kommt an mein edles Herz! Die Welt, die mit Tinte befleckt ist – die Welt ist allein mein wahres Heimatland – da sieht endlich mal Alles anders aus.«

Und die Rosen kicherten.

Aber der Bucklige landete, bahnte sich ein paar Wege bis in die Mitte der Insel und baute sich dort mit den Planken seines Silberschiffes einen kleinen Palast, allwo er lebte bis an sein seliges Ende.

Die Rosen waren glücklich.

Man kann sich eben auch in der Tinte wohl fühlen.

Der bucklige Zwerg fühlte sich jedenfalls in der Tinte außerordentlich wohl – nur da war er wirklich auf Rosen gebettet.

O du merkwürdige Rosenwelt!

O du sonderbare Tinte!

O du beneidenswerter Zwerg!

Silentium!

Sehr merkwürdige Affenpinscher stürmen in die Arena, das Publikum staunt, die Pauken donnern, und die Fidelbogen flitzen über die süßen Saiten der drolligen Knackmandel. Hinten rauscht ein altes Seidenkleid, in den Glühlampen zucken junge Geisterquallen.

Die Affenpinscher aber halten sich den Mund zu und sagen nichts.

Was ist passiert?

Die Erde hat sich eine Schlafmütze über die Ohren gezogen – eine dicke Schlafmütze!

Still! Still!

Jetzt bloß ruhig sein!

Still! Still!

Während die alten Ägypter drinnen lasen, saß ich draußen auf dem Balkon in einem sehr bequemen Sessel und rauchte meine nahrhafte Zigarre und schaute zuweilen über die Balkonbrüstung hinunter in die grausigen Abgründe, in deren Tiefe Wälder und Dörfer schimmerten.

Und dann sah ich wieder hinüber zu den weißen Schneekuppen der Berge, die unter dem blauen Himmel mächtig leuchteten – mächtiger leuchteten als weißes Papier – da der Schnee doch komplizierter ist.

Und ich sah Schatten und Sonnenschein – und Alles atmete tiefen Frieden – die Berge lagen so ruhig da – wie schlafende Kinder. Ich dachte an die Unsichtbaren und freute mich auf all das Leben, das ich später noch führen würde – mit andern Geistern zusammen – in mehreren Sphären zu gleicher Zeit. Und ich nahm mir vor, schon in meinem irdischen Leben so viel wie möglich vom zukünftigen durch Kombination vorwegzunehmen und zu Poesie zu machen.

»Ausschöpfen läßt sich ja,« sagte ich zu mir selbst, »die große Welt doch nicht. Je mehr man von ihr kennen lernt, um so größer wird für uns das, was sie immer noch außerdem hat.«

Dann sollte ich noch mehr Geschichten geben.

Und ich gab – noch vier.

Ich lass' Dich nicht los!

Ein Zerrbild

»Ich will, was ich will!« schrei ich ihm schrill wie eine Lokomotiven-Pfeife dicht überm Ohrläppchen ins immer noch nicht ganz taube Ohr.

Und da hab' ich ihm den Rock zerrissen.

Und da hab' ich ihm mit dem Zeigefingerknöchel der linken Hand in das Fleisch gestoßen, das ihm überm Herzen sitzt.

Und dann hab' ich ihm an den Schlund gepackt, daß er die Augen verdrehte – wobei ihm der Schlips abfiel.

Ich habe seinen dummen Schlips zertrampelt, und dann habe ich – wild ausgesehen wie ein Teufel.

Und da hat er Angst bekommen und sich nicht länger gewehrt.

»Ich laß' Dich nicht los!«

Diese Worte sagt ich ihm so klar und deutlich, daß er vollkommen das Selbstbewußtsein verlor.

Nun geht er ruhig neben mir – mein Schatten – mein Zerrbild! Er sagt auch zu mir: »Ich laß' Dich nicht los!« Es klingt mir öfters sehr unheimlich – ich möchte eigentlich wieder allein sein.

Diese verdammte Gier!

Diese verfluchte Sehnsucht!

Dieses alberne Herrschenwollen!

Alles dieses läßt uns auch nicht los – Nichts läßt los! Diese Welt ist doch sehr fest ...

Tief!

Glatt und grau liegt vor mir – unter mir – das große Wasser, das endlos ist wie der Unsinn.

Schönes großes Wasser, hast Du mich lieb?

Eine merkwürdige Gestalt kommt hinten aus Dir heraus und geht auf Dir – wie ein dicker Rentier auf'm Tanzboden geht – nach einer Bierreise!

»Gestalt, die Du da so unheimlich nahst, bist Du betrunken? Du gleitest ja immer aus! Geh vorsichtiger! Langsamer! Nicht mit beiden Füßen zugleich! Immer erst den linken und dann den rechten Fuß – oder umgekehrt!«

Die merkwürdige Gestalt, die ganz in einen weißen Mantel gehüllt ist, kommt wirklich näher, obgleich sie fortwährend ausglitscht.

Es muß ein seltsames Vergnügen sein, auf dem großen Wasser, das immer grau ist wie ein alter Sumpf, so mit Anstrengung herumzuglitschen.

»Mensch,« rief ich, »wenn Du ein Mensch bist und Deutsch verstehst, so sage mir, warum Du da so beängstigend auf dem großen Wasser herumschwankst. Betrunken bist Du nicht – sonst lägst Du längst auf der Nase.«

»Es ist eben,« versetzt der fortwährend ausgleitende junge Mann, »so furchtbar schwierig, hier zu gehen.«

»Na, das merkt ein Pferd!« schrei ich ihm zu, »warum machst Du Dir denn die Mühe? Warum bist Du nicht zu Hause geblieben?«

»Ich will,« hüstelt nun der köstliche junge Mann, »unter allen Umständen für ›tief‹ gehalten werden.«

Mir wird ganz eigen zu Mute. Ich verstehe dieses Individuum durchaus nicht. Die Quälerei soll für tief gehalten werden? Hat man nicht schon genug zu leiden? Soll man sich noch Extra-Wunden schlagen? Dem Kameel da unten geht's wohl wieder mal zu gut.

»Das Schwierigste ist das Tiefste!« flüstert der alberne Geck, »mir kann nichts schwierig genug sein. Mir gefällt übrigens der schlüpfrige Pfad ganz ausgezeichnet.«

»Ach so!« brüll' ich nun, »Dir kommt's nur auf die Schlüpfrigkeit an! Mensch, Du bist wirklich tief!«

»Tief! Sehr tief!« stößt heiser – wie stets – das Gespenst hervor und glitscht weiter, als ginge es auf einem eingeseiften Walroß.

Es ist nicht mehr zum Ansehen.

Es ist zum Schießen!

Gleich muß der dumme Kerl auf der Nase liegen!

Das soll alles »tief« sein!

Es ist zum Schreien!

Schlacht ein Schwein!

Schlacht Dein zerbrochenes Nasenbein!

Das ist noch tiefer, da's schmerzhafter ist.

Ich steige höher – in die hellen Wolken hinein.

Das ist wahrscheinlich nicht tief!

Aber ich glaube leider nicht daran, daß man weiterkommt, wenn man runterkommt.

Ich bin wohl zu vernünftig...

Ich kann's aber nicht ändern!

Ewig ausgleitendes Gespenst! – Du bist mir schrecklich – wie ein Alb auf der Brust! Fall doch!

Nackte Kultur

Schwarzer Spaß

Schwipp! Da flogen die schwarzen Cylinder, die weißen Bäffchen, die Trikots und Chemisettes, die Frackschöße und die Ärmelröcke, die Strümpfe, Krinolinen und alle die andern Höllenhüllen auf die großen Scheiterhaufen rauf.

Die Flammen loderten majestätisch zum afrikanischen Himmel empor, und die schwarzen Herren und Damen aus Afrika umtanzten die lodernden Flammen wie die Besessenen.

Nackt waren die schwarzen Menschen – splitternackt. Zehn Volksredner aus Europa hatten es fertig gebracht, ganz Afrika zu revolutionieren.

»Schwarze Menschen!« hatten die Volksredner gesagt, »Ihr müßt eine neue Kultur begründen. Laßt Euch von den Europäern nichts weiß machen. Die Europäer sind mit ihrer unnatürlichen Kultur sehr unzufrieden, da die vielen Kleidungsstücke den ganzen Menschen beengen. Werdet wieder nackt, wie ihr einstmals waret – und Ihr werdet plötzlich an der Spitze einer neuen Kultur stehen – an der Spitze der nackten Kultur – der ›natürlichen‹ Kultur – die dem Menschen gestattet, frei zu leben – frei von allem Plunder. Es lebe hoch der nackte Mensch mit der splitternackten Kultur! Hört Ihr schon was näher kommen? Hört Ihr's noch nicht? Es sind die Maler und Bildhauer, die da kommen! Sie eilen aus allen Erdteilen herbei und wollen sich bei Euch niederlassen – da sie im nackten Menschen das ächte wahre Kulturideal erblicken. Das Fleisch ist der große Trumpf der Natur – die Kulturauster – also – hoch das schwarze Menschenfleisch! Hoch! Hoch!«

Und die Schwarzen entkleideten sich allesamt – und standen nun da in ihrer stolzen Nacktheit wie Adam und Eva im Paradiese. Die schwarzen Leute umtanzten mit ihren schwarzen Weibern die Scheiterhaufen, auf denen all die lächerlichen Bekleidungsgegenstände endgiltig verbrannten.

Und dann arrangierten die sämtlichen nackten Völker des heißen schwarzen Erdteils einen grandiosen Küstenreigen mit Pechfackeln. Die Kinder trugen die Pechfackeln.

Die Schwarzen faßten sich alle gegenseitig an die Hände und bildeten so eine mächtige Riesenkette – und die Riesenkette hatte die Form einer Landkarte von Afrika – denn diese Menschen-Kette drückte auf die sämtlichen Meeresküsten des afrikanischen Kontinents. Um die unzähligen Mohrenfüße plätscherte das Seewasser. Die Kinder mit den Fackeln jauchzten.

Also zeigte sich die neue Kulturhorde den zurückgebliebenen Erdteilen in ihrer stolzen Nacktheit.

Die zehn Volksredner aus Europa standen ganz nackt in dem Äquatorsonnenschein und gratulierten sich händeschüttelnd – dem hagersten von den zehn Volksrednern war allerdings die neue Kultur noch lange nicht nackt genug; und sie beschlossen, in Europa hundert Millionen Rasiermesser anfertigen zu lassen – alle Haare sollten rasiert werden – sogar die Augenbrauen und die Wimpern.

Die Schwarzen aber tanzten auf den Meeresküsten wie die Besessenen; sie drückten sich dabei immer fester die schwarzen Hände; die schwarzen Seelen dampften.

Das war ein Kettentanz! Das war ein Befreiungstanz!

Das war das erste nackte Kulturfest mit flackernden Pechfackeln und bewegten Beinen.

Alle Mannsleute und auch die Weibsleute waren ganz aus dem Häuschen.

Alle Künstler der Erde klatschten Beifall mit ungeheurem Eifer.

Durch den kolossalen Schall entstanden viele Gewitter mit Blitz und Donner.

Die Rasiermesser kamen langsam näher – auf reichbeflaggten Regierungsdampfern.

In Timbuktu sollte den schwarzen Leuten das kunstgerechte gegenseitige Einseifen beigebracht werden; das Rasieren verstanden sie bereits – nur mit dem Einseifen wollte es immer noch nicht so recht gehen.

Die Seifensieder freuten sich so – wie Künstler und Barbier.

Heiße Luft

»Wie wird mir?« rief der Stern Klixu.

Ihm wurde so merkwürdig – Alles dehnte sich in ihm, und es ging so'n großes Behagen durch seinen Leib.

Und die ganze Welt schien ihm immer schöner zu werden – so lustig.

»Wie wird mir?« rief der Stern Klixu.

Er war in eine andre Weltgegend gekommen – wo die Luft heiß ist.

Was doch die Luft macht!

Dann war ich wieder mit den Nilpferdchen in einem kolossalen Grottensaal zusammen.

In diesem Grottensaal gab's an den Wänden und Säulen und auf den Terrassen zwischen den feinsten Tropfsteingebilden unzählige blinkende Wasserfälle, die aber lautlos waren – was recht unheimlich, doch nicht unangenehm wirkte.

Während wir nun langsam an stillen Teichen mit lautlosen Fontänen vorüberwandelten und ich mich im Stillen über alle diese Wunderwelten mal ordentlich auswunderte, fiel mir plötzlich schwer aufs Herz, daß auch diese herrliche Zeit ein Ende nehmen müßte – und daß ich auch den alten Ägyptern bald fern sein würde.

Und mir traten, ohne daß ich's wollte, ein paar dicke Tränen in die Augen – ich lachte zwar gleich – aber die Ägypter merkten doch, was los war.

Und wir sprachen vom Abschiednehmen.

Der General Abdmalik meinte:

»Als ich noch in Syrien gegen die Chetiter kämpfte und so manchen guten Kameraden durch den Tod verlor, wurde mir sehr bald klar, daß uns der Gestorbene oft viel näher ist als der Lebende. Die Leute, die sich bloß mögen, solange sie sich gegenseitig ins Auge sehen können, sind sich nicht sehr gut. Es gibt Freundschaften, für die es keine Entfernungen gibt – und auch keine zeitlichen Unterschiede. Und darum glaube ich, daß auch Du, lieber Onkel, bei uns bleiben wirst, wenn Du fort bist. Und darum sei nicht traurig. Werde nicht böse! Das Wort ›Freundschaft‹ genügt natürlich für derartige Zusammenhänge verschiedener Lebewesen ganz und gar nicht. Für die besten Dinge hat eben die menschliche Sprache Worte noch nicht gefunden.«

»Und darum,« fiel nun der Pyramideninspektor ein, »müssen wir jetzt ganz besonders lustig sein und uns fest einprägen, daß es lichtlose Situationen nicht gibt. Wenn wir auch mal scheiden müssen – es ist auch das gut so. Manche Wesen wurden uns erst dadurch zu ganz außerordentlichen Wesen, daß wir von ihnen Abschied nehmen mußten. Das wird Dir auch zuweilen so gegangen sein. Das spielt bereits ins Geisterhafte hinein. Doch bevor wir Dir mehr von dem außerräumlichen Zusammenhange der Kreaturen erzählen – mußt Du uns etwas Längeres vorlesen – eine Geschichte, die uns eine Erinnerung bleibt, die uns verbindet mit Dir, so daß wir Dir auch helfen können, wenn Du nicht mehr bei uns bist.«

Ich strich leise über Riboddis Kopf – Funken sprangen in meine Hand – und ich suchte danach in meinen großen Taschen lange Zeit.

Und ich fand, was ich suchte – stieg auf eine Terrasse – und las dort:

Lika

Eine Künstler-Odyssee

I

Wie lachende Kinder schaukelten die Wellen auf der großen See.

Der Himmel war dunkelblau.

Das Wasser war dunkelblau.

Lika saß in einer feinen weißen Porzellanschale, deren Rand so kraus war wie ein Kragen der Maria Stuart.

Die ziemlich flache runde Schale zeigte im Innern krause Linien – mattbraune, die sich zierlich verschnörkelten, wie altindische Schrift.

Und ein orangefarbiger Sonnenschirm schützte die Lika vor den Strahlen der Sonne.

Der Schirmstock stak in der Mitte der Porzellanschale. Das orangefarbige Schirmdach war aus Seide – nicht gebogen, sondern grad und steif wie ein Schirm aus dem Lande der Chinesen.

Lika wußte nicht recht, was sie denken sollte.

Jedoch da tauchte plötzlich neben ihr im blauen Meerwasser ein dicker Triton empor und fragte, nachdem er sich das Wasser aus den Augen gewischt hatte:

»Nun, Lika, wohin willst Du?«

Lika besann sich auf Worte, doch sie merkte, daß sie fast alle Worte vergessen hatte.

Nur ein Wort fiel ihr wieder ein – das Wort »Heimat«.

Und die Lika rief laut:

»Du, ich möcht' in die Heimat!«

Der Triton fragte wieder:

»Was willst Du denn da?«

»Das Glück!«

Der Lika war dieses zweite große Wort ganz unwillkürlich in den Mund gesprungen.

Jetzt merkte sie erst, was sie gesagt hatte, und sie lächelte darüber.

Der Triton aber meinte:

»Gut, so wollen wir die Heimat mit Deinem Glück suchen – nicht wahr, Lika?«

»Ja!« sprach sie.

Darauf schwamm der Triton – die Porzellanschale mit der Lika vor sich herschiebend – gradaus.

Die Lika ließ sich das gern gefallen.

Als sie nun so eine gute Strecke gefahren waren, sahen sie einen kleinen Turm am Horizonte.

Die Lika frug:

»Was ist denn das da?«

Und der Triton sagte Wasser prustend:

»Das ist ein Leuchtturm!«

Als sie ziemlich nahe daran waren, beugte sich ein riesiges Sprachrohr vom Turme hinunter, und die beiden Kinder des Meeres hörten eine laute Stimme – die frug dumpf:

»Wer bist Du?«

Der Triton versetzte mit schallendem Gelächter: »Ich bin doch der Triton, der fidele Triton!«

»Wen aber hast Du,« kam's nun wieder aus dem Sprachrohr, »in der Porzellanschale?«

»Das ist doch,« gab da der Triton zurück, »die kleine Lika – die will wissen, wo ihre Heimat ist und ihr Glück.«

»Ist das Kind sehr klug?«

Also hörten anitzo die Beiden fragen, und die Lika gab zur Antwort:

»Ich hab's gar nicht nötig, sehr klug zu sein, wenn bloß mein Triton sehr klug ist.«

Langes Schweigen.

Dann aber brummte es im Sprachrohr:

»Die Lika ist tatsächlich das klügste Kind der Welt. Ihr könnt in den Hafen fahren.«

Da klatschte die Lika vernügt in die Hände und tat ganz stolz.

Der Triton jedoch brüllte laut:

»Blase die Zwerge zusammen! Blase! Blase!«

Und es geschah.

Im nächsten Augenblick fingen tausend Blasen auf den Molen und am Ufer zu blasen an.

Das Blasen erschütterte die ganze Luft, sodaß sich die Lika ihre beiden kleinen Ohren mit den Zeigefingern zuhalten mußte.

Die Zwerge kamen eiligst herbei.

Die Lika fuhr mit ihrem Triton in den Hafen und ward dort von den Zwergen herzlichst begrüßt; sie schwenkten mit ihren riesigen gelben Strohhüten fröhlich in der Luft herum.

Und dann setzte sich der Triton mit seinen Fischbeinen bei der Feuerschänke auf den Hafenrand.

Der fidele Triton trank ein paar Eimer Jammerschnaps und erklärte den Zweck seines Besuchs – er ließ sich dabei gemütlich von den Zwergen das Kreuz reiben.

Die Zwerge rauchten fast sämtlich gute Cigarren und sahen in ihren buntdurchwebten Schlafröcken außerordentlich gutmütig aus, obgleich sie sich eigentlich nicht wenig einbildeten, denn sie waren Maler – ächte Künstler – und wußten das sehr genau.

Wie daher der Triton beim zehnten Eimer fragte: »Wo ist das Glück?« – riefen alle Zwerge sofort:

»Wo man Tag und Nacht Künstler sein kann.«

Und als der Triton beim zwölften Eimer fragte: »Wo ist die Heimat?« – riefen die Zwerge abermals:

»Wo man Tag und Nacht Künstler sein kann.«

Die Lika unter ihrem orangefarbigen Sonnenschirm kraulte sich hinter den Ohren, kniff dem Triton in die Schuppen des linken Fischbeins und sagte:

»Na, dann wollen wir nur das Land suchen.«

Die Zwerge taten sehr erstaunt, und ein Dickkopf meinte:

»Lika, eigentlich hätte ich Dich für klüger gehalten.«

Der Triton lachte, Lika verstand das aber nicht.

Und so verabschiedeten sich die beiden Kinder des Meeres, denn die Lika hatte es furchtbar eilig.

Die Zwerge bedauerten, daß der Besuch so kurz bemessen gewesen sei, ließen wieder alle Blasen blasen, daß die Molen bebten – und dabei fuhr die Lika mit ihrem Triton am Leuchtturm vorbei wieder ins Meer hinaus, allwo es etwas dunkler wurde.

IV

Es ward Nacht. Die Sterne gingen auf und der große Mond.

Der große Mond beleuchtete das große Meer, und die Lika freute sich an dem blitzenden Wellenglanz.

Der Triton lenkte die Porzellanschale allmählich einem andern Lande zu; einem grünen Lichte, das nur schwach am Horizonte vorschimmerte, kam er langsam näher.

Die Lika machte den Sonnenschirm zu, bog den Stock nach vorn, so daß die Spitze sich auf den krausen Rand der Schale legte, und schlief ein bißchen ein.

Als sie wieder erwachte, sah sie vor sich ein großes schwarzes Gebirge.

Unten, wo der Fels ins Meer stieß, war ein großes zackiges Loch – das schimmerte grün – da fuhr der Triton mit der Lika durch. Und nun schwammen sie in einem weiten hohen grünen Grottensaal. In herrlichen Nischen standen weiße Gestalten aus Stein.

Die Lika sah sich ganz verwundert um.

Unten war Alles Wasser, doch an den Seiten hinter den Nischen führten weiße Treppen bis hoch in die grüne Lichtkuppel hinauf. Die weißen Gestalten aus Stein waren von Menschenhand geschaffen; die beiden Kinder des Meeres waren bei den Menschen – die kamen jetzt langsam die weißen Treppen hinunter.

Die ernsten Bildhauer in ihren weißen Gewändern glichen mit ihren langsamen Bewegungen bösen Gespenstern.

Die Lika hielt den Atem an; ihr lief's kalt über den Rücken.

Die Bildhauer – lauter Menschen – kamen langsam immer näher, und das arme Kind in der Porzellanschale fürchtete sich.

Der Triton schlug mit der Faust aufs Wasser, daß es hoch aufspritzte.

Der fidele Triton taucht unter, stößt beim Wiederauftauchen mit dem Kopf unter die Porzellanschale und hebt sie hoch in die Luft, hält aber noch die Hände an den krausen Rand.

Die Bildhauer flüstern was und wenden sich ab – ihren Steingestalten zu.

Der Triton bringt wieder dieselben Fragen wie bei den Zwergen vor, jedoch die Antwort bleibt aus – die Bildhauer hämmern an ihren Steingestalten.

Vorsichtig setzt der Triton die Porzellanschale wieder ins Wasser und sagt ruhig:

»Liebe Lika, wundre Dich nicht über die Schweigsamkeit dieser Herren. Sie wollen Dir mit ihrem Gehammer bloß dieselbe Antwort geben, die Du bei den Zwergen vernahmst.«

Die Lika versetzte kleinlaut:

»Ich weiß noch: Glück und Heimat ist dort, wo man Tag und Nacht Künstler sein kann. Da müssen wir wohl wieder weiter. Mir wird hier auch so schwül.«

Der Triton lacht, daß es im grünen Grottensaal unheimlich schallt, und fragt wild:

»Kein Modell gefällig?«

»Wir formen,« brummt darauf ein alter Bildhauer, »jetzt nur noch Menschenkörper; die verkrüppelten Wesen – namentlich die knielosen – sind nicht mehr nach unserm Geschmack.«

Das nimmt der Triton ganz ruhig hin, schwimmt wortlos mit der Lika durch die nächste Pforte ab – in einen roten Grottensaal, wo lauter Gruppen mit Schlangenarmen in den Nischen stehen. Es geht noch durch goldene, silberne, blaue und anders gefärbte Grottensäle.

Überall – wilde Steingesellen mit lustigen Köpfen und seltsamen Gliedmaßen – abenteuerlich tolle Märchengeister.

Öfters brummt der Fischbeinige:

»Krüppel! Feine Krüppel!«

Die Lika versteht nicht, was er damit sagen will.

VI

Und dann sind die Beiden wieder in der freien Welt – draußen unterm blauen Himmel.

Die Morgensonne lacht, und die Lika lacht mit.

Auf einem stillen Waldsee sind die Beiden, sie freuen sich über die grünen Bäume, über die Wasserrosen und über die weißen Schwäne, die würdevoll ihr Haupt umdrehen, um die Lika in ihrer Porzellanschale zu sehen; Lika spannt wieder ihren orangefarbigen Sonnenschirm auf.

Am Ufer blühen dicke bunte Blumen, wilde Enten fliegen hin und her, Hirsche kommen und trinken Wasser, sehen die Lika und laufen fort – in die dunklen Wälder, durch die Niemand durchblicken kann.

Es ist still, es bleibt aber nicht still.

Von einem Birkenhügel klingt ein sanftes Saitenspiel hernieder.

Und wie sie weiter fahren, ertönen in den Wäldern harte Hörner und dröhnende Pauken – ganz in der Nähe hinterm hohen Schiff wird eine Flöte geflötet.

Der Triton sagt:

»Du, das ist ein Dudelsack!«

Aber danach hören sie einen glockenhellen Gesang – viele Mädchenstimmen!

An den Ufern wird's auf allen Seiten immer lauter – Geigengesumm und Trompetengeschnatter – Trommelgerassel und Harfengeklimper!

Musik überall!

Und es klingt so fein zusammen.

Die Lika lauscht und lächelt und bewegt im Takte die zarten Finger.

Vorsichtiger bewegt der Triton seine glitzernden Fischbeine, damit man ja die Lika Alles hören kann – all die vielen Jubelstimmen, die dem Morgen »guten Morgen« sagen.

Plötzlich – auf allen Bergen ein wüstes Geschrei!

Alle Instrumente kreischen durcheinander – und es erscheinen die Bocksbeinigen – tolle Weiblein und noch tollere Männlein.

Die Musiker sind's!

Sie begrüßen den fidelen Triton und die drollige Lika mit graulichem Gejohle.

»Wo ist die Heimat?« fragt der Triton.

Da wird's mit einem Male wieder still, und die Bocksbeinigen singen im großen Chore:

»Ach, unsre Heimat ist doch überall –

Im blanken Saale und im Stall,

Auf freiem Berge und im engen Tal –

Im grenzenlosen Weltenall!«

Und dann springen die Sänger und Sängerinnen ins Wasser, küssen den Triton und wollen die Lika aus ihrer Schale herausheben – aber ach! – das geht nicht – die Lika ist ja mit ihrer Porzellanschale zusammengewachsen – wie die Schnecke mit ihrem Haus.

Großes Entsetzen.

Aber die Lika macht wieder ihren Sonnenschirm zu, und die Bocksbeinigen beruhigen sich, tragen ihre beiden Gäste so recht behutsam ans Ufer und spielen dort zum Tanze auf. An dem können nun die beiden Kinder des Meeres nicht teilnehmen. Jedoch das stört die Freude nicht.

Nach dem Tanze wird Wein getrunken und Rauschmusik gemacht; die ganze Gesellschaft schwimmt in Seligkeit. Alle erklären der Lika, daß das Glück in der Kehle und in den Instrumenten sitze; ein vernünftiges Wort läßt sich mit diesen Leuten nicht reden.

Der Triton sagte bloß:

»Liebe Lika, glaube mir: auch diese fidele Gesellschaft teilt die Meinung der Zwerge in jeder Beziehung.«

Und die Augen der Lika leuchteten verständnisinnig auf – wie zwei neue Sterne.

VIII

Als das Fest zu Ende war, erklärte die Lika ihrem Begleiter würdevoll: »Mein Lieber, erlaube mal! Jetzt will ich endlich ans Ziel kommen. Das gesuchte Land muß denn doch zu finden sein. Wenn Du mich nicht bald hinführst, so muß ich mir einen andern Führer suchen. So geht's nicht weiter.«

»Hm!« versetzte der Triton, weckte mit einer dreieckigen Trommel ein paar schlafende Musiker und bat um einen Wagen.

Ohne die Andern Musiker in ihren Träumen zu stören – sie schliefen sämtlich – kamen die Herren bereitwillig der Bitte nach, spannten sechs Hirsche vor ein Kabriolett – – und bald ging's über Stock und Stein in eine andre Gegend; die Lika kriegte Angst bei der schnellen Fahrt, denn sie saß in einer Schale von allerfeinstem dünnstem Porzellan.

Auf einem großen runden, mit bunten Fliesen bedeckten Platze blieben die Hirsche dampfend stehen.

Und aus dunklen Wolken kam ein aufgeblasener Luftballon herunter.

Die Lika schlug die Hände überm Kopfe zusammen, aber die Bocksbeinigen setzten sie mit ihrer Porzellanschale in die Gondel, halfen auch dem Triton hinein – und fort ging's – hinauf in die dunklen Wolken.

Das war eine Fahrt!

Die Lika war ganz sprachlos.

Der Ballon fuhr durch die Wolken durch und kam in den hellen blauen Himmel.

Drei Bucklige kletterten an den Gondelstricken empor, und drüben stieg ein riesiges Purpurgebirge so hoch ins Blaue, daß man die roten Spitzen oben nicht mehr sehen konnte.

Aber was Andres sahen die Kinder des Meeres – lange Männer mit furchtbar langen schmalen Flügeln!

Die Flügelmänner flogen an den Purpurfelsen herum – wie Schwalben vor ihren Nestern herumfliegen.

»Was sind denn das für Kerls?« frug die Lika.

Und die drei Bucklige riefen oben unterm Luftballon:

»Das sind die großen Dichter!«

Na – die Dichter waren ganz freundliche Herren; sie empfingen die schnurrigen Gäste wie alte Bekannte, hoben sie aus der Gondel und brachten sie durch ein rundes Fenster in ihre Felsenwohnung. Der Triton legte sich gleich auf einen molligen Divan und stopfte sich einen Tschibuk.

Die Lika setzte man auf einen fünfeckigen Fenstertisch, von wo aus das gute Kind eine prächtige Aussicht über kunterbunte Wolkenbündel genoß; keilförmige Schatten und Sonnenstrahlen huschten vorüber.

»Also jetzt,« sprach Lika, an ihre Porzellanschale klopfend, »soll mir endlich der richtige Weg zur Heimat mit dem Glück gezeigt werden. Bitte! Sprechen Sie, meine verehrten Herren!«

Die Dichter erkundigten sich tiefernst bei dem Triton nach dem, was das resolute Kind wissen wollte, und dann hub der Älteste der Dichter also an:

»Für diejenigen Weltbewohner, die Laien und keine Künstler sind, bedeuten die Begriffe ›Heimat‹ und ›Glück‹ etwas Andres als für uns Künstler. Das Laienvolk verbindet eben mit den einzelnen Worten völlig andre Geschichten. Das geht uns natürlich nichts an. Laiensache bleibt Laiensache! Wir Künstler aber nennen die ganze Welt unsre Heimat und finden überall dort unser Glück, wo wir nach unserm Geschmack leben können. Das Land, das Du suchst, brauchst Du also nicht mehr zu suchen, denn Du bist ja schon da. Du willst doch Künstlerin werden, nicht wahr?«

»Ich möchte, «erwiderte schüchtern die gute Lika, »gern eine Künstlerin werden.«

»Das freut mich!« sprach der Dichter, »freut mich sehr! Ich hätte Dich auch im andern Falle zum Fenster hinausgeworfen.«

»Aber,« schrie erschrocken die Lika, »meine Porzellanschale wäre dann doch entzweigegangen!«

»Wir Dichter sind,« fuhr der alte Herr unbeirrt fort, »ebenfalls Künstler, außerdem haben wir noch die Verpflichtung, weise Gedanken zum Ausdruck zu bringen. Namentlich kommt es uns zu, jegliche Einrichtung der Welt im besten Lichte zu zeigen und alle Schattenseiten nach Möglichkeit zu erhellen.« Der Triton lachte leise auf seinem molligen Divan und blies wirbelnde Tabakswolken in das stille, hochgelegene Dichterzimmer.

»Kluge Lika, merkst Du nun bald was?«

Also der Triton – die Lika sagte:

»O ja! Ich merke, daß die ganze Reise eigentlich überflüssig war, denn was ich suchte, ist ja da. Unsre Heimat ist überall. Und das Glück kommt ja beim Schaffen. So klug, um das Alles zu begreifen, bin ich schon. Wo aber lerne ich das Schaffen?«

»Schaf!« versetzte beim Flügelputzen ein jüngerer Dichter, »ordentliche Künstler lernen überhaupt nichts von Andern, sie probieren einfach und können dann was.«

»Ach so!« flüsterte nun die Lika lächelnd, »da werde ich ›Erinnerungen aus meinem Leben‹ schreiben, das kann ich bereits.«

Die Dichter verneigten sich respektvoll und begrüßten in dem Porzellanmädchen die neue Kollegin, empfahlen ihr aber, zuvörderst ins Riesenreich zu fahren, allwo für Dichterinnen und Erinnerungskunst sehr viel Platz vorhanden sei.

Die Lika sagte nicht »Nein,« und so ging's schnurstracks ins Riesenreich.

Die höflichen Dichter brachten ihre beiden Gäste schleunigst in die Hinterzimmer und von dort in eine düstre Höhle, die nur von Fackeln erleuchtet wurde. Unten plätscherte Wasser – da setzte man die Beiden hinein.

Und bald schwamm der Triton, die Porzellanschale wieder vor sich herschiebend, durch einen matt erleuchteten Höhlenfluß.

Das Wasser rauschte sehr – es rauschte immer stärker, immer schneller schoß es dahin. Bald merkte die Lika, daß sie sich in einem reißenden Strome befanden.

»Wir sind in der Wasserrutschbahn!« brummte der Fischbeinige, hob die Porzellanschale ein bißchen höher – und dann ging's wie eine Pfeil hinab – rasend rasch – wieder hinaus ins Freie.

Und durch den spritzenden Wasserschaum sahen sie – das Riesenreich.

Uih!

Das saust und braust und schäumt und sprüht seinen Wasserstaub, daß Regenbogen entstehen – hinunter geht's in grader Linie – zum dunkelblauen Meere.

Und was sieht die Lika?

Riesen sieht sie drüben auf den Inseln des Meeres. Die Riesenköpfe ragen hoch in die Wolken – und bauen tun die Riesen – Paläste bauen sie mit blitzenden Türmen, Erkern und Säulenhallen – Alles funkelt und glüht und zuckt und sticht in lodernd brennenden Farben – denn alle Bausteine sind natürlich echte Edelsteine und Diamanten – riesige!

Die Lika jauchzt, ihre Haare flattern, ihre Kleider flattern – und das Wasser stürzt polternd, große Wogen rauschend – mit dem Triton, der die Porzellanschale geschickt hoch über seinem Haupte hält, ins blaue Meer.

»Das war eine feine Fahrt!« ruft die Lika, als sie unten sind. Die Purpurgebirge liegen schon weit hinter ihnen, denn die Wasserrutschbahn fährt schnell dahin – wie eine Kanonenkugel.

»Willst Du nun,« fragt der Triton, »auch die Riesen noch einmal fragen, wo Deine Heimat mit Deinem Glücke ist?«

»Das ist wohl,« erwiderte die Lika, »nicht grade nötig, denn ich weiß ja schon, daß unsre Heimat und unser Glück bloß dort ist, wo wir ungestört Künstler sein können. Hübsch wär's aber doch, wenn wir frügen. Wie machen wir das?«

Likas Führer steuert der nächsten Insel zu, wo das ganze Ufer aus hohen Säulenhallen besteht – dort klingelt er an einem dicken Strick – und bald erscheint eine kolossale Riesentrompete in der Luft. Wieder werden die alten Fragen gestellt.

»Wo ist unsre Heimat?« brüllt der Fidele.

»Bauen!« tönt's aus der Trompete zurück.

»Wo ist unser Glück?« fragt er dann.

Und abermals kommt's aus der Trompete heraus:

»Bauen!«

»Siehst Du,« sagt da der kluge Meermann, »die Riesen meinen ganz genau dasselbe wie die Zwerge. Jetzt weißt Du doch endlich, was Du wissen willst. Es war nicht leicht, Dir die Geschichte klar zu machen. Deine Heimat hast Du also gefunden. Nun schreibe Deine Erinnerungen, damit Du auch glücklich wirst.«

»Ich danke Dir,« sagte freundlich das gute Porzellangeschöpf, »gib mir nur das nötige Papier und einen Tintenstift. Ich will gleich glücklich sein.«

Der Triton zieht das Gewünschte aus seinem Rucksack hervor und gibt es hin.

Der Himmel ist blau.

Das Meer ist blau.

Der Triton taucht unter.

Die Lika schreibt ihre Erinnerungen unter ihrem orangefarbigen Sonnenschirm.

Feierlich türmen die Riesen einen edlen Baustein auf den andern, heften die großen Diamanten ordentlich fest, messen und zeichnen und rechnen, bauen Palast an Palast, daß alle Inseln im Riesenreich immer herrlicher glänzen und glitzern – wie Kronen – wie ewige Kronen.

Schiffe kommen und bringen neues Werkzeug, unzählige neue Stoffe, Silber und Glas für die Kuppelbauten – Gold für die dicken Wetterfahnen.

Die weiten Säulenhallen, die Terrassen mit ihren spiegelnden Fliesen, die Treppen mit den offenen Pforten – fassen die hohen Inseln so ein – als wären's Juwelen. Aus den Turmlaternen leuchtet's wie aus glücklichen Augen. Und alles scheint weit aufgetan zu sein – frei – sonnendurstig!

Die Lika sitzt in ihrer Schale – schaukelt im Meerwasser neben einem großen siebeneckigen Turm, schreibt aber so emsig an ihren Erinnerungen, daß sie das Schaukeln gar nicht bemerkt.

Der Triton bringt ihr einen neuen Tintenstift und meint schmunzelnd:

»Es ist nur gut, daß Du wie alle ächten Künstler von der Luft leben kannst, sonst würdest Du vielleicht nicht ganz so glücklich sein.«

»Doch!« sagt sie, »ganz so glücklich!«

»Na! Na!« tönt's zurück.

Möwen schweben vorbei – weiße.

Das Meer ist blau.

Der Himmel ist blau.

Und die Lika schreibt.

Der Triton plätschert im Wasser herum und spielt mit dicken Lachsen.

Finis!

Hierüber sprachen wir Vieles.

Die alten Ägypter setzten mit vielem Eifer ihre Kunstanschauungen auseinander; es würde zu weit führen, hier auf diese näher einzugehen; es liegt ja wohl auf der Hand, daß sich die Nilpferde auch die Entwicklungsfähigkeit der irdischen Kunst in unendlichen Reihen dachten – und dem konnte ich nur zustimmen. Ein unglaubliches Ereignis schnitt darauf mit einem Male das Gespräch ab – – – ich sah – Millionen weißer Mäuse aus allen Ecken hervorkommen.

Und die Zahl der weißen Mäuse vermehrte sich derart, daß die Wände, Säulen und Terrassen, die alle tropfsteinartig gebildet waren, ganz weiß wie Schnee wurden – was sich zwischen den unzähligen lautlosen Wasserfällen und Springbrunnen höchst seltsam ausnahm. Lapapi klopfte mir auf die Schulter und fragte mich:

»Glaubst Du, daß Dein Wesen durch Deine äußere Erscheinung wesentlich markiert ist?«

Ich verneinte das lebhaft.

»Glaubst Du,« fuhr er nun fort, »daß Du gleichzeitig noch was Andres sein kannst – Etwas, von dem Du augenblicklich nichts weißt?«

Ich bejahte das ebenso lebhaft, denn die Nilpferde, die zugleich alte Ägypter waren, schienen mir allein schon Beweis genug zu sein.

Lapapi sagte jedoch triumphierend:

»Siehst Du? So weit wollten wir Dich haben! Wer weiß, was wir außer dem, was wir jetzt zu sein scheinen, noch außerdem sind! Wir sind eben höchst wahrscheinlich ebenso kompliziert wie die Welt. Und diese Erkenntnis unsrer selbst ist fast ebenso wichtig als die Erkenntnis der Welt. Und darum kannst Du wohl annehmen, daß diese weißen Mäuse auch nicht bloß das sind, was sie zu sein scheinen. Und darum!«

»Und darum!« tönte es nun aus tausend Mäusekehlen – und ich sah, daß jede Maus auf den Hinterbeinen saß – was urpossierlich wirkte.

»Und darum,« schloß nun Lapapi, »gib mir ein paar Deiner Geschichten, die ich den Mäusen vorlesen möchte.«

Ich tat natürlich sofort, was er wollte.

Wir setzten uns auf weiße Pelzsessel, die jetzt neben uns standen, und Lapapi las den Mäusen vor, während ich in aller Gemütsruhe eine Cigarre rauchte.

Flausen

»Laß mich gehen, trauriger Mond!« rief die schwarze Prinzessin, und sie schlug nach ihm mit ihrem Perlenfächer. Der Mond lächelte, rieb sich mit seinem linken kleinen Zeh den rechten Nasenflügel und umarmte die Prinzessin.

Der aber ward die Geschichte lästig, denn der Mond, ein dünnbeiniger Liebhaber, war das lächerlichste aller Weltgeschöpfe – wenn er nicht am Himmel stand und leuchtete. War er oben nicht zu sehen, so war er unten und machte lauter unnütze Flausen, und dabei lacht er immer so widerlich, obgleich ihm eigentlich sehr traurig zu sein pflegte.

Der Mond blies auf seinem Waldhorn ein altes Lied und schlug dazu den Takt mit seinem dicken Kopfe, indem er mit diesem immer wieder gegen einen alten Baumstamm stieß – natürlich mit dem Hinterkopfe!

Der Prinzessin schien das zu dumm; sie rannte schleunigst davon. Und der Mond lachte, riß sich die Beine mit den Armen aus, indem er diese wie Schlangen um die untern Gliedmaßen rumschlang, biß sich dann die Arme und den Rumpf ab – und schwebte lachend den nächsten Wolken zu.

Das Waldhorn blieb im Walde.

Die neuen Storchnester

Stil-Scherzo

Es war einmal ein gebildeter Mann – dem waren die Storchnester nicht schön genug.

Und er begann, neue Storchnester zu konstruieren – aus farbigen Hölzern in allen möglichen Stilarten.

Und so setzte er dann in einem schönen Winter die neuen Storchnester auf seinem Hause und auf denen der Nachbarn an die Stelle der alten Storchnester.

Im Frühling aber kamen die Störche und suchten ihre alten Storchnester – und fanden sie nicht. Enttäuscht und in verbitterter Stimmung flogen die Störche weiter.

Der gebildete Mann war empört.

Und seine Nachbarn waren so wütend, daß der Gebildete sofort eine Erholungsreise antreten mußte.

Diese ungebildeten Störche!

Die wilde Hummel

Eine Fabel

Eine wilde Hummel wurde jeden Tag älter, und das gefiel ihr nicht.

Sie wollte jeden Tag jünger werden.

Als nun der Zaubrer Zappro des Weges kam, bat die wilde Hummel diesen mächtigen Mann um ein Verjüngungskraut.

Zappro schmunzelte und gab das, was die Hummel von ihm verlangte.

Das dumme Tier fraß von dem Kraut und wurde nun täglich jünger – aber auch kleiner – schließlich so klein wie die Kleinsten – und dann – allmählich – zum Ei. »Ei! Ei!« schrie da die Wilde, »bin ich jetzt eigentlich besser dran?«

Zappro lachte und ging weiter.

»Man soll eben,« murmelte er vergnügt, »nicht zu toll nach der Jugend sein. Die gibt uns das ewige Leben ganz bestimmt nicht.«

Die vernünftigen Hummeln umsummten Zappros Kopf und wollten sich gar nicht von ihm trennen; ein weiser Mann hat sehr viel Anziehungskraft.

Oh, wenn ich den Beifall beschreiben könnte, der mir nach diesen kleinen Scherzen von den weißen Mäusen zu Teil ward! Sie kicherten und schmunzelten und klatschten mit ihren Vorderkrallen zusammen, daß es sich anhörte, als würden alte Felsen mit Sandpapier abgerieben.

»Na, Onkelchen,« rief mir der König Ramses zu, »jetzt hast Du mal einen Beifall erlebt. So was muß man auch mal erleben.« Und – nachdem ich unendlich viele Worte des Entzückens von den Mäusen vernommen hatte, so daß ich schon unwillkürlich lachen mußte, verlangten die Mäuse noch eine Zugabe.

Es sollte aber eine menschliche Geschichte sein.

Wer würde wohl glauben, daß ich mich lange bitten ließ? Es fiel mir gar nicht ein, mich lange bitten zu lassen – ich holte was vor und bat den Lapapi, zuerst einmal die Geschichte anzusehen.

Als das geschehen war, fragte ich den Lapapi, ob er's nicht für richtig hielte, daß der General Abdmalik die Geschichte vorläse. Lapapi schmunzelte, gab dem General die Papierblätter – und der General las nun vor, nachdem er mir noch eine paar sonderbare Blicke zugeworfen hatte, die ich nicht verstand.

General von Bax

Luftspaß

»Nicht mit dem rechten Zeh den Mond kitzeln!«

Also donnerte der General von Bax beim Betreten des Exerzierplatzes seine Mannschaften an.

»Die Leutnants müssen viel schneidiger an die Luft gesetzt werden!« brummte er dann in seinen Bart – dabei setzte er sich auf seinen Luftstuhl.

Das Luft-Regiment war vollzählig mitten in der Arbeit. »Was wollen Sie mehr?« fragte der General seinen alten Freund, den persischen Oberstleutnant Nisaraddi.

Der riß die Augen auf und rief:

»Teufel! Hagel! Schinkensemmel!«

Die Adjutanten lachten, denn der Perser pflegte seit Jahr und Tag die meisten deutschen Worte an der falschen Stelle zu gebrauchen.

General von Bax klatschte in die Hände, befahl, die Luftballons runterzuziehen, und ließ zunächst mal sein ganzes Regiment in Reih und Glied antreten.

Das Regiment nahm einen ganz gehörigen Platz ein, denn die Soldaten des Herrn von Bax sahen sämtlich dicker aus als der alte Falstaff – zehnmal so dick.

Die Soldaten sind nicht so dick, weil sie so viel zu essen bekommen – die Uniform macht es. Eine kugelförmige Korkhülle schützt die Soldaten vor unliebsamen Zusammenstößen mit dem Erdball; es sieht oftmals recht gefährlich aus, wenn ein Soldat bei seinen Übungen oben am Luftballon plötzlich runterfällt – aber Korkmantel und Fallschirm machen das Fallen beinahe zum Vergnügen; nur bei starkem Sturm ist das Fallen gefährlich.

Und nach fünfzehn Minuten steht das Luft-Regiment in schneidigster Paradestellung vor seinem General; die Luftballons bilden den Hintergrund.

Die kugelrunden Korkmäntel sind so dick. Über ihnen sind die kleinen Soldatenköpfe zu sehen. Aber über diesen Köpfen ragen die hohen Fallschirme zusammengeklappt wie riesige Helmspitzen zum Himmel empor. Unter den Korkmänteln sind nur die Soldatenstiefel zu sehen; die haben breite dicke Korksohlen.

Marschieren tun die Soldaten niemals; das überlassen sie den Erdregimentern. Doch mit dem Fallschirm wird exerziert. Der verschwindet zuerst blitzschnell im Korkmantel; der Soldatenkopf verschwindet dabei ebenfalls im Korkmantel. Hiernach steigt der Kopf wieder ans Tageslicht, und die Füße verschwinden. Sodann erscheint abermals der Fallschirm und spannt sich auf. Ein köstliches Exerzitium!

Der persische Oberstleutnant hält sich den Bauch vor Lachen und umarmt den General von Bax stürmisch, wobei dem Perser unzählige funkelnde Tränen über die braunen Wangen rollen. v. Bax lächelt wie ein Unsterblicher.

Indessen treten die zusammengekoppelten Fesselballons in Aktion. Die Ballons haben das Aussehen großer Lampions von kurzer Säulenform. Alle zeigen hellgrüne und gelbe Querstreifen. Im Innern bestehen die Ballons aus vielen separierten Blasen, so daß durch ein paar Kugellöcher nur sehr wenig Gas entweichen kann.

Oben im blauen Himmel stehen die hellgrün und gelb gestreiften Ballons ebenfalls wie Soldaten in Reih und Glied. Ein imponierender Anblick!

Und dann wird das Regiment an langen Stricken zum Himmel hinaufgezogen – aber nicht bis dicht unter die Ballons – so weit nicht. Die Soldaten bleiben zumeist tiefer – sie füllen die ganzen Stricke – sie hängen wie die Papierschnitzel am Schwanz eines Papierdrachens.

Und oben wird eine Salve abgegeben – und nach der Salve rasen die zusammengekoppelten Ballons über den ganzen Exerzierplatz. Und die Soldaten fliegen dahin wie die Schwalben im Sturm.

Danach treten die Wolkenmacher in Aktion – und das Regiment wird in dichte graue Dampf-wolken gehüllt. Motorwagen ziehen unten das Regiment kreuz und quer über den ganzen Exerzierplatz, und währenddem wird aus den Dampfwolken heraus in verschiedenen Höhen immerfort geschossen – daß es knattert und knallt wie im veritablen Kriege.

Zuletzt zieht das Regiment, ganz in Dampfwolken gehüllt, mit feierlicher Luftmusik beim General von Bax vorbei – den neuen Kasernen zu, wobei Häuser, Straßen und Kirchen kaum ein bemerkenswertes Hindernis bilden – so hoch kann das Regiment steigen.

Und die Marschklänge in den Lüften rauschen nieder wie militärische Sphärenmusik.

Ungezählte Volksscharen klatschen Beifall, von Bax und Nisaraddi umarmen sich wieder und fahren in das beste Frühstücks-Restaurant – umjubelt von begeisterten Männern, Frauen und Kindern.

So weit ist nun Alles ganz gut.

Indessen – jetzt kommt die Katastrophe.

Der Schah von Persien erscheint, und das Luftregiment soll sich natürlich im besten Lichte zeigen – in verblüffender Parade-Aktion.

Und während der Parade wird's plötzlich stürmisch. Ein Orkan rast über's Paradefeld. Die Motorwagen kippen um. Die Stricke reißen unten ab. Die Signalpfeifen kreischen alle auf einmal. Und das ganze Regiment verschwindet in den Orkanwolken auf Nimmerwiedersehen – von Bax und Oberstleutnant Nisaraddi verschwinden ebenfalls, denn sie machten die Luft-Parade unvorsichtiger Weise oben in der Luft mit.

Der Schreck des Volkes, der Regierung und des Schahs von Persien spottet jeglicher Beschreibung; ein langes Wehgeschrei zittert über die ganze Erdoberfläche.

Die ›Freie Volkszeitung‹ schrieb in ihrem Abendblatte, das natürlich pechschwarz umrandet war:

»Wir haben ja gleich gesagt, daß man mit so gefährlichen militaristischen Experimenten, die dem armen Steuerzahler kaum noch zählbare Millionen kosten, nicht so leichtfertig hätte vorgehen sollen. Die Tragfähigkeit der Ballons ist eine so horrende gewesen, daß nicht einmal das stärkste Schnellfeuer auf die Ballons den Mannschaften etwas nützen konnte; die Ballons blieben eben oben und wurden mit dem ganzen Armeekorps ins Meer geschleudert. Der tragische Vorfall dürfte jedenfalls die Regierung zwingen, allen militaristischen Neuerungen eine erbarmungslose Skepsis gegenüberzustellen. Man sieht ja, wohin die Phantastik führt.« Der ›Allgemeine Staatsanzeiger‹ stellte sofort in einem fachmännisch geschriebenen Artikel fest, daß von einem Schnellfeuer auf die Ballons gar nicht die Rede sein konnte, da sich ja die Mannschaften durch Feuern nach oben in eigene Lebensgefahr gebracht haben würden; die Soldaten hätten ja an ihren Stricken über einander und nicht neben einander gesessen.

Die ›Freie Volkszeitung‹ ignorierte diesen Artikel und schrieb am nächsten Tage mit noch dickerem Trauerrande:

»Der empörende Leichtsinn unsres Generalstabes hat eine Katastrophe möglich gemacht, die in der ganzen Kriegsgeschichte niemals ihresgleichen finden dürfte. Bei dem hohen Seegange ist nicht einmal daran zu denken, die Leichen des verunglückten Regimentes zu bergen. Der Schah von Persien wird einen netten Begriff von unserer Kriegstüchtigkeit empfangen haben. Die Katastrophe wird unvermeidlich eine schwere Erschütterung unsres Staatsorganismus zur Folge haben. Wir stehen nach der Ansicht alter verdienter Generale vor dem Ausbruche eines großes Krieges. Unsre Feinde wissen ganz genau, wie viel wir für das Luft-Militär geopfert haben.«

Und der ›Volkswille‹ schrieb:

»Es verlautet, daß dem verdienten General von Bax, der einen so tragischen Tod in den Fluten des Oceans fand und dessen Leiche immer noch nicht geborgen ist, ein Denkmal gesetzt werden solle. Dieses Denkmal dürfte für die Phantasten im Generalstabe gleichzeitig ein ganz gehöriger Denkzettel sein.«

Und das Publikum flatterte vor Aufregung.

Nach drei Tagen aber kehrte der Herr von Bax mit seinem Regiment in die liebe Heimat zurück – denn er wurde rechtzeitig von einigen Kriegsschiffen »gerettet.«

Nicht ein einziger Mann hatte sein Leben eingebüßt. Nur etwas naß waren alle geworden. Die Korkmäntel hatten das Untersinken der Mannschaften unmöglich gemacht. Und die Ballons waren ebenfalls ganz unbeschädigt geblieben.

Natürlich – so groß wie am Paradetag das Entsetzen gewesen war – so groß war jetzt der Jubel – wohl noch größer.

Und von Bax hatte jetzt Oberwasser; er konnte plötzlich tun, was er wollte.

Er war der Herr der Situation.

Und die Situation auszunützen – das versteht der Herr von Bax meisterhaft.

Er setzt sofort eine ganze Reihe phantastischer Neuerungen durch.

Zunächst führt er automatische Gummistelzen für seine Mannschaften ein, so daß die nötigenfalls mit einer Schnelligkeit marschieren können, die ans Lokomotivartige grenzt.

Alsdann läßt er kolossale Kanonenballons bauen, sodaß die schwersten Granaten, von oben geschossen, viel weiter fliegen als bisher.

Durch Verwendung von gefesselten Luftkugeln, die aber immer nach der Seite geschossen werden, nach der man hinwill, erleichtert er die schwierigen Aufgaben der Motorwagen, die auf unebenem Terrain ihre Not hatten.

Aber alles Das ist dem kühnen General noch nicht genug. Er setzt auch noch ein Clowns-Bataillon durch.

Durch die tollsten Kostüme, Späße und Grimassen, Trapez- und Akrobaten-Kunststücke soll dieses Bataillon den Feind zum Lachen bringen; die Offiziere dieses polyformierten Bataillons müssen erprobte Humoristen sein.

Die Phantasten haben im Generalstabe endgiltig gesiegt – die Erdregimenter werden einfach abgeschafft.

Ohne Luftarmee arbeiten wollen, erscheint plötzlich Allen als die höhere Stieselei.

Nisaraddi kauft gleich zweihundert Schlangenmenschen für den Schah von Persien auf – denn »der Clown im Dienste des Militarismus« erscheint dem lachlustigen Perser die beste Erfindung der Neuzeit zu sein.

Und die zweite Parade vor dem Schah wird zum größten Triumph für den General von Bax.

Jedesmal, wenn das Clowns-Bataillon in Aktion tritt, wälzt sich das gesamte Publikum am Erdboden in fürchterlichen Lachkrämpfen.

Es scheint allen Zuschauern so klar, daß gegen die »komischen« Soldaten kein Feind ankommen kann, da selbst vergrämte Indianer in Lachkrämpfe verfallen müssen – und in dem Zustande ohne jede Schwierigkeit wie Seehunde mit Knüppeln tozuschlagen sind.

Keiner sagt Baxen, das seien Faxen – dazu ist der Luftgeneral viel zu berühmt.

Alle Welt ruft:

»Bax! Hurrah! Bax!«

Der aber sagt nur:

»Das ist der längst entbehrte Humor im Militarismus.« Leider hat der General in der auf den Paradetag folgenden Nacht sehr bald zu viel Champagner getrunken und sagt daher schließlich, während ihm sein Diener Luft zufächeln muß, da nichts weiter als:

»Luft! Luft!«

Niemals hätte ich's geglaubt, daß auch diese Geschichte noch mal so viel Beifall finden würde; die Mäuse tanzten vor Vergnügen – und ich hätte mich beinahe schief gelacht.

»Höhere Dammlichkeit,« sagte ein jugendlicher Mauskönig, »Dein Name ist Mensch. Wie froh sind wir nur, daß wir nicht mehr als Menschen auf der Erde herumzukrabbeln brauchen.« Und dann folgte eine Schimpferei, die nicht mehr schön war und die Nilpferde schließlich ärgerte.

Lapapi sagte ernst.:

»Ich finde es nicht richtig, daß die Mäuse sich so rücksichtslos über die Menschen lustig machen; die Mäuse sollten bedenken, daß ein Lebewesen in Menschengestalt doch zugegen ist.«

Die Mäuse waren augenblicklich still.

Ich aber mußte so schrecklich lachen, daß mir die Luft wegblieb und das Bewußtsein abhanden kam.

Als ich dann aufwachte, erblickte ich Dinge, die mich in große Verwunderung versetzten – so was hatte ich bei den Ägyptern nicht vermutet.

Es war das Furchtbarste, was ich jemals sah.

Ich glaubte, in einem Schlachthause zu sein. Immerfort wurden nackte Menschen hereingeschleppt von dunkelbraunen Kerls, die wie Schlächter gekleidet waren. Die brachen den nackten Menschen mit eisernen Stangen die Arme und Beine entzwei und schlugen ihnen dann mit einem dicken Klumpenbeil ins Gesicht, daß das Blut nach allen Seiten spritzte. Danach wurden die Leiber zerschnitten, ausgenommen und in einen großen Kessel geschmissen.

Und dieses Treiben ging auch ganz lautlos vor sich.

Ich wollte die Augen schließen, da der Anblick gradezu entsetzlich wirkte; die Wut der Schlächter steigerte sich fortwährend, und immer mehr nackte Menschen wurden vor meinen Augen verstümmelt und totgeschlagen.

Und ich konnte meine Augen nicht zumachen und mußte das Entsetzliche ruhig weiter mit ansehen.

Doch auch das ging vorüber.

Es gab nach einiger Zeit einen starken Knall – und das schauderhafte Schlachtbild war weg.

Wundervolle Düfte strömten in mich ein – und in der Luft schwebten zahllose Frauengestalten in ganz zarten, dünnen Gewändern, und diese Frauengestalten zerpflückten blaue, rote und gelbe Blumen und warfen die Stücke der Blütenblätter in Räucherpfannen aus Silber.

»Das ist,« sagte da Jemand hinter mir, »ganz genau dasselbe wie das Fleischerbild – nur eine andre Erscheinungsform. Du hast also gar keinen Grund, das Schlächterbild zu verurteilen, denn es ist ebensogut bloß eine Chimäre, wie dieses, was Du jetzt siehst.«

Es gab dann wieder einen starken Knall – und ich sah plötzlich die weißen Mäuse in einem wundervollen Garten auf Steinfliesen Menuett tanzen.

»Das ist,« sagte dieselbe Stimme von vorhin, »auch ganz genau dasselbe wie das Schlächterbild – nur eine andre Erscheinungsform. Du bist nämlich wieder in der Wunderküche, allwo die Speisen für die sieben großen Nilpferde hergestellt werden. Diese sogenannten Speisen sind schrecklich kompliziert – noch viel komplizierter, als Du ahnst – denn was Du sahst, war natürlich bloß ein Gleichnis.«

Ich wollte was erwidern, doch die Stimme fuhr fort:

»Du kannst Dir nicht denken, daß der Weltraum, wie er Dir zum Bewußtsein kommt, dadurch, daß man ihm die größten Dinge zugibt oder abnimmt, größer oder kleiner wird. Und so ist es auch mit der Zeit – eigentlich können wir uns gar nicht denken, daß sie fortschreitet – alles Vergangene ist uns oft scheinbar eben so nahe wie das Gegenwärtige – oder wie das Zukünftige. Unbegreiflich – nicht wahr? Und leugnen kannst Du das Dasein dieser unbegreiflichen Dinge keineswegs – nicht wahr? Na ja! Aber bedenke: würdest Du Alles begreifen, so würde die Welt gleich nach dem Begriffensein Dir langweilig vorkommen müssen. Ah! Freilich! Indessen – damit die Welt nicht langweilig wird, ist uns allzeit ein beschränkter Verstand gegeben, dessen wir uns nicht zu schämen brauchen. Eigentlich müßten wir uns über unser beschränktes Begriffsvermögen freuen – denn nur mit diesem wird uns die Welt erträglich. – Und darum sollten wir auch den größten Fragen vom Weltganzen und vom Weltgeist, der ein Allgeist sein will, aus dem Wege gehen. Wir können doch nicht darauf rechnen, mit einem beschränkten Begriffsvermögen jemals das Unbeschränkte zu begreifen. Und das schadet auch nichts. Wenn wir selber schon in unsäglich vielen Erscheinungsformen auftreten können, so müßte dementsprechend der Allgeist – auch eigentlich ein Geist sein, der zu gleicher Zeit noch in unendlich vielen anderen Erscheinungsformen aufgehen kann. Hier hört natürlich unser Verstehen ganz und gar auf – und vernünftige Leute sagen: glücklicher Weise! Wir können uns nicht einmal einen unendlichen Raum denken, der doch bloß einer Erscheinungsform angehört – und danach noch von einem Allgeist reden wollen, geht denn doch nicht an. Das ginge ein bißchen zu weit – und dürfte nur den Ungebildeten zu verzeihen sein. Seien wir zufrieden, wenn wir von der Grandiosität der Welt und alles Dessen, was in der Welt ist, eine Ahnung haben, die uns nicht mehr zweifeln läßt – an der Grandiosität des Daseienden. «

Nach diesen Worten gab's zum drittenmal einen Knall – und ich war im Dunkeln.

Ich war jetzt so an die höchsten Wunderlichkeiten gewöhnt, daß ich glaubte, mich könne nichts mehr verblüffen.

Doch da sah ich plötzlich einen goldenen Trichter vor mir – der leuchtete.

Und der Trichter kehrte die große runde Trichteröffnung mir zu, und aus dem Trichter tönte eine Stimme heraus – die sprach hastig:

»Gleich wirf drei Manuskripte in diesen Trichter. Aber schnell, sonst reißen wir Dir den Kopf ab.«

Die Stimme kam mir ganz unbekannt vor.

Ich warf natürlich drei Manuskripte hinein.

Narr Nero

Eine wüste Nacht

»Steh auf! Steh auf!«

So gellt es mir in den Ohren, und ich öffne meine Augen und sehe einen alten dicken Mann neben meinem Bett auf dem Stuhl sitzen, auf dem meine Kleider liegen. Ich werde furchtbar wütend, denn ich lasse mir nichts gefallen – besonders nicht von einem alten dicken Mann. Der aber sieht meine Wut und spricht also:

»Ich bin der alte Kaiser Nero und als alter Wüterich so ziemlich bekannt. Jetzt muß ich mir als Geist allnächtlich einen Kumpan zum Saufen holen. Und dieser Kumpan muß jedesmal der größte Wüterich seiner Zeit sein. Den ich suche, hab' ich gefunden. Reich mir Deine Hand.«

Ich schlage dem Herrn Nero sofort mit der Faust ins Gesicht.

Indessen – der Schlag geht durch, und mein Nero lächelt. Er steht auf, reicht mir höflich meine Unterhosen, hilft mir beim Anziehen dieser Unterhosen, fällt mir lachend um den Hals und schwebt mit mir durch die Zimmerdecke durch in die Sternennacht hinauf. Unten seh' ich viele Laternen und dazwischen eine Schlägerei. »Ich bin immer ein Narr gewesen,« raunt mir der Nero ins Ohr, »ich war ebenso wütend mein ganzes Leben hindurch wie die Leute, die sich da hauen.«

Wir fliegen weiter und sehen unter uns immerfort wütende Menschen, die sich hauen.

Viel Blut fließt, zerbrochene Glieder bersten, Hunde heulen, Schädel knacken, und Alles wird plötzlich mit Blut besudelt, daß mir übel wird.

»Was soll die Narrheit?« frage ich wild.

»Wie?« schreit da der Kaiser lachend, »merkst Du jetzt schon, daß die Wut eine Narrheit ist?« Ich sage wütend: »Ja!«

Er schüttelt mich heftig und fliegt dann mit mir in einen Weinkeller.

Wir trinken natürlich und reden über die Welt und über die Seligkeit.

Wir trinken, bis wir unter den Tisch fallen.

Und plötzlich wird der Nero über mir schrecklich groß, und er wird immer größer – so groß wie die ganze Welt. Und seine Stimme hör' ich erschallen wie Posaunen; sie sagt laut und klar:

»Ich bin der Kaiser der Welt, und alle Menschen sollen so wütend werden wie ich. Doch ich bin auch ein Narr – und das sollen die Menschen auch werden. Sie sollen närrisch sein, wenn sie wütend sind.«

Und der Narr Nero tanzt wie ein Toller – und ich muß lachen.

Da tanzen wir zusammen.

Und all die Leute, die sich eben noch geschlagen haben, kommen herbei und müssen auch furchtbar lachen – denn wir tanzen mit neronischer närrischer Wut.

Und die wütenden Menschen singen dazu:

Nero! Nero! Du bist unser großer Nero!

Nero! Nero!

Und Alle tanzen, um auch zu Narren zu werden.

Man bringt mich dann ganz sanft zu Bett – Narr Nero bringt mich zu Bett.

Narr Nero bringt auch die Andern ganz sanft zu Bett.

Nero! Nero! Du bist unser großer Nero!

Nero! Nero!

Das ist das neoneronische Wiegenlied!

Die wütenden Narren werden immer sanfter.

Schlummer!

Der Triumphator

Abdullah rief seinen Leibsklaven herbei und fragte ihn scharf:

»Warum erstattest Du mir nicht Bericht über meinen Vetter, den leichtsinnigen Ibrahim?«

»Herr!« erwiderte der Leibsklave, »ihm ist Alles genommen, was er besaß. Ich war von seinem Anblicke dermaßen erschüttert, daß ich mich erst sammeln mußte.«

Abdullah schlug mit der Faust auf ein Teebrett, das vor ihm auf dem Divantischchen mit Tassen und Schüsseln bepackt war, so daß Tassen und Schüsseln auf den Teppich flogen.

»Mit diesem leichtsinnigen Hund,« rief der starke Abdullah, »hast Du noch Mitleid? Ich sage Dir: mein Vetter Ibrahim verdient kein Mitleid; ihm geschieht ganz recht, wenn er als Bettler zu Grunde geht.«

Der Leibsklave fiel zu Boden und küßte vor seinem Herrn den Teppich.

Der Vetter Ibrahim stand zur selben Zeit auf dem Marktplatz neben den Bettlern und achtete nicht auf das, was um ihn herum vorging.

Und nach einer Stunde kam sein Vetter Abdullah hoch zu Roß über den Marktplatz geritten und schrie dem Ibrahim zornig zu:

»Was tust Du hier auf dem Marktplatz, Du leichtsinniger Verschwender? Ich habe mein Geld nicht in leichtsinnigen Spekulationen vergeudet. Ich habe gespart, und Du bist ein Bettler geworden. Nimm hier diesen Beutel, da sind hundert Silberlinge drinn. Geh und suche durch redliche Arbeit Dein Leben zu fristen, Du Bettler!«

Und Abdullah warf dem Ibrahim den Beutel mit den Silberlingen vor die Füße und ritt stolz dahin über den Markt und dann durch die Palaststraße zu seinem Freunde, dem reichsten Kaufmann von Bassora.

Abdullah lächelte stolz; er fühlte sich reich und edel zugleich. Ibrahim lächelte auch, er hob den Beutel mit den hundert Silberlingen auf und ging in die krumme Gasse zu dem alten Weinhändler, den er schon so lange kannte.

Und Ibrahim hielt sich auch für reich und edel zugleich; er nahm es seinem Vetter gar nicht mehr krumm, daß er seinen geschäftlichen Ruin so schlau zu stande gebracht hatte.

»Wahrhaft reiche Menschen sollen nicht stolz sein auf ihren Reichtum!« flüsterte Ibrahim beim dritten Glase. Und beim siebenten Glase flüsterte der lustige Ibrahim:

»Wahrhaft edle Menschen sollen auch nicht stolz sein auf ihren Edelmut.«

Und beim elften Glase lag Ibrahim unterm Tisch und murmelte:

»Ich hab's gar nicht nötig – zu triumphieren.«

Doch Abdullah triumphierte.

Der galante Räuber oder
Die angenehme Manier

Ein Garten-Scherzo

»Halt!« rief der Hauptmann.

Und dreißig blanke Flinten drehten sich der Gesellschaft zu.

Der Herr Graf ließ sein Glas fallen, daß es auf seinem Knie zerschellte und die gelben Stiefel mit Rotwein besprengte.

Sechs Damen fielen aufkreischend in Ohnmacht; die Kavaliere erbleichten und griffen nach ihrem Portemonnaie.

»Nicht so schnell, meine Herren!« sprach der Hauptmann, »ich verachte Ihr Geld. Sie irren sich in mir. Knoppke, lege den Herren die Handfesseln an. Herr von Rabenwitz wird sich die Ehre geben, die ohnmächtigen Damen mit Arabiens Wohlgerüchen zu besprengen.«

Der Vollmond stieg dunkelrot hinter dem Schwanenteich aus den Fliederbüschen heraus, und die beiden Räuber taten, was ihnen ihr Gebieter, der sich eine gute Cigarre anzündete, befohlen hatte. Als nun die sechs Damen wieder erwachten, verbeugte sich der große Räuberhauptmann artig wie ein Page und sprach sanft wie eine Taube zur Gräfin:

»Meine Gnädigste, wir wollen uns die Ehre geben, Ihnen eine kleine Überraschung zu bereiten. Als Lohn bitte ich nur, mir eine einzige kleine Bitte zu gewähren. Ist sie gewährt?«

Die Gräfin neigte höflich bejahend ihr Haupt, denn sie war doch neugierig.

Und mehrere Räuber verließen die Gesellschaft, bestiegen den großen Kahn und ruderten bis in die Mitte des Schwanenteiches. Die Gesellschaft, die in einer wild zerklüfteten Felsengrotte unter schwankenden Lampions saß, erholte sich ein bißchen, denn die übrigen Räuber zogen sich mit ihren Flinten hinter die Rosenbüsche zurück. Der Herr Hauptmann nahm auf einem Schaukelstuhle Platz. Lieblich dufteten die Rosen.

So sah man denn erwartungsvoll in den Teich, der vom roten Monde unheimlich erleuchtet wurde.

Da pufft es plötzlich auf dem Teich, und schillernde große Gasblasen – grüne und blaue – steigen langsam in den schwarzen Nachthimmel empor.

Die runden großen Gasblasen zittern, die grünen und blauen Wolkenwirbel im Innern der Blasen ziehen sich, dehnen sich aus, zucken und drängen sich zusammen – und dann platzen die feinen Luftballons – wie Seifenblasen – – und dicke sanfte Perlen fallen wie Schnee aus ihnen heraus – langsam in den Teich. Der Hauptmann bietet der Gräfin den Arm und geht mit ihr ein paar Schritte seitwärts.

Der Graf springt auf, rüttelt an seinen Handfesseln, rollt die Augen und ist wütend für Sechs.

Aber die Gräfin kommt gleich wieder und lächelt – sie hat allerdings ihr Perlenkollier, das einen halben Zentner Gold gekostet hat, nicht mehr bei sich.

Der Graf setzt sich wieder.

Und der Hauptmann wendet sich nun an die Damen, die schwarzes Haar haben (zwei sind's nur), und feierlich spricht er:

»Meine gnädigsten Damen, auch Ihnen wollen wir eine Überraschung bereiten. Sie werden fühlen, daß ich nur ein kleines Andenken möchte – und mir's nicht abschlagen – nicht wahr?«

Die Damen nicken hastig, denn sie sind noch neugieriger als die Gräfin.

Und zwei Raketen steigen aus dem Schwanenteich, sie teilen sich oben in sieben Arme, aus deren umgebogenen Spitzen dicke rote Tropfen, die wie Blutstropfen aussehen, schnell herunterstürzen. Die schwarzen Damen erschrecken, Herr von Rabenwitz besprengt sie aber mit duftigen Olivenwasser.

Die Schwarzhaarigen ziehen ihre Ringe vom Finger und machen auch die Ohrringe los, geben Alles dem guten Hauptmann, der das Empfangene dankend einsteckt, doch gleichzeitig bemerkt, daß er auch die im schwarzen Haare befindlichen Haarnadeln als Andenken haben möchte. Er bekommt auch diese Haarnadeln, an denen unzählige Rubine blitzen.

»Wollen Sie nicht,« fragt der Graf, »ein Glas Wein trinken? Leider ist meine Bedienung nicht hier.«

Der Hauptmann lächelt, zuckt mit den Achseln und sagt leise:

»Verliebte trinken nicht, Herr Graf! Jetzt kommt die Überraschung für die drei Blonden.«

Und da knattern auch schon drei große Sonnen los – das funkelt und blitzt – das knistert und knackt – das poltert und rumort – wie echte Rebellen.

Die Sonnen drehen sich und schleudern brennende Diamantengarben nach allen Seiten.

Der Hauptmann erhält derweil von den drei Blonden alle Pretiosen, die sie bei sich haben, als Andenken.

Und er küßt den Damen sämtlich zärtlichst die Hand und blickt ihnen ernst und traumsüß ins Auge.

Und dann verschwinden die Räuber – lassen die kleine Gesellschaft wieder allein.

»Das war ja entzückend – brillant!« rufen die Kavaliere, denn ihnen hatte man nichts abgenommen.

Aber die Damen sind ganz verwirrt.

Der Graf ruft polternd: »Nun macht uns mal die Fesseln los!

Man muß immer nur verliebt tun!«

Die Damen werden noch verwirrter, tun aber trotz ihrer Verwirrung, wie der Graf gebot.

Die Damen sind rot wie Rotwein.

Der Vollmond leuchtet Allen hell ins Angesicht.

Nachdem ich kurze Zeit gewartet hatte, hörte ich abermals den Trichter sprechen – und zwar in kurzen Absätzen, die ungefähr diesen Wortlaut hatten:

»Die allzu guten Menschen sind ebensolche Narren wie die allzu bösen.«

»Manche Leute werden bloß deshalb von andern anmaßlich behandelt, damit sich jene das Kopfhängertum abgewöhnen.«

»Die Brutalität macht die Brutalisierten immer munter, darum schimpfe man nicht auf die Brutalität.«

»Die Komödie des Geldbeutels ist im menschlichen Leben bloß ein Zwischenaktsscherz.«

»Gleichheit ist sehr oft Ungerechtigkeit.«

»Die Lichtphantome der Moral sind ebenso kompliziert wie alle andern Dinge der Welt.«

»Es zeugt von wenig Scharfsinn, wenn man den Göttern flucht.«

»Die Moral der Götter ist immer anders als die Moral der Kreaturen. «

Und dann kam Verschiedenes, was ich bei den Nilpferdchen schon hundert Mal gehört hatte.

Und dann saß ich wieder dem Lapapi gegenüber – in der großen Bibliothek.

Er sprach von den geheimnisvollen Kräften, die überall die Hauptsache hervorbrächten.

Und im Laufe des Gesprächs kam auch die nachstehende Geschichte zum Vorschein.

Die Güter der Erde

Kraftspaß

»Lege Dich hier still hin!«

Das klang weich von ihren Lippen.

Und sie nahm ihren alten Zauberstaub und berührte mit ihm.

meine Stirn; die Spitze des Stabes war kalt und prickelnd.

Ein langes Summen ging durch die Luft, als kämen tausend Bienen an.

Und dann ward Alles hellblau vor meinen Augen.

Und aus dem Hellblauen schritt in goldener Rüstung ein schlanker Ritter heraus, kam auf mich zu, öffnete sein Visir und sprach:

»Die Güter der Erde ruhen zu Deinen Füßen. Erhebe Dich und streichle, was Du da siehst.«

Ich erhob mich und sah, daß ich auf einem hohen Felsen gelegen hatte. Unter mir in den Abgründen rings umher krochen wilde Drachen herum.

Und ich wollte meine Hand ausstrecken, um die Tiere zu streicheln; aber das ging nicht; sie waren zu tief unter mir. »Warum streichelst Du die guten Tiere nicht?« fragte der Ritter.

»Ich kann nicht!« gab ich zurück.

»So blick mich an!« rief der Ritter heftig aus.

Durch seine Rüstung quollen seine dunkelblauen Adern durch, seine Augen brannten wie Rubine. Und die dunkelblauen Adern wurden immer dicker, daß ich glaubte, sie müßten gleich platzen. Und die Muskeln des ganzen Körpers zerbogen die goldene Rüstung, daß sie klirrte.

Eine krampfhafte Erregung packte mich; ich hörte, wie meine Zähne knirschten.

»Jetzt blick runter!« rief mir der Ritter rauh zu.

Ich tat's – und die Drachen waren mir ganz nahe.

Ich streichelte sie, und Alles erglühte in mir, daß ich einen Schrei der Wonne ausstieß.

Ich streichelte in den Drachen die Güter der Erde.

Die Drachen schlugen mit den langen Schwänzen um sich und waren ganz zahm.

Die Geschichte wurde von Herrn Lapapi scharf kritisiert. »Man sehe,« sagte er zum Schluß, »die Wellen des Meeres an – sie sind jeden Tag anders – und immer wieder anders – wie die Schachpartieen, die auf der Erde gespielt werden, auch immer wieder anders sind. Und so sind auch die Güter der Erde immer wieder anders – und wir dürfen nicht denken, daß wir mal eines schönen Tages alles Gute und Schöne gemütlich zu unsern Füßen sehen werden. Das wäre ja das Ende vom Liede. Wenn wir auch öfters das Vergnügen haben, uns einzubilden, daß wir viel – sehr viel – erreicht haben – Alles werden wir nie haben – und es ist gut, daß es so ist. Daß wir immer wieder nach einem neuen Ziel jagen – das sollte uns doch beweisen, daß die Welt unendlich reich ist. Und trotzdem hat es Leute gegeben, die von dieser letzterwähnten Tatsache auf die Armut der Welt schließen wollten! O, es gibt so unendlich viele Komödien! Demnach – immer mutig, liebes Onkelchen!«

Und dann sprachen wir vom Abschiednehmen, und dabei las der Lapapi dieses hier:

Die Türklinke

»Franz, mach' die Laden zu!« sagte der alte Tischler Dömpke.

Und Franz ging heraus und tat das.

Der Wind heulte durchs Dorf, in der Küche hustete die alte Marie, und die Laden gingen klappernd draußen zu.

Franz kam wieder in die warme Stube und sagte: »Die Türklink' ist draußen kaputt.«

Der alte Tischler brummte was – Franz ging wieder fort und legte sich schlafen.

Die alte Marie tat das auch.

Und der alte Tischler saß nun wieder ganz allein in der warmen Stube – ganz allein.

Der Wind heulte durchs Dorf.

Der Tisch stand dicht am Ofen, und die Lampe auf dem Tisch brannte trübe.

Der Alte hatte in einem Reisebuch gelesen – von Afrika, wilden Tieren und vielen vielen Schwarzen, die immer grinsten und um ein großes Feuer herumsprangen. Dabei hatte er immer an seine Knabenjahre denken müssen – als Knabe wollte er Missionar werden – es war aber anders gekommen.

Jetzt saß der alte Tischler träumend da, nahm die Brille ab und legte sie auf's Buch, dachte an lange vergangene Zeiten und an die Türklinke.

Da hörte er's draußen im Flur knarren – es flüsterte was – und dann ging die Stubentüre auf.

Und herein trat ein Matrose mit einer Handharmonika unterm Arm. Der Matrose setzte sich dem alten Tischler gegenüber auf einen Schemel, steckte sich eine Kalkpfeife an und spielte ein bißchen auf der Handharmonika.

Als der Matrose zu spielen aufhörte, da ihm die Pfeife ausging, frug der Alte heiser:

»Wer bist Du?«

Der Matrose lächelte und sprach:

»Das mußt Du doch wissen. Wir kannten uns doch – so vor vierzig Jahren – nicht wahr?«

Und nun sahen sich die Beiden lange an.

Und der alte Dömpke nickte – jeder Zug stimmte – so sah er – der alte Dömpke – vor vierzig Jahren aus.

Und ihm wurde so merkwürdig still zu Mute.

Er hatte immer gewünscht, sich noch einmal so zu sehen, wie er einst war, als er noch zu den Jungen gehörte. Matrose war er allerdings nie gewesen – aber so wie der da vor ihm – so sah er aus – mit der Kalkpfeife und der Handharmonika.

»Willst Du,« fragte der Alte, »etwas trinken?«

»Ich hab's bei mir!« erwiderte der Junge, und dabei zog er eine Flasche Rum aus der Tasche.

Sie tranken, und dann sprach der junge Matrose – mit stiller leiser Stimme:

»Ich bin der Mensch, der Du einst warst, bin der junge Dömpke – frisch und lustig! Ich fürchte mich nicht vor dem Tode wie Du. Ich habe keine Angst; ich lache, rauche, trinke und spiele Handharmonika.«

Er spielte wieder lustige Lieder, doch die klangen dem Alten alle furchtbar traurig.

»Wo wohnst Du?« frug der Alte.

Der Junge aber lachte und meinte: »Was weiß ich, wo ich wohne! Ich lebe und frage nicht so viel wie Du. Ich trinke.«

Und er trank.

Und dann spielte er wieder.

Und bei dem Spiel wurde dem Alten so traurig, daß er weinen mußte, und während er weinte, wurde ihm schwarz vor den Augen, daß er nichts mehr sehen konnte.

Die Musik klang ihm immer ferner. Alles wurde schwarz. Als am nächsten Morgen der Franz in die Stube trat – mit Licht, sah er den Alten noch immer auf dem Stuhle sitzen. Die kleine weiße Katze saß auf dem Tisch.

Die Lampe war ausgegangen.

Der Franz erschrak und rief die alte Marie.

Der alte Dömpke war tot.

Und dann saß ich noch ein Mal rauchend mit den sieben alten Herren am großen ovalen Speisetisch – und in der Luft schwebten seltsame Gebilde, die von den Nilpferdchen mit ihren Pincetten geschickt aufgegriffen und verschluckt wurden.

Geister waren diese Gebilde; ich sah viele elektrische Funken in der Luft aufsprühen, und oft kamen bunte Stichflammen vor – und dann glitzerte es wieder wie bunte Krystalle – und dann ward's weißgrau wie Seenebel – usw.

Deutlich sehen, wie die Geister gestaltet waren, konnte ich keineswegs – aber ich wurde deshalb nicht neugierig – wußte ich doch, daß meine Sinne sich mit denen der alten Ägypter nicht vergleichen ließen.

Ich sollte – das bezweifelte ich nicht – bald wieder als gewöhnlicher Mensch unten auf der Erde herumkrabbeln – und das machte mich beinahe traurig.

Doch als die alten Herren meine Traurigkeit bemerkten, wurden sie ganz aufgebracht – ich schämte mich denn auch – und bat um Verzeihung – und suchte lange unter meinen Papieren das, was die Herren noch nicht kannten.

Und ich fand noch drei Sachen, die ich mit der Versicherung auf den Tisch legte, daß es mir nie wieder einfallen würde, traurig zu werden.

Die Herren lachten dazu und drohten mir mit den Pincetten.

»Wehe Dir, wenn Du nicht Wort halten solltest!« sagte der General Abdmalik.

Lachende Giraffen

Ein Schattenspiel

Es ist sehr dunkel und sehr still in der Wüste.

Doch das hält nicht lange an.

Es knistert plötzlich, und hinten wird der Himmel rot – dunkelrot – weinrot!

Durchsichtig ist der weinrote Himmel – aber hinter ihm ist nichts zu sehen – gar nichts zu sehen.

Dagegen sieht man vor dem weinroten Himmel was: von rechts und von links kommen riesig große schwarze Giraffen heran und schreiten gravitätisch – albern mit dem Kopf nickend – der Mitte zu.

Und die großen schwarzen Giraffen lachen furchtbar hochmütig, denn sie halten sich für das auserwählte Geschlecht – auf Erden ist nicht ihresgleichen. Sie, die großen schwarzen Giraffen, kommen mit ihren Köpfen dem Himmel am nächsten. Auf Erden kann kein Geschöpf den Kopf höher tragen.

Die Giraffen nicken sich albern zu, lachen und tun gräßlich vornehm. Sie spazieren auf und ab und begrüßen sich immerzu – wie Gigerls auf der Promenade.

Oh! Diese Giraffen! Nein!

Die Erde ist schwarz, die Giraffen sind schwarz, und der Himmel ist weinrot. Die Riesenwespen aber, die jetzt von oben herunterfliegen, sind gelb wie blühende Butterblumen.

Die gelben Riesenwespen stechen den Giraffen in die Nasen, die von den dummen Tieren viel zu hoch getragen werden.

Oh! Da verändert sich das Promenadenbild.

Die Giraffen nicken nicht mehr, lassen auch das Lachen sein – sie springen wie Riesenflöhe hoch in die Höhe – recken die Hälse wie Elefantenrüssel – hampeln mit den Beinen herum, als wenn sie Pyramiden besteigen wollten – schnauben Wut – stecken die Köpfe in den Sand wie der Vogel Strauß – springen dann wieder wie Riesenflöhe – – – kurzum: sie sind wild, verfluchen die Wespen und recken die Hälse nach allen Seiten. Sie krümmen den Hals, daß man glauben könnte, sie wollten sich ganz und gar in toll gewordene Schlangenleiber verwandeln.

Die Giraffen verrenken ihre Glieder, als wenn sie verrecken möchten.

Indessen – nur ihr Gelächter verreckt in der Ferne – wie ein sterbender Föhn – wie ein sterbender Föhn!

Es wird grausig – das Schattenspiel!

Der weinrote Himmel leuchtet mächtig auf, als wollte er sagen:

»Es ist leichter, seine Nase in ein Weinglas zu stecken – als in den Himmel!«

Die Giraffen gehen jammernd und geduckt rechts und links ab.

Die heißen Tränen der großen Tiere zischen im Wüstensande – wie verprügelte Klapperschlangen.

Zu Hause!

»Wächter! Wächter!«

»Kabinetsrat! Weltrat! Alter edler Konnofolski!«

Also schrieen meine beiden Leiblakaien.

Ich aber brüllte mit meiner unheimlichen Roststimme:

»Konnofolski! Wird's bald? Mach mal das Tor auf, denn Ich bin da! Hurrah! Erkennst Du Mich nicht mehr? Ich sitze auf Meinem hellgrünen Nashorn und begrüße Dich, Du Faulpelz! Guten Morgen, Konnofolski! Mach beide Torflügel auf – beide! Bewundere Meine weißen Sammetkleider und rufe begeistert: Ah! Ah! Ah!«

Und mit meinem beiden Leiblakaien, die zu meinen beiden Seiten auf kleinen zahmen Eisbären ritten und dabei in blutroter Seide staken, ritt ich nun durch das dunkle Tor; es hallte an den Wänden.

Und dann kam ich auf die dunkelblaue Wiese – im gestreckten Galopp – hoch zu Nashorn!

Hei! Das war ein Empfang!

Meine hellblauen Löwen reichten mir prustend die dicken Pfoten. Die vielen Riesen – ebenfalls sämtlich Mein Eigentum! – brüllten einen Riesen-Choral. Die weißen Adler umkreisten mein gedankenvolles Haupt und quiekten fortwährend lustig:

»Viktoria! Viktoria! Viktoria!«

Meine guten Freunde sprangen meinem grünen Nashorn über's grüne Nashorn und jodelten vor Vergnügen – es hörte sich einfach scheußlich an – oh – abscheulich!

Und Alles – Alles lachte – und sah so doll aus, daß ich – nolens volens! – mitlachen mußte.

Wir machen uns eben immer überall über Alles lustig – sehr lustig!

Die abenteuerlichsten Fabeltiere und Fabelgötter umringten Mich und beteten mich an – Mich – Ihren lächerlichen tranköpfigen Herrn und Meister.

Und sie gratulierten Mir – denn ich war so glücklich – ich war ja endlich mal wirklich von den Menschen und von der Erde erlöst – diesen unglücklichsten Weltspäßen, die in jenem Sternenmeer entstanden, das der Vater Knulleke regiert und sein Eigen nennt. Heil dem großen Knulleke!

Er hat mir auch Mein Heim geschaffen – und geschenkt. Und das ist mehr wert als die Menschenerde. Ich besitze hier alles Mögliche und Unmögliche – Wiesen, Burgen und Paläste – Gebirge, Meere und Pappelwälder – Cigarren, Rebhühner, Riesen, Götter, Könige, Billionen Wundertiere und noch viel viel mehr. Und bei mir zu Hause geht's überall höchst lustig zu – da gibt's keine sentimentalen Weltverächter, die stets Ach und Oh schreien.

So was gibt's doch bei mir nicht.

Ach! Oh! Ihr gemütvollen Dusselköppe des Erdballs – beißt Euch die großen Zehen ab!

»Beißt zu! Es lebe Knulleke!«

Also schrie ich – und alle Götter, Tiere und Spaßonkels brüllten mir nach:

»Es lebe Knulleke!«

Mir ist die ganze Welt einfach Wurscht – wenn ich zu Hause bin – bei Mir zu Hause!

Zu Hause ist es doch immer am besten – besonders wenn man nach langen Irrfahrten wieder mal heimkehrt.

Jetzt bleib ich aber vorläufig hier. Ich hab's ja nicht mehr nötig, rumzubummeln.

»Konnofolski, bring Mein hellgrünes Nashorn endgiltig in den Stall!«

So sprach ich befehlend und stieg die Email-Stufen meiner blitzenden Spottburg hinan.

Alles klirrte und klapperte.

»Knulleke! Hurrah!«

Der gute Knulleke, der mir dieses drollige Heimatland geschenkt hat, soll hoch leben – denn Ich lebe jetzt auch wieder hoch – höher – und am höchsten – alle Tage und alle Nächte – bei Regen und bei Sonnenschein!

Raset, Riesen!

Raset, Riesen!
Vorhang!

Kirowátti

Kirowátti, ein mordsmäßig großer Nebelfleck mit fünfzig Centralsonnen, wußte nie, was er vor langer Weile anfangen sollte. Er hatte über alles genugsam nachgedacht, hatte Alles gesehen, was in der Welt zu sehen war, und hatte das Denken und Sehen allmählich dick bekommen.

»Halt!« rief er da eines Abends, »ich weiß, was ich mache: ich male mir eine Welt aus, die's noch nicht gibt – das ist ein ausgezeichneter Spaß!«

Und er schuf sich ein Traumreich. Und von seiner Umgebung merkte er bald nichts mehr. Ein feiner Spaß!

Die Herren waren außerordentlich liebenswürdig zu mir und ermahnten mich, mein Versprechen nicht zu vergessen.

»Bedenke stets,« sagte der King Ramses, »daß sich die Welt in unendlich vielen Erscheinungsformen offenbart.«

»Bedenke auch immer,« sagte der King Amenophis, »daß alle diese Erscheinungsformen der Welt zu einander in Beziehung treten können – und Alles immer noch reicher machen können – immer noch reicher – immer noch reicher!«

»Bedenke auch,« sagte der King Thutmosis, »daß jedes Lebewesen ebenso kompliziert ist wie die Welt.«

»Und bedenke ganz besonders,« fügte der King Necho hinzu, »daß auch die unendlich vielen Erscheinungsformen des einzelnen Lebewesens unter einander ebenfalls in Beziehung treten können und dadurch das Leben des Einzelnen auch immer noch reicher machen können – immer noch reicher.«

»Überall sind die unendlichen Reihen!« sagte der General. »Und wer die Grandiosität der Welt,« rief da der Oberpriester, »einmal ordentlich begriffen hat – der wird an der grandiosen Vernünftigkeit dieser grandiosen Welt nicht mehr zweifeln.«

»Er wird,« sprach leise der Pyramideninspektor, »auch in aller Not und im Angesichte des Todes immer mutig bleiben, da er nicht mehr zweifelt an jener Welt-Vernünftigkeit, die Alles überragt.«

Und nach diesen Ermahnungen, die ich wohl Wort für Wort behalten habe, kam's, daß die Herren noch ein Manuskript lasen.

Die blaue Blume

Ein Hexenmärchen

Feine weiße lange Finger kamen aus den Wolken raus und bewegten sich wie gefangene Aale.

Sepu, die junge Hexe, saß in ihrer dunkelgrünen Moosgrotte und ordnete ihre alten Steinbüchsen, in denen die vielen Zauberkräuter staken. Die Hexe hörte das Meer rauschen, denn es war ganz in der Nähe und so lebhaft in Bewegung, wie die langen Finger, die aus den Wolken herauskamen.

Die Sepu ist eine kluge Hexe – sie hat nur ein einziges Ziel – sie will bloß die Menschen toll machen – weiter will sie nichts.

Und es ist so klug, Alles in Einem zu sehen.

Die Finger in den Wolken werden zu Krallen – zu sehnigen Krallen – sie zittern und beben – als ströme Lustsucht durch ihre Adern.

Die Sepu hat verschiedene blaue Blumen unter ihren Kräutern – aber die alten blauen Blumen sind alle vertrocknet und nicht mehr scharf genug. Mit so trockenem Kraut ist nicht viel auszurichten – bei den Menschen schon ganz und gar nicht, denn die haben sich allmählich derart an die verschiedenen Gifte gewöhnt, daß es den Hexen immer schwerer wird, zum Ziele zu kommen. Die Krallenfinger werden oben ganz steif.

»Es gibt trotzdem noch eine gute blaue Blume!« sagt die Hexe zu sich selbst, »und die hat doch immer die Menschen toll gemacht. Die blaue Blume reizt die Phantasie der Menschen so schrecklich auf, daß die armen Menschen immer Tolleres sehen und hören und schließlich glauben, sie sähen das Unsichtbare und vernähmen das Unhörbare – das Weltgeheimnis aus dem neuen Reich – das, was hinter Mond und Sternen in ganz andren Zaubergrotten thront. Mag's kosten, was es will – diese blaue Blume muß ich finden.«

Die Sehnenkraft in den Krallenfingern läßt nach.

Die Hexe weiß: es ist keine Kleinigkeit, die blaue Blume des Jenseits zu finden. Sie ist ganz dünn wie ein Zwirnsfaden und mit dem bloßen Auge nicht zu entdecken. Die seltsame Blume streut kleine, scharfe Stachelfädchen um sich. Und wo diese Stachelfädchen sind, da ist sie in der Nähe – tief im Erdreich verborgen; sie zieht sich tief ins Innre der Erde hinein, wenn was naht – läßt kaum ein Loch zurück – so schlank ist sie.

Die Finger in den Wolken werden schlaff.

Oh, diese schlanke Wunderblume muß die Sepu haben – sie geht gleich suchen – mit nacktem Leibe – die Stachelfädchen will sie fühlen – wenn's auch weh tun sollte. Das Tastgefühl des Leibes wird immer feiner. Die Sepu windet sich über die Dünenhügel und über die Steine am Strande des Meeres wie eine Schlange – und fühlt – mit dem ganzen Leibe – mit ungeheurer Aufmerksamkeit. Die Sepu sucht lange Zeit.

Die Finger in den Wolken sind nicht mehr Krallen, sie sind so wie hängende tastende Fühlhörner. Die Finger suchen auch nach einem neuen Kitzel wie die Sepu.

Die Sepu sucht lange Zeit.

Plötzlich schreit sie auf – ein Stachelfädchen hat ihr das Knie geritzt – es tut weh – Blut sickert in den Sand am Meeresstrande.

Aber die Sepu wird jetzt das Kraut, das den Menschen das Jenseits offenbaren soll, schon finden.

In den Wolken sieht die junge Hexe lauter Handteller mit ausgespreizten langen Fingern.

Die Sepu gräbt. Sie gräbt immer tiefer und noch tiefer – und – findet die blaue Blume.

Die blaue Blume ist wie ein Zwirnsfaden. Wenn sie sorgsam gestreichelt wird, faltet sie sich langsam auseinander und zeigt Blätter und Blüten – aber sie muß sehr zart gestreichelt werden.

Der Himmel ist voller Fäuste.

Sepu läuft lachend über den Strand mit der blauen Blume des Jenseits.

Sepus Knie blutet noch immer.

Die Fäuste in den Wolken tun sich auf und lassen funkelnde Sterne herunterfallen.

Die Sterne haben alle nur denkbaren Farben und Formen. Die Sepu sieht's und nickt.

Hexengelächter!

Händegeklatsch!

Und dann kam die Stunde, in der ich Abschied nehmen sollte.

Der Pyramideninspektor flüsterte mir noch zu:

»Was jedem Schaf im Schlaf kommt – kann doch nicht so erhebend sein – wie das, was Andern in wilder Qual kommt.«

»Verachte Nichts!« sagte mir noch der Oberpriester, »je unwissender und dümmer Jemand ist – um so mehr steht ihm noch bevor.«

Und dann standen wir auf.

Und alle Nilpferdchen umarmten mich.

Da sie halb so groß als ich waren, kletterten sie alle zu diesem Zweck auf den Tisch.

Ich mußte lächeln – aber die Aufmerksamkeit gegen mich war doch sehr fein.

Indessen – ich weiß heute noch nicht, wie's kam – jedenfalls erinnerte ich mich plötzlich an eine Geheimtasche, in der noch eine Geschichte stak.

Kurz und gut: ich holte sie vor – und die Herren lasen sie, ohne vom Tische runterzuklettern.

Die Fabrik lebenslustiger Kreaturen

Kosmische Existenz-Komödie

Nacht war's auf Erden, und der Mond schien hell, und die gelben Butterblumen blühten auf der Wiese, denn es war sehr warm.

Und über die Wiese gingen fünf Damen mit fünf Herren, und diese zehn Personen fanden Europa langweilig – zum Sterben.

»Es ist überall nichts los,« sagten sie melancholisch, »man kann hinkommen, wohin man will, überall ertönt die alte Leier des vollendeten Stumpfsinns. Wer da wüßte, wo was los ist, könnte ein Bombengeschäft machen.«

Und bei diesen Worten ging die kleinste Gesellschaft, storchartig hoch die Beine aufhebend, über die Wiese, auf der die gelben Butterblumen im Mondenscheine blühten – so sorglos blühten, als wäre wirklich nichts los.

Da sprang ein fremder Herr über den nächsten Chausseegraben und rief laut und kräftig:

»Meine Damen und Herren! Verzagen Sie nicht: ich weiß, wo was los ist.«

Die Gesellschaft blieb erschrocken stehen und starrte den fremden Herrn wie ein Weltwunder an.

Der Fremde sah sehr elegant aus – schwarzer Cylinder, gelber langer Überzieher, Prinzenkrawatte, Lackstiefel – alles höchst elegant. Der Herr trug allerdings bloß einen Lackstiefel, der andere Fuß stak nur in einem lilafarbigen Strumpf. Und im Cylinder befand sich vorn ein regelmäßiges fünfeckiges Loch, das mit Goldfäden sauber umsäumt war. Und auf dem Rücken des Überziehers hatte der Schneider eine weiße Weste aufgenäht – ebenfalls mit Goldfäden.

Jedoch sonst war alles tadellos – auch der schwarze Spitzbart und die blasse Gesichtsfarbe.

»Wollen die Herrschaften,« begann der Fremde, »von meinen Erleichterungspillen kosten und dann die Augen schließen, so wird alles mit größter Schnelligkeit arrangiert werden.«

Zögernd entsprach die Gesellschaft den Wünschen des fremden Herrn.

Und als die Zehn danach die Augen wieder öffneten, hatte der Fremde eine hohe Leiter in der Hand.

Die Leiter war aber so hoch, daß sie an den Mond gelehnt werden konnte.

Als das nun wirklich geschah, rang sich ein Schrei der Bewunderung von den Lippen der zehn Personen los.

Der große Zauberer ergriff nach diesem Schrei einen großen schwarzen Kasten, der neben ihm stand, öffnete ihn, stellte ihn unten vor der Leiter aufrecht hin und sagte hastig: »Steigen Sie schnell ein, meine Herrschaften, die Leiter ist eine Drahtseilbahn, und in dem Kasten, der Waggoncharakter besitzt, haben Sie sämtlich bequem Platz.«

Zögernd entsprach die Gesellschaft auch diesem Wunsche des fremden Herrn, der sich schließlich ebenfalls in den Kasten setzte und dann den Deckel zumachte.

Da war's denn sehr dunkel in dem schwarzen Kasten, und es ließ sich ein feines Summen und Pfeifen vernehmen. Und siehe da – nach ein paar Augenblicken sprang der Kastendeckel wieder auf – und die Gesellschaft befand sich auf dem Monde.

Und auf dem Monde standen unzählige andere Leitern, die zu den nächsten Fixsternen hinaufführten.

»Jetzt,« sprach lächelnd der Fremde, »können wir hinfahren, wohin wir wollen. Kennen Sie schon die ›Fabrik lebenslustiger Kreaturen‹? Ich seh's Ihnen an der Nase an, daß Sie noch keine Ahnung von der Fabrik haben. Wenn Sie dahin wollen, so steigen Sie nochmals in den Kasten.«

Die Damen und Herren wollten was sagen, doch der Fremde stellte den Kasten vor die nächste Leiter und bat, erst Platz zu nehmen. Sodann fuhren sie wie vorhin im dunklen Kasten höher hinauf – in eine ganz entfernte Sternenwelt hinein; die Fahrt dauerte diesmal viel länger; auch das Gesumme und Gepfeife machte sich hier so scharf bemerkbar, daß jegliche Unterhaltung unmöglich wurde. Als der Deckel wieder aufsprang, sprang der fremde Herr sehr vergnügt gleichfalls auf und sagte, während er den Damen beim Aussteigen behilflich war: »Es freut mich sehr, meine Damen, daß Sie so herrlich gekleidet sind, auch die Cylinderhüte der Herren bereiten mir eine wahre Herzensfreude. Sie befinden sich hier auf dem Dache der ›Fabrik lebenslustiger Kreaturen‹, und die Sternenwelt, die Sie von hier aus sehen, wird Ihnen wohl ganz neu sein.«

Die Damen lächelten seelenvergnügt und sprachen ihren Dank in den herzlichsten Worten aus, die Herren glätteten ihre Cylinderhüte und wußten gar nicht, was sie zu der schnellen Fahrt sagen sollten; die Sterne, die sie sahen, schienen sich in lebhafter Bewegung zu befinden.

»Die Fortschritte der modernen Technik...,« begann der Herr, der eine goldene Brille trug – doch er kam nicht weiter in seiner Rede; ein großes Rad kam auf die Gesellschaft zugelaufen, so daß sie erschrocken auseinanderstob.

Doch das Rand stand plötzlich still, und da sahen alle, daß es ein Rad gar nicht war; ein junger Dachdirektor war's – als solcher stellte er sich nämlich vor.

Aussehen tat der junge Dachdirektor etwas eigentümlich: der Mann hatte nicht bloß unten zwei Beine, er hatte auf jeder Schulter auch noch ein Bein, dessen Fuß sich hoch oben in der Luft zierlich bewegte. Mit diesen vier Beinen konnte der Herr Direktor ganz bequem wie ein Rad laufen; der Rumpf dieses Radmannes nahm nicht viel mehr Raum ein als der Kopf, der zwischen den Oberbeinen saß – fest eingeklemmt.

Der fremde Herr griff in das fünfeckige Loch seines Cylinders, schwenkte diesen zur Begrüßung in der Luft herum und sprach feierlich:

»Herr Dachdirektor, diese fünf Damen und diese fünf Herren sind vom Stern Erde und dürften Ihnen vielleicht Gelegenheit geben, Ihre Kunst zu erproben. Wenn ich nicht sehr irre, werden diese Herrschaften sehr gerne bereit sein, die höhere Lebenslust kennen zu lernen. Es ist wohl nur eine fachmännische Erklärung dieser kleinen Gesellschaft gegenüber nötig.«

Der fremde Herr setzte sich wieder seinen Cylinder auf und drehte sich um, so daß alle die weiße Weste, die auf der Rückseite des gelben Überziehers aufgenäht war, sehen konnten. Auch der lilafarbige Strumpf wurde im Sternenlichte deutlich sichtbar.

Jetzt kamen über das Dach sehr viele andere Räder herangelaufen, und der Herr mit der goldenen Brille räusperte sich und meinte wohlwollend: »Aha! Da sind wohl die Kollegen des Herrn Dachdirektors.«

»Welch ein Irrtum!« rief stolz der Angeredete, »das sind meine Assistenten, die zum Frühstück eilen. Ich wollte ebenfalls grade mein Frühstück einnehmen, doch ich bin gerne bereit, Ihnen vordem in aller Eile die gewünschte Erklärung zu geben. Hören Sie genau zu, denn ich habe nicht viel Zeit zu verlieren: Sie sehen in diesem dunkelgrünen Himmel unzählige Sterne – teils in roter – teils in blauer Farbe. Und diese Sterne werden, wie Sie sich durch Augenschein überzeugen können, immerzu – bald größer – bald kleiner. Da drüben sehen Sie sechs ganz dicke hellblaue Sonnen, die gleich zu Punkten werden müssen. Da sind sie's bereits geworden! Sehen Sie, daß ich Recht hatte? Na ja! Die Sterne in dieser Weltgegend haben nämlich ganz besondere Fähigkeiten. Das sind eigentlich gar nicht selbständige Sterne, die Sie hier so als Punkte und Scheiben erblicken; von denen bilden immer mehrere zusammen ein selbständiges Wesen. Jeder Stern dieser Weltgegend hat nämlich die Fähigkeit, mit Blitzesschnelligkeit einen oder mehrere Tropfen von sich abzustoßen und jeden Tropfen im Handumdrehen eine ganz beträchtliche Strecke in den Raum hinauszuschießen – ohne sich von diesem Tropfen, der natürlich ganz gewaltige Dimensionen besitzen kann, zu trennen. Denken Sie an den Syrup der Erde! Wenn Sie von dem was runtertropfen lassen, so bleibt der Tropfen gewöhnlich an einem dünnen Syrupfaden hängen und wird von dem so hin- und hergezogen. So auch hier! Nur mit dem Unterschiede, daß beim Syrup der Erde manchmal wirklich was abfällt – während das bei unsren Sternen nicht vorkommt. Unsre Sterne, die so syrupartig einzelne Teile ihres Körpers abstoßen – nach allen Richtungen abstoßen, da die Schwerkraft bei uns durch ganz andre Kräfte ersetzt ist – unsre Sterne tun dieses Abstoßen – um nicht immer bloß an einem Punkte leben zu brauchen – sie wollen eben an mehreren Punkten der Welt zu gleicher Zeit leben. Verschiedene unsrer Sterne können Tausende von Tropfen abstoßen, ohne sich von ihnen zu trennen – d.h.

die Sterne können an tausend Punkten des Weltraumes zu gleicher Zeit sein – überall zu gleicher Zeit dort auftauchen, wo was los ist. Haben Sie mich verstanden, meine Damen und Herren?«

Die Damen und Herren nickten gedankenvoll mit den Köpfen; sie hatten wirklich die Geschichte verstanden. »Wir haben nun,« fuhr der Herr Dachdirektor fort, »die Erlaubnis erhalten, unter diesen Dächern kleinere Lebewesen zu fabrizieren, die das im Kleinen sein dürfen, was die Sterne im Großen sind. Es ist uns möglich, in unseren Laboratorien kleinere Lebewesen in beliebiger Gestalt herzustellen, die mit Hilfe feinster Fühlfäden, die nicht viel kürzer sind als die Fühlfäden der Sterne und für irdische Augen selbstverständlich niemals sichtbar werden, ihre Persönlichkeit an verschiedene Orte zu gleicher Zeit zu senden vermögen. Das ist das höhere Doppelgängertum – das bewußte. Unsre Kreaturen führen ein vielfaches Leben, das viel lustiger ist als das einfache Leben, das gemeinhin ziemlich langweilig ist, wie Sie wohl wissen. Daher heißt unsre Fabrik die ›Fabrik lebenslustiger Kreaturen‹. Haben Sie mich verstanden?«

Abermals bejahten die Damen und Herren.

»Dann,« fuhr der Direktor zum zweiten Male fort, »bin ich bereit, Sie zu lebenslustigen Kreaturen zu machen. Sie werden als solche ein hundertfach interessanteres Leben führen als bisher, da Sie infolge der Syrupfühler, die Sie bald haben sollen, überall, wo was los ist, dabei sein dürfen. Dann werden Sie auf die herrlichen Momente des Lebens nicht lange zu warten brauchen. Sie brauchen dann bloß in jenem Turm da drüben den Vergnügungsanzeiger durchzublättern – und alle Vergnügungen, die in dieser Gegend zu haben sind, stehen sofort zu Ihrer Verfügung. Wir haben in der Tiefe noch einen Kunstanzeiger und einen Kriegsanzeiger und auch einen Anzeiger für pikante Verwirrungen – und noch ein paar Dutzend andere Anzeiger. Ich muß Sie aber bitten, sich umgehend zu entschließen, ob Sie sich umwandeln lassen wollen – oder nicht. Sie brauchen sich bloß da oben im Retortenpalast einstampfen zu lassen. Die relativ einfache Prozedur kann ohne alle Umstände sofort vor sich gehen. Aber Sie müssen in den nächsten fünfzig Augenblicken schlüssig sein – ich muß zum Frühstück – und habe wirklich nicht länger Zeit.«

Nach diesen Worten ging der Direktor mit dem fremden Herrn im gelben Überzieher hinter den nächsten Schornstein, nachdem er dem Herrn freundlich mit der rechten Hand auf die weiße Weste geklopft hatte; der Direktor hatte zwei Hände wie die Leute vom Stern Erde.

»Himmel!« rief Kamilla Schmidt, »die Geschichte ist ja lebensgefährlich. Nicht um Alles in der Welt lasse ich mich einstampfen.«

Und die kleine Gesellschaft debattierte fünfzig Augenblicke mit Geschrei und Händeringen.

Als der Direktor zurückkehrte, redete der Herr mit der goldenen Brille im Namen Aller folgendermaßen:

»Wir danken Ihnen, Herr Dachdirektor, für Ihr freundliches Anerbieten von ganzem Herzen, können uns aber leider nicht entschließen, unser Jawort abzugeben. Wir wollen doch lieber das einfache Leben behalten, es erscheint uns sicherer; wir müssen denn doch befürchten, durch das allzu vielfältige Leben allzu nervös zu werden.«

»Hasenfüße!« schrie der Direktor wütend.

»Rufen Sie den Hausknecht vom Erfrischungspalast!« rief er einem vorübereilenden Assistenen zu.

Und dann jagte der Herr Direktor kopfüber als Rad zum Frühstückspalast.

Der fremde Herr mit dem lilafarbigen Strumpf ließ sich nicht blicken.

Dafür kam der Hausknecht, ein kolossaler Riese mit ungeheurem roten Kopf und schwarzem Maul und blauen Felsenzähnen, an den Dachrand mit dem Kopfe heran und sagte schnarrend:

»Wohin sollen ich denn die kleinen Leute hinpusten? – so was muß mir doch gesagt werden.«

Und mehrere Assistenten sagten ihm den Stern, auf dem die Leute zu Hause waren, und auch die Nummer des Milchstraßensystems.

Und da pustete der Hausknecht vom Erfrischungspalast die zehn Leute vom Sterne Erde vom Dache runter, daß ihnen Hören und Sehen verging.

Als die fünf Damen und die fünf Herren wieder zum Bewußtsein kamen, sahen sie, daß sie auf einer Wiese lagen, auf der viele gelbe Butterblumen blühten; die Sonne schien den zehn Personen heiß ins Angesicht.

Und da schimpften sie plötzlich wie die Rohrspatzen und warfen sich gegenseitig vor, feige Memmen zu sein; Kamilla Schmidt schimpfte am meisten.

Nach dem Geschimpfe sprangen sie alle über den Chausseegraben, über den der fremde Herr gesprungen war.

Danach haben die alten Herren vom Nil herzlich gelacht.

Der General Abdmalik sagte lachend, während er wie ein Soldat auf dem Tische marschierte:

»Na, die Herrschaften waren nicht immer mutig!«

»Nun müssen wir aber,« sagte der König Ramses, »ein Ende machen.«

Und der alte Oberpriester Lapapi sprach das Schlußwort:

»Denk immer, daß jedes Weltstück ebenso gut ein gordischer Knoten ist wie die Welt selbst – und daß jeder Mensch auch solch ein gordischer Knoten ist.«

Nach diesen Worten drückten mir unsichtbare Hände die Augen zu – und ich verfiel in einen langen, langen Schlaf, in dem ich nichts träumte.

Als ich dann aufwachte, lag ich neben einem Roggenfeld, in dem blaue Kornblumen und rote Mohnblumen blühten. Nicht weitab graste eine hellbraun und weiß gefleckte Kuh.

Der Himmel war dunkelblau.

Neben mir saß mein Dackel, den ich »schwarzer Deiwel« nannte, da er so von der Dorfjugend geschimpft wurde. Ich hatte Hunger, griff in meine großen Taschen – und siehe – da staken zwischen den Manuskripten bunte seidene Taschentücher, in denen sehr, sehr viele Knoten waren.

Und ich erinnerte mich – an Lapapis Schlußwort – nahm meinen schwarzen Deiwel und band ihm ein blaues Taschentuch um den Hals – und ein gelbes sowie ein rotes um den schwarzen Leib. Der schwarze Deiwel war ein gutes Vieh und ließ sich das gern gefallen.

Dann stand ich auf – und sah in der Ferne ein Stück vom dunkelblauen Meer und links davon einen Park.

Und dann wußte ich, wo ich war.

Ich war auf Rügen, der Park war der von Juliusruh, und rechts drüben lag Breege, wo ich schon seit dem vorigen Jahrhundert wohnte.

Ich hatte Hunger und sagte zu meinem Hunde: »Weißt Du vielleicht, was meine Frau heute zu Mittag gekocht hat?« Der schwarze Hund mit den bunten Knotentüchern bellte. Aber die Antwort verstand ich nicht.

Ich ging langsam nach Hause, während der Hund über die Felder lief – wie sonst.

Schön sah der Deiwel aus.

Ich sah zum Himmel auf – und da war's mir plötzlich – als ginge der Himmel auseinander.

Und ich schaute tief hinein in unglaublich große Wunderwelten, daß es mich durchzuckte – und daß ich laut ausrief:

»Das ist der niemals erschöpferische Reichtum der Welt!«

Doch dann sah Alles wieder im Himmel so aus wie sonst.

Es war nur ein Moment.

Aber der saß fest in mir.

Langsam ging ich weiter – nach Hause.